LA FILLE

DE

LA PÉTROLEUSE

FAISANT SUITE

Au *Doigt du Commissaire*

Par

PIERRE BION

ANCIEN SOLDAT D'AFRIQUE

Auteur du *Troupier Louis Latour*

PARIS | **ARRAS**

...AY ET RETAUX | A. PLANQUE ET Cie

IMPRIMEURS-LIBRAIRES | IMPRIMEURS-LIBRAIRES

...ue Bonaparte, 82 | Rue des Onze-Mille-Vierges

1874

LA FILLE DE LA PÉTROLEUSE

Y²

LA FILLE

DE

LA PÉTROLEUSE

FAISANT SUITE

Au *Doigt du Commissaire*

Par

PIERRE BION

ANCIEN SOLDAT D'AFRIQUE

Auteur du *Troupier Louis Latour*

PARIS | **ARRAS**
BRAY ET RETAUX | A. PLANQUE ET Cie
IMPRIMEURS-LIBRAIRES | IMPRIMEURS-LIBRAIRES
Rue Bonaparte, 82 | Rue des Onze-Mille-Vierges

1874

LA FILLE

DE

LA PÉTROLEUSE

PREMIÈRE PARTIE

CHAPITRE Ier

Sous le vieux marronnier

Connaissez-vous Château-Chinon ? C'est la capitale
de ce pittoresque Morvand que l'on aime à revoir,
si peu que l'on ait déjà suivi, sans trop dormir, la
route de Lormes à Autun, ou bien encore celle de Sau-
lieu à Moulins-en-Gilbert. Je ne vous dirai pas que
c'est une magnifique perle dans un bel écrin, ce serait
vous en donner une idée que vous ne devriez jamais
avoir, si vous avez bon goût. Elle se trouve, il est vrai,
à peu près au centre de notre petite Suisse française,
mais elle y produit l'effet d'une pomme cuite au milieu
de joyaux, ou bien encore l'effet d'un chardon au sein
d'un riche parterre. Son nom lui vient du château plus

ou moins royal qu'y fit bâtir César pour loger ses chiens
(castellum canicum). De cet antique chenil que l'on dé-
cora du nom de château, il ne reste que des ruines à
peine visibles et tout à fait insignifiantes. Du reste, les
habitants de cette petite ville ne tirent vanité que de
son emplacement qui l'emporte, c'est incontestable, sur
nos cités les plus populeuses par son élévation, le pano-
rama grandiose et varié qui se déroule à ses pieds, et
enfin par l'air, peut-être un peu vif, mais assurément
très-salubre qu'on y respire.

Des nombreuses voies qui traversent Château-Chinon,
nous allons prendre, si vous le voulez bien, celle qui se
dirige, en serpentant, vers le sud. A mi-côte elle se
divise en deux qui conduisent, celle de gauche vers
Arleu et Autun, celle de droite à Luzy. Suivons cette
dernière. Des bois à droite et à gauche ; par-ci, par-là
quelques champs de blé, de sarrasin et de pommes de
terre ; encore des bois, des genêts, quelques cascades
et toujours des montagnes. Nous arrivons à Fachin.
C'est l'un des sites les plus pauvres du Morvand. Pas-
sons. Voici les Buteaux d'où le regard s'étend, par-dessus Onlay, Moulins et Châtillon, jusque vers les forêts
qui avoisinent Nevers. Ce village est comme la porte
des bois de la Gravelle renommée par sa fontaine de
Mária qui, à sa source même, donne des eaux assez
abondantes pour alimenter plusieurs moulins. Des Buteaux, jusqu'aux environs de la Roche, la route suit la
crête des montagnes, et permet aux voyageurs, à divers
endroits, d'embrasser d'un regard le Nivernais, la
Bourgogne, le Bourbonnais, le Puy-de-Dôme et le Mont-
Dore. C'est au pied de ces montagnes que nous allons

nous arrêter, car c'est là, dans un petit bourg que nous nommerons Beauval, que commence notre histoire.

Le dimanche, quatre septembre, mil huit cent soixante-dix, trois hommes étaient attablés, vers les deux heures de l'après-midi, sous un énorme marronnier qui se trouve à cinq ou six mètres de la maison de M. Guilloux, aubergiste et cafetier à Beauval. Deux longs rubans de lettres capitales décorent cette maison qui a deux étages avec cinq petites croisées, toutes parfaitement garnies de rideaux blancs à franges rouges. Au dessus du premier s'étale la moitié de l'enseigne ainsi conçue :

A l'hôtel du Vieux-Marronnier, Guilloux-Guilloux

et entre le premier et le rez-de-chaussée :

Loge à pied et vend de l'avoine.

L'hôtel de maître Guilloux est assurément la plus belle maison de la localité, après le castel de M. Laurent de Beauval qui est le seigneur de l'endroit. La grande porte de l'église se trouve en face de l'hôtel, à l'autre extrémité de la place, c'est-à-dire à une quarantaine de pas du vieux marronnier.

Ces trois hommes étaient : Joseph Guilloux, maître de l'auberge et usufruitier du marronnier communal. Cheveux grisonnants, taille plutôt courte que longue, visage rond, vermeil, souriant et encadré d'une barbe où je n'ai pas aperçu un seul cheveu blanc, épaules relativement larges, ventre mignonnement soigné et visant à la gibbosité. Maître Guilloux n'a pas d'ennemi connu. Nous verrons, du reste, que le cher homme ne demande qu'à laisser vivre, et surtout à vivre lui-même. En face de l'aubergiste qui tient ses mains croisées sur son gracieux abdomen, et accuse la cinquantaine vigoureusement portée, vous apercevez Marius Joly qui peut avoir entre vingt-cinq et trente ans. Ses grandes moustaches et sa longue barbiche sont, comme les cheveux, d'un noir de jai. C'est l'esprit fort de l'endroit et il se dit serrurier-mécanicien. Notre troisième personnage tourne le dos à la maison et fixe son regard incertain sur la grande porte de l'église. Il est court et gros, ce qui veut dire trapu... Ses cheveux ébouriffés et sa barbe inculte semblent avoir passé par les flammes, le tout est roux et crépu. Le visage, à peu près ovale, est constellé de tâches rousses, et l'œil droit, beaucoup trop petit, regarde toutes choses sans se fixer nulle part ; l'œil gauche est absent.

L'ensemble de ce borgne-personnage respire tout à la fois la fourberie, la bêtise, l'orgueil et la méchanceté ; il est cordonnier et répond au nom de Nicaise Gouthiérat. Déjà, dans le *Doigt du commissaire*, nous avons fait une rapide connaissance avec sa complaisante maman, alors laveuse de lessive dans la ville que nous avons nommée Marigny. Une énorme fredaine, commune au fils et à la mère, les a forcés de décamper rapidement, et ils sont venus s'installer à Beauval.

Nicaise Gouthiérat, nous venons de le dire, plongeait, autant qu'il le pouvait, son regard vacillant dans l'église où le vieux sacristain Jean Nolcau allumait les cierges pour l'office des vêpres ; Marius Joly, le coude sur la table et le menton dans la main, semblait réfléchir ; **maître Guilloux tenait son mignon petit ventre et sou-**

riait. Sur la table, trois verres, une bouteille de vin et le journal *le Siècle*.

— Décidément, dit Marius Joly en quittant sa position quelque peu nonchalante, votre M. Laurent de Beauval n'est qu'un misérable ladre, maître Guilloux.

Et ce disant, le prétendu serrurier prit le journal et jeta un nouveau coup-d'œil sur la souscription pour l'armée.

— C'est bien cela, ajouta-t-il : M. et Mme de Beauval : 20 francs... 20 francs !... C'est honteux !

— .Des gens qui roulent sur l'or, chacrrrrre ! dit, en se croisant les bras Nicaise Gouthiérat.

— Comment se fait-il que vous estimez ces gens-là, M. Guilloux?

— Comment se fait-il?... comment se fait-il?... Eh ! mon Dieu, mon cher Marius, il faut vivre et laisser vivre... Pourquoi en voudrais-je à la famille de Beauval qui ne m'a jamais fait aucun mal?

— Aucun mal ! dites-vous.

Et le serrurier fixa ses yeux sur l'aubergiste, comme pour fouiller jusqu'au fond de ses entrailles...

— Ma foi, non, aucun mal... ou du moins, je n'en ai pas souvenance.

— Seriez-vous prussien, par hasard, monsieur Guilloux?

A cette question, le bonhomme fut pris d'un franc petit rire qui fit tressauter son gentil petit ventre.

— Moi, prussien ! dit-il entre un éclat de rire et une petite toux, et pourquoi serais-je donc prussien?

— Parce que vous estimez, vous aimez, vous fréquentez les traîtres qui leur tendent la main...

— Et leur font passer notre or, chacrrrrre ! ajouta le borgne en frappant du poing sur la table.

Joseph Guilloux ne connaissait pas à fond ses co-buveurs. Toutefois, il en savait assez sur le compte de chacun d'eux, pour n'avoir qu'une confiance très-limitée en leurs reliques. Son rire joyeux et franc se changea donc subitement en un sourire forcé, et sa voix manquait d'assurance quand il répondit :

— Je ne connais personne, parmi nous, qui fasse des vœux pour les armées prussiennes, et si Nicaise était mis en demeure de nommer les traîtres qui font passer de l'or à nos ennemis, il serait, je crois, dans un fier embarras.

— Dans l'embarras ! dit le cordonnier, voulez-vous que je nomme quelques-uns des traîtres?... Je les choisirai parmi ceux que vous estimez et que vous fréquentez, chacrrre !

— Oui, parmi vos amis, père Guilloux, ajouta le serrurier, on pourrait en trouver trois ou quatre sans sortir de Beauval.

—Maître Guilloux savait que l'assertion était fausse; il savait aussi que les deux ouvriers en connaissaient eux-mêmes la fausseté. Néanmoins il jugea prudent de ne pas s'irriter outre mesure contre cette calomnie, par la raison, plus ou moins raisonnable, qu'il ne faut pas se mettre à dos les méchants qui peuvent nous nuire. Il répondit donc sur un ton qui feignait l'étonnement :

— Bah! Marius, des traîtres à Beauval! des hommes assez infâmes pour tendre la main à nos ennemis !

— Oui, mon petit papa, et il en est quelques-uns que **vous connaissez tout aussi bien que nous.**

— Pour le coup, j'affirme carrément que non.

— Eh bien ! moi, je vais vous les faire connaître, reprit Nicaise Gouthiérat en baissant un peu la voix. Il y a d'abord votre fameux Laurent de Beauval...

— Oui, appuya Joly, tu peux l'affirmer, car j'ai des preuves certaines de sa correspondance avec les Prussiens.

— Et moi, j'ai des preuves comme quoi il leur envoie de l'argent, chacrrrre !

— Nicaise, mon ami, je crois qu'on vous aura trompé... M. de Beauval est incapable d'un crime pareil. Je crois le connaître mieux que vous, car nous touchons, lui et moi, à la cinquantaine, et nous ne nous sommes jamais quittés... tandis que vous...

— Tandis que moi ?

— Je voulais dire qu'il y a peu de temps que vous êtes à Beauval.

— Il y a peu de temps, c'est vrai. Toutefois, j'y étais le 18 du mois de juillet ; j'y étais aussi le 14, le 16 et le 18 du mois dernier, et je me suis aperçu que la déclaration de guerre, mais surtout nos défaites de Wissembourg, de Saarbruck et de Reichshoffen ont réjoui votre Laurent de Beauval qui n'a pas même cherché à déguiser sa joie. Ah ! c'est que, voyez-vous, gros papa Guilloux, on n'a pas besoin de cinquante ans, pour connaître le numéro d'un traître, quand on a les yeux ouverts, chacrrrrrrre !

— Je vous défie d'en ouvrir plus d'un, monsieur le savetier, répondit la voix d'une jeune fille qui sortait de l'auberge, en compagnie de deux intimes, pour se rendre à l'église.

Nos trois hommes furent également peinés de cette parole, mais pour des causes bien différentes. Guilloux trembla pour lui et pour sa fille Mariette qui nait de provoquer la colère du rejeton de Charlotte Gouthiérat, par un sarcasme qui devait lui aller au cœur, s'il en avait un ; Marius Joly craignait une discussion où il serait obligé d'intervenir, et qui ne manquerait pas de lui nuire auprès de l'une des jeunes filles présentes, Mlle Laure Noirot, appelée la perle de la montagne, et sur laquelle il avait des intentions matrimoniales. Quant à Gouthiérat, l'allusion maligne de Mariette Guilloux, en présence de Justine Leblanc, la troisième jeune fille, l'humilia profondément, et il allait sans doute faire une esclandre quand Joly l'apaisa en partie par ces mots dits à voix basse :

— Prends garde ! sinon tu vas tout gâter.

Gouthiérat ne put cependant se contenir tout à fait, et quand les trois jeunes filles passèrent près du marronnier, il interpella Mariette d'une voix qui manquait complétement de mélodie.

— C'est votre curé, mademoiselle, qui vous donne ces belles leçons ?

— Non, monsieur, c'est le *gros papa Guilloux*.

Puis, s'adressant à son père, Mariette ajouta :

— Papa, si vous veniez à vêpres, vous vous trouveriez en compagnie d'hommes qui n'insultent pas les honnêtes gens.

Et les jeunes filles passèrent sans saluer.

— Vas te faire... lanlair! gémit Marius, la perle de la montagne n'a pas même jeté un regard de mon côté... A propos, maître Guilloux, comment sont-elles entrées dans votre maison...? n'auraient-elles pas écouté...?

— Elles sont entrées par derrière, Marius. Quant à écouter notre conversation, je puis répondre que cela n'est pas. Du reste, elles étaient évidemment dans le jardin, puisque nous ne les avons pas entendues babiller.

— Alors même que votre Mariette babillerait un peu moins, il n'y aurait pas grand mal, chacrrrrre !

— C'est jeune, mon cher Nicaise, mais c'est bon, soyez-en sûr.

— On n'est jamais bien bon quand on se laisse conduire par les ennemis de la France.

— Encore, Gouthiérat ! tu tiens absolument à me faire passer pour un prussien...

— Ce n'est pas là ce que veut dire Nicaise, interrompit Joly, si votre fille n'avait d'autres maîtres que vous, M. Guilloux, elle serait assurément l'une des filles les plus accomplies de la montagne. Malheureusement pour vous et pour elle, Mariette est entre les griffes d'un misérable qui fait passer, chaque jour, à nos ennemis, les belles pièces jaunes qu'il nous escamote, à vous et à moi.

— De qui voulez-vous parler ?

— Je veux parler de ce chancre rongeur que vous appelez curé.

— Vous vous trompez, Joly ; M. Mercier aime la France autant et plus que nous. Il y a plus : il est le père des malheureux et l'ami de tous ses paroissiens. Ceux qui ont suivi ses conseils, n'ont jamais eu à s'en repentir jusqu'ici. Et...

— Et voilà pourquoi vous lui livrez votre fille, dit en se levant le cordonnier. Eh bien ! papa Guilloux, moi je vous dis que le curé, les Beauval, Jules Lenoir et tous

1.

ceux qui les fréquentent sont des propres à rien qui veulent la ruine du pays, chacrrrrrre !

Joseph Guilloux jugea convenable de ne pas répondre. Il prit son verre en se levant à son tour, et il le présentait aux deux amis pour trinquer une dernière fois, lorsque Marius Joly saisissant le sien le brisa en frappant avec rage sur la table. Le maître d'hôtel reculait effrayé quand le regard et les paroles du serrurier-mécanicien lui apprirent qu'il n'était pour rien, lui Guilloux, dans la fureur de son co-buveur.

— Je l'écraserai comme un ver ! dit Marius en jetant un regard chargé de haine du côté de l'église.

Guilloux et Gouthiérat regardèrent dans la même direction, et ils aperçurent les jeunes filles qui causaient gaiement et à cœur ouvert avec Jules Lenoir.

— Soyons calmes, Marius ! dit le borgne par manière de sarcasme, la prudence et sa cousine la patience valent de l'or.

— Malheur ! malheur aux Prussiens de l'intérieur ! râla le serrurier.

Et il s'éloigna suivi de Nicaise Gouthiérat.

CHAPITRE II

Entre trois yeux

Beauval n'a qu'une rue. Au centre, ou à peu près, se trouve la petite place avec laquelle nous avons fait une demi-connaissance dans le chapitre précédent. A l'est de cette place, l'église ; à l'ouest, l'hôtel du Vieux Marronnier ; au sud, la mairie qui sert de maison d'école, et au nord, une muraille qui clôt une charmante plantation d'arbres divers, derrière laquelle se trouve le petit château de la famille Beauval. Au sud-est de la place, et par conséquent, à droite de la mairie, vis-à-vis le chevet de l'église dont elle n'est séparée que par le cimetière et un tout petit jardin, nous trouvons une maisonnette que nous allons rapidement visiter, si vous le voulez bien. Sur la rue, deux pièces : la première, à droite, sert de cuisine et communique avec un atelier de serrurerie qui donne également sur la rue ; derrière l'atelier, une espèce de débarras où l'on aperçoit surtout du fer brut qui attend patiemment qu'on veuille le façonner ; derrière la cuisine, une qua-

trième pièce assez proprette, et qui doit servir de salle
à manger et de chambre à coucher, car on y voit une
table ronde recouverte d'une toile cirée, deux alcôves
avec lits, et une demi-douzaine de siéges quasi-élé-
gants. Cette pièce communique, par une porte et deux
croisées, avec le petit jardin ci-dessus désigné. Sur
la façade de cette maison on lit, écrite en lettres rouges, cette enseigne quelque peu ambitieuse :

A LA SUCCURSALE DU CREUSOT

MARIUS JOLY

SERRURIER-MÉCANICIEN MARCHAND DE FER

Disons de suite que le serrurier-mécanicien ne se
foulait pas la rate. On ne le voyait que rarement à l'a-
telier, et il n'y allait que pour politiquer avec quelques
désœuvrés.

En quittant le père Guilloux, Marius Joly et Nicaise
Gouthiérat s'étaient rendus, sans dire mot, à la maison
que nous venons de visiter. Le serrurier était furieux,
et sa première parole, en arrivant dans la chambre aux
deux alcôves, fut un blasphème horrible qu'il accom-
pagna d'un coup de poing sur la table qui n'en pouvait mais.

— Parlons, Gouthiérat, dit-il en s'asseyant.

— Je suis tout oreilles, mon cher Marius mais, à
mon avis, ce ne sont pas des paroles qu'il faudrait, ce
sont des actes.

— Des actes ! des actes ! qui donc, plus que moi, les
désire et souffre de ne pouvoir les accomplir ?...
Mais...

— Mais ?

— Nous ne pouvons pas lancer *le coq rouge* sans en avoir reçu l'ordre.

— Le coq rouge ! dit en ouvrant démesurément son œil le cordonnier.

— C'est vrai que tu ne peux pas comprendre... Mais.

— Après.

— *Ils* m'ont défendu de t'initier avant d'avoir des preuves certaines de ton honnêteté.

— Et tu n'as pas encore des garanties suffisantes ?

— Je crois te connaître assez pour te recommander aux frères. Toutefois, il faudrait qu'une circonstance... Il me semble...

— Ils ne t'ont pas pas écrit depuis jeudi ?

— Si, ce matin j'ai reçu une lettre avec un discours prononcé devant plusieurs milliers de frères réunis. Ce discours , imprimé dans toutes les langues qui se parlent sous la calotte des cieux, est envoyé à chaque président de club, avec ordre d'en donner lecture aux affidés... Mais il serait peut-être bon, avant de lire ce discours, de nous occuper de Jules Lenoir. Nous ne pouvons pas, lui et moi, respirer le même air, ni nous réchauffer au même soleil... Comprends-tu, Nicaise ?

— Oui, mais tu dois comprendre, à ton tour, que je ne puis te rendre service qu'autant que je serai rassuré sur les suites d'un coup de main.

— Je t'ai déjà dit, je crois, que nous sommes tous solidaires les uns des autres, et que le frère menacé se trouve sous la protection puissante de l'association tout entière.

— Très-bien ! mais, tu viens de me le dire aussi, je

ne suis pas encore affilié et, par conséquent, je n'ai aucun droit à la protection des frères.

Joly réfléchit un instant. Puis, d'une voix mysté-rieuse :

— Ils m'ont exprimé le désir, dit-il, de n'accepter pour frères que ceux qui ont fait leurs preuves. C'est plus sûr. Or, le coup de main que je te demande t'in-troduirait *illico* et comme de droit dans l'association, car ce serait une garantie très-suffisante.

— Je comprends tout cela, cher Marius. Toutefois, avant d'exposer ma petite tête, comme tu dis, à seule fin de me rendre assez honnête pour entrer dans votre *associlliation*, je voudrais bien savoir si la particulière me conviendra, et si, en débarrassant Laure Noirot, cette perle de la montagne, de l'un de ses prétendants, je ne vais pas tordre du lignon, tailler du cuir et cirer des bottes exclusivement pour le citoyen Marius Joly, ici présent, ou bien encore pour le roi de Prusse qui ne tardera pas d'arriver.

— Qui m'assure que tu n'abuseras pas de mes confi-dences ?

— Tu me juges bien sévèrement, Marius. Et puis, ne t'ai-je pas raconté par quel *hasard* je suis devenu borgne, pour quelle raison j'ai quitté Marigny, et com-ment le calottin de l'endroit peut encore aujourd'hui, s'il le veut, me traduire en cours d'assises pour faux en écriture publique et autres fredaines insignifiantes ? Ne trouves-tu pas dans ces divers événements une preuve évidente de mon honnêteté, et une garantie capable de lever tous les scrupules de votre *associlliation* ?

— C'est vrai ? dit résolument le serrurier. Eh bien !

mon honnête Nicaise, je vais t'initier, autant que je le puis, aux secrets de notre association.

Et Marius Joly, se levant, alla prendre, dans le tiroir d'un petit bureau, le discours et la lettre dont il avait parlé à Nicaise Gouthiérat.

— Le nom de l'association ? demanda celui-ci, tandis que le serrurier reprenait sa place.

— L'internationale.

— L'in-ter-na-tio-na-le !

— Oui. C'est-à-dire que les membres qui en font partie peuvent appartenir à toutes les nations. Et, de fait, il n'est pas un tout petit coin de terre, en Europe, où nous ne comptions des frères dévoués jusqu'à la corde, ou à l'échafaud.

— Et les Prussiens ?

— Ils sont doublement nos frères.

— Tu me scandalises.

— Cher innocent ! veux-tu que je rassure ta conscience ?

— Parle.

— Trois ou quatre cent mille Allemands auxquels la guerre vient de donner des armes nous sont dévoués corps et biens.

— Bon ! après ? et Guillaume, et Bismark et le vieux de Moltke, et les six cent mille soldats qui donnent la chasse à Mac-Mahon, vous sont-ils également dévoués?

— Tous, non. Mais tous font notre œuvre beaucoup plus habilement et plus promptement que nous ne saurions la faire nous-mêmes.

— N'oublie pas, Marius, que j'ai le comprenoir très-petit, ou, si tu aimes mieux que j'emploie le langage de M. Loison, rappelle-toi que j'ai l'intelligence paresseuse.

— Je vais te faire comprendre : les trois premiers combats ont anéanti, ou à peu près, nos meilleures troupes.

— Oui. Après ?

— Six cent mille hommes sont à la recherche, ou plutôt à la poursuite de Mac-Mahon qui n'a, pour résister, qu'une centaine de mille hommes dont la plupart ne savent pas tenir un fusil.

— Après ?

— Il sera battu... et l'empereur...

— Et l'empereur ?

— De deux choses, l'une, Nicaise : ou l'empereur se défendra, ou, il ne se défendra pas.

— Je crois que je comprends. Après ?

— S'il se défend, il sera tué.

— Ah ! quel malheur !

— J'ai envie d'en pleurer d'avance toutes les larmes de mon corps.

— Et s'il ne se défend pas ? Marius.

— Si l'empereur ne se défend pas, il sera fait prisonnier. Dans les deux cas nous serons débarrassés de lui.

— Et à sa place, il y aura ?

— Il y aura le désordre. Nous pousserons la France à résister jusqu'à la dernière extrémité, et, quand l'armée sera complétement détruite, l'internationale sera là.

— Pour chasser les Prussiens ?

— Non, pour accepter les conditions qu'il plaira à

M. Guillaume, ou à son Bismark de dicter à la France.

— Mais, vous allez ruiner la nation !

— Imbécile ! est-ce toi et moi qui serons appelés à payer les frais de guerre et les pots cassés ?

— Et quel avantage en retirerez-vous ?

— Les Prussiens, occupés à ronger l'os qu'on va leur jeter, nous laisseront tranquilles, et nous profiterons de ce temps d'arrêt pour organiser sur le sol français impuissant à se défendre, une association d'autant plus terrible qu'elle se composera de tout ce qu'il y a de plus énergique dans chaque nation.

— Et puis ?

— Et puis, nous ferons une petite promenade à travers l'Europe et même en Amérique... si le cœur t'en dit, tu pourras venir avec nous saluer les rois et leurs courtisans.

— J'en suis, chacrrrrrre !... Cependant, voyons ce qu'on t'écrit.

— Soit, voici d'abord la lettre.

« Très cher. »

« Je vous envoie le discours prononcé à... par le
» citoyen N... C'est une page qui peut faire le plus grand
» bien à l'association. Donnez-en lecture à quiconque
» vous paraîtra d'un tempéramment assez robuste pour
» la supporter.

» Attachez-vous à deux choses surtout : à recruter
» des frères intelligents et hardis ; à exciter leur haine
» contre la religion, la famille et la propriété, afin de
» les préparer ainsi à *lancer le coq rouge, dès que vous*
» *en aurez reçu l'ordre.*

» Défiez-vous des peureux et des imprudents, et
» n'oubliez pas que notre espoir se trouve surtout dans
» la lâcheté et la désunion de nos ennemis.

» Salut fraternel. »

— Voici maintenant le discours, ajouta Joly en donnant à Gouthiérat un coup d'œil où se peignait la suffi-
sance et la satisfaction.

« Frères ouvriers [1],

» Nous sommes à bout de patience, l'existence nous
» devient de jour en jour plus dure. On nous a trompés
» avec de vaines promesses. Autrefois, les champs ap-
» partenaient à ceux qui les cultivaient. Nos ancêtres
» ne connaissaient ni nobles, ni prêtres, ni marchands
» accapareurs. Ils vivaient heureux et libres. Mais
» bientôt vinrent d'au delà des mers des princes étran-
» gers, traînant à leur suite leur noblesse, leurs fonc-
» tionnaires. Que sais-je ? Ils subjuguèrent le pauvre
» peuple ; ils s'emparèrent de leurs champs, et depuis
» ils ont vécu du prix de ses sueurs.

» Or, qu'est-il arrivé, à la suite de ces événements
» funestes ? Après s'être rendus maîtres du sol, les con-
» quérants y ont établi des villes d'où ils nous domi-
» nent encore. C'est à eux que nous devons les lois
» oppressives et les lourds impôts qui nous réduisent
» à la misère... Leurs villes sont si bien fortifiées qu'il

[1] Ce discours a été prononcé en 1870. Nous avons cru
devoir omettre quelques passages, mais nous n'avons pas
ajouté un seul mot. Voyez l'*Histoire de l'Internationale*, par
M. E.-G. **Fribourg**.

» nous est impossible de les attaquer, à moins de lan-
» cer sur eux le *coq rouge*... Ils se sont dit : tout nous
» appartient ; le peuple est notre esclave, et, en vérité,
» nous ne sommes plus que des animaux pour nos
» maîtres insolents ; ils nous ont sellés et bridés, puis,
» ils sont montés sur notre dos.

» Eh bien ! Savez-vous ce qu'il nous reste à faire
» dans cette situation cruelle et extrême ? Une seule
» chose : c'est d'étrangler nos maîtres comme des
» chiens ! Pas de quartier ! Il faut que *tous* disparais-
» sent ! Il faut incendier leurs villes ! (coq rouge) Il
» faut que notre pays soit purifié par le feu !... Comme
» ils ont des canons et des fusils, et que nous sommes
» désarmés, ce n'est que par le feu que nous pouvons
» les attaquer et les vaincre. Une fois les murailles,
» derrière lesquelles cette canaille se retranche, ré-
» duites en cendres, il faudra bien qu'elle crève de
» faim. »

Cette lecture, faite d'un ton convaincu et assaisonné
de quelques coups de poing que Joly donnait sur la
table, avait vivement impressionné le borgne qui mani-
festa son enthousiasme par ces mots qu'il fit précéder
et suivre de quelques blasphèmes ronflants :

— J'en suis, chacrrrrrrre !

— Comprends-tu maintenant, mon Nicaise, ce que
c'est que le coq rouge ?

— Un peu ! qu'on se dit, mon camarluche, et l'on se
charge...

— Prudence ! Tu as vu qu'ils nous défendent de
lancer le coq avant d'en avoir reçu l'ordre.

— On attendra, Marius, mais il va me tarder de voir

arriver cet ordre. Le *flambement* de Marigny pourra me débarrasser d'un même coup de mon bienfaiteur et de certains papiers.

— A propos de flamber, si nous revenions à cette canaille de menuisier.

— Tu as peur que la perle t'échappe ?

— Je veux l'avoir coûte que coûte. Et si Lenoir...

— Ma foi ! je t'avoue franchement que je crois la partie fort compromise... Laure n'a d'yeux que pour lui.

— Je le sais, Nicaise, et je sais aussi que c'est à son bigotisme qu'il doit ses faveurs. Mais...

— Mais ?

— J'ai pour moi la mère de Laure, cette vieille édentée qui vendrait sa fille et même son âme, si elle en avait une, pour un mouchoir ou un ruban de 25 centimes.

— La mère Noirot t'accepte pour son gendre ?

— Oui, mais elle prétend, d'une part, que Lenoir a ensorcelé sa fille, et d'autre part que la famille de Beauval tient pour le menuisier. Elle voudrait donc arriver à une heureuse conclusion tout doucettement et par la ruse, afin de ne pas perdre la place de femme de confiance qu'elle occupe au château.

— Ton affaire me semble diablement exposée...

...A moins que...

— A moins que ?

— Le coq rouge...

— Qu'il n'en soit pas question pour le moment. Du reste l'oiseau ne flamberait pas avec la cage. Et tant que le menuisier sera là, Laure ne voudra pas céder aux sollicitations de sa mère.

— Une question ?

— Parle.

— Quand l'ordre de lancer le coq rouge sera venu, éprouveras-tu quelques remords à faire flamber les oiseaux avec la cage ?

Le serrurier-mécanicien répondit par un grand éclat de rire.

— Mais alors, continua Gouthiérat, pourquoi ne vas-tu pas à la chasse de l'oiseau qui cherche à te soustraire la colombe ? ils ne te l'ont pas défendu.

— Non, mais il m'est impossible de me charger moi-même de la commission... Pour toi, cher Nicaise, les inconvénients ne seraient pas les mêmes.

— Je t'ai dit déjà que je me mettais à ta disposition ? toutefois, je ne serais pas fâché de comprendre comment les dangers doivent être moins à redouter pour Nicaise que pour Marius.

— Parbleu ! mon cher, la chose est limpide comme une goutte d'eau de la fontaine *Maria* : s'il se commet un assassinat dans les environs, et surtout si la victime se nomme Jules Lenoir, tous les soupçons planeront sur ma tête, car, à tort ou à raison, tu le sais, ou tu ne le sais pas, je suis sujet à caution ; puis tout le monde sait que j'en veux au menuisier à l'occasion de la perle de la montagne, tandis que toi, mon cher Nicaise....

— Tandis que moi, grâce à ta bonne amitié et à ta fraternelle discrétion, je jouis, depuis un mois et quelques jours, c'est vrai, d'une réputation sans tache..... Mais, j'y pense : je pourrai bien te débarrasser de Lenoir, mais je ne vois pas, en vérité, comment j'empêcherai les soupçons de planer sur ta tête.

— Je serai, au jour convenu, à Moulins ou à Luzy, et je me laisserai voir par un si grand nombre de témoins que l'*alibi* sera facile à démontrer.

— Rusé ! Ah ! pourquoi donc ne me suis-je pas arrangé moi-même de manière à pouvoir produire des témoins qui auraient démontré mon *Abiribi*, comme tu viens de dire.

— Tu aurais encore ton *second*, répondit en riant Marius.

— Et je ne serais pas l'objet des railleries de cette bégueule qu'on nomme Mariette, chacrrre !

— Et des dédains de Justine Leblanc.

— Tu crois qu'elle me dédaigne ! demanda vivement Gouthiérat en devenant pourpre.

— Non, s'empresse de dire le serrurier qui avait atteint son but, cette fille paraît intelligente, et un œil de plus ou de moins lui importe peu, si elle découvre des mérites réels dans son prétendant. Or, pour ce qui regarde le mérite...

— J'en ai à revendre, dit en se rengorgeant l'orgueilleux cordonnier, mais, par tous les diables !...

— Eh bien ! quoi ?

— Je ne permettrai à personne, pas même à Justine Leblanc, de me dédaigner, chacrrre ! ! — J'entends qu'on me respecte chez les Guilloux, chez les Leblanc comme chez les Lenoir.

— Pour ce dernier, mon ami Gouthiérat, je crois bien que tu ne réussiras qu'à te faire tourner en ridicule.

— Je ne suis pas curieux, chacrrre ? mais je voudrais bien voir ça.

— Tu verras ce que d'autres ont vu plus de vingt

fois depuis moins de deux mois que tu es à Beauval.

— Tu dis ?

— Je dis que tu es le seul à ne pas voir les gestes que fait Lenoir pour amuser les jeunes filles à tes dépens...Tout à l'heure encore, avant d'entrer à l'église, il s'était caché l'œil gauche avec une pièce de quarante sols, et c'est là ce qui faisait rire les péronnelles qui ont passé près de nous sans jeter un regard de notre côté... Je me trompe, la petite Mariette Guilloux...

— Assez ! occupons-nous de Lenoir... Eh bien ! commande, je suis à tes ordres.

Un éclair de joie féroce brilla dans les yeux du serrurier mécanicien.

— Je crois, cher Nicaise, que tu trouveras beaucoup mieux que moi un moyen quelconque d'empêcher ce misérable de s'amuser et dégayer les autres à tes dépens.

— Et si ce moyen te débarrassait toi-même, et à tout jamais, d'un concurrent qui a des chances ?

— J'avoue que je te serais reconnaissant, et que je chercherais, à mon tour, quelque moyen de te témoigner ma reconnaissance.

— Eh bien ! Marius, tu peux te mettre de suite à la recherche de ce moyen, car je vais trouver, dès ce soir, celui de te tranquilliser relativement à la perle de la montagne, chacrrre !

Et, ce disant, le cordonnier se leva.

Joly regarda Gouthiérat avec un certain effroi. Il le connaissait capable d'assassiner père et mère pour un dîner, et même pour une bouteille de vin, et voilà pourquoi il en avait fait son *ami* ; mais il le savait aussi sans jugement et d'une sottise très-compromettante. Il craignit donc une imprudence et il voulut la prévenir.

— Où vas-tu ? demanda-t-il à Nicaise.

— Je vais aiguiser le meilleur de mes tranchets.

Marius fit un bond, et se trouva debout comme par enchantement.

— Non, non, dit-il, en prenant la main du borgne dans les siennes, il faut attendre une occasion favorable. Lenoir va, chaque semaine, à la ville, et il en revient toujours à une heure où il est impossible d'apercevoir un homme qui se cache, surtout si cet homme prend pour cachette l'épais taillis qui borde la route en deçà de la fontaine *Maria*.

— C'est, ma foi vrai, ce que tu dis là. Eh bien ! soit, attendons jeudi, car c'est, je crois, le jour que choisit le menuisier pour porter son travail à la ville. C'est égal, un coup de tranchet est plus facile à donner dans un lit que sur une route.

Le serrurier se prit à sourire, et, ouvrant son secrétaire, il en retira un révolver à six coups, et le présentant au cordonnier, il lui demanda :

— Sais-tu jouer avec ces sortes de bijoux ?

— Ça ressemble à un pistolet, dit le borgne en considérant l'arme avec ébahissement, mais je n'en avais pas encore vu de cette espèce. Est-il chargé ?

— Il y a là de quoi tuer six hommes en six secondes.

— Est-il possible ! demanda Nicaise en ouvrant son œil de manière à remplacer celui qui lui fait défaut. Mais comment...

— Allons faire une promenade dans le bois, et ce

soir, tu sauras, aussi bien que moi, comment se manœuvre un révolver.

— Ah ! c'est cela qu'on appelle un révolver ?

— Oui, mon Nicaise, et j'espère, avant peu, sinon te faire cadeau de celui-là, au moins t'en procurer un qui e vendra sous tous les rapports.

Les deux ouvriers sortirent et dirigèrent leurs pas vers le bois qui sépare Beauval du village des Buteaux.

— Tu vas me montrer la cachette, dit le borgne en gravissant la butte.

— Oui, ami Nicaise ; du reste, tu vas voir qu'on peut se cacher partout, sur une étendue de trois à quatre kilomètres.

— Nous allons choisir l'endroit où la route est le moins large.

— Et l'endroit le plus éloigné des villages.

— Oh ! quant à cela, je m'en bats l'œil : je sais bien qu'on pousse presque toujours un cri quand on sent le froid de l'acier à travers les côtes, mais je ne serai plus là quand les paysans arriveront.

— Ainsi soit-il ! répondit Joly en grimaçant un sourire.

2.

CHAPITRE III

Loison

Maître Guilloux, après le départ de ses co-buveurs, quitta, lui aussi, l'ombre du vieux marronnier, et rentra chez lui, le visage un peu soucieux. La réception qui lui fut faite n'était pas de nature à lui rendre cette petite gaîté qui l'accompagnait partout, et qu'il venait de perdre en quelques minutes. Mme Guilloux n'était pas à vêpres ; elle gardait la maison, et, en femme vigilante, elle n'avait pas perdu un seul mot de la conversation tenue sous l'arbre communal. Son époux la trouva plus sérieuse que d'habitude, et il lui sembla qu'elle avait pâli depuis une heure qu'il ne l'avait pas vue.

— Seriez-vous malade ? lui demanda-t-il avec intérêt ?

— Non, mon ami, mais je suis contrariée et inquiète.

— Contrariée ?

— D'être obligée de servir à boire à des jeunes gens qui me paraissent lancés dans une bien mauvaise voie.

— C'est vrai, Julienne, que ce sont deux pas grand chose... Et votre inquiétude ?

— Je tremble qu'ils ne finissent par faire de vous un *pauvre homme*.

De pâle qu'il était, Guilloux devint cramoisi :

— Allons, Julienne, dit-il d'une voix qui manquait d'assurance, vous savez bien que je suis incapable de m'encanailler.

— Mon ami, on finit toujours par penser et agir comme ceux que l'on fréquente. Déjà vous n'êtes plus le même : il y a deux mois, la lecture que l'on vient de faire, et la conversation que l'on vient de tenir en votre présence vous auraient révolté. Et c'est à peine si, aujourd'hui, vous avez ouvert la bouche pour défendre les personnes les plus respectables contre des calomnies aussi sottes qu'elles sont infâmes.

— Julienne, ma bonne amie, vous ne savez pas ce qu'il y a de méchanceté dans le prétendu serrurier-mécanicien qu'on nomme Marius Joly.

— Et c'est parce qu'il est très-méchant que vous vous croyez en droit de le fréquenter ?

— C'est parce qu'il est capable de tout que je me vois forcé de subir sa compagnie et ses conversations.

— Croyez-moi, Joseph, ce n'est pas en jouant avec le tigre qu'on se prémunit contre ses griffes, c'est en le fuyant.

Maître Guilloux mit fin à cette altercation qui lui pesait, en ne répondant rien aux dernières paroles de son excellente épouse. Celle-ci jeta son châle sur ses épaules, et sortit en disant :

— Je vais à l'église. Si je ne rentrais pas immédiatement après vêpres, et que vous eussiez besoin de sortir, recommandez à Laure et à Justine de ne pas quitter Mariette avant notre rentrée.

Joseph Guilloux, nous l'avons dit, n'avait pas d'ennemis, et il mettait tous ses soins à n'en avoir jamais. C'était l'homme conciliant par excellence. Bon citoyen, il payait exactement les impôts; membre du conseil municipal, il était toujours de l'avis du plus grand nombre; chrétien passable, il entendait la messe le dimanche, et s'approchait des sacrements au moins à Pâques; bon époux, il avait bien, par-ci, par-là, quelques petites discussions avec Julienne, mais il finissait toujours par reconnaître qu'il avait tort; excellent père, il avait versé des larmes bien sincères à la mort de ses cinq premiers enfants, et il aimait tendrement les deux qui lui restaient : Mariette âgée de dix-neuf ans, et Henri qui faisait sa troisième au *Petit Saint-Cyr* de Nevers, sous l'habile et paternelle direction de l'abbé Boussard. Toutefois, il faut bien le dire, Joseph Guilloux était à peu près nul, par la raison que la crainte de se compromettre le forçait, presque toujours, sinon à se ranger entièrement du côté des derniers venus, au moins à ne défendre que mollement et en hésitant la vérité. Hélas ! que de Guilloux, par le temps qui court ! Le brave homme était d'autant moins corrigible sur ce point, qu'il croyait être dans le vrai. Aussi, dès que Mme Guilloux eut disparue, l'aubergiste se prit à *soliloquer*: (Prière à ceux des Quarante Immortels qui ne sont pas encore morts, de vouloir bien, si leur dévotion ne s'y oppose pas, signer l'acte de baptême de ce nouveau-né.)

« Ma femme, se dit il, est assurément ce qu'il y a
» de mieux dans la montagne en fait de ménagère,
» d'épouse et de mère, mais son zèle pour la religion,
» et son dévouement pour le brave monde l'emportent
» au-delà des bornes : elle manque de prudence... Ma-
» rius Joly est bien ce qu'il y a de plus scélérat à vingt-
» cinq lieues à la ronde, et son nouvel ami, Nicaise
» Gouthiérat, quoique bête sans mesure et sans modes-
» tie, m'a tout l'air de vouloir lui disputer le prix de
» coquinerie... Ça, c'est vrai, et Julienne ne les a pas
» jugés trop sévèrement... Mais cette chère femme
» voudrait que je refuse de trinquer avec eux, que je
» les éconduise doucement, ou que je les contredise
» carrément quand ils se permettent d'insulter les gens
» honorables, ou même les choses sacrées. Or, je crois
» qu'ici Julienne se trompe. J'aime la famille de Beau-
» val, monsieur Mercier, Jules Lenoir et tous les braves
» gens qui sont les bêtes noires et font le cauchemar de
» nos deux bandits. Je suis tout disposé à leur rendre
» les services que je rendrais à ma propre famille. Tou-
» tefois, il est une chose que j'aime plus encore que tous
» les amis, c'est ma peau... Il est bon aussi 'e je con-
» serve un époux à ma femme, un père à mes enfants,
» et au conseil municipal l'un de ses membres les plus
» actifs et les plus intelligents. Or, ma peau court de
» très-sérieux dangers si je contredis ces deux polis-
» sons. Ils sont capables de tout... Julienne prétend
» qu'on ne se préserve des griffes du tigre qu'en fuyant.
» Et moi je dis qu'on échappe à la dent du chien har-
» gneux, en lui donnant des caresses et en lui jetant un
» os à ronger. Laissons vivre les autres, afin de pouvoir
» vivre nous-mêmes. »

Tandis que maître Guilloux cherchait à cuirasser sa conscience et à sauver sa peau, son épouse, les vêpres finies, entrait au presbytère en compagnie de Jules Lenoir qui venait comme elle, s'enquérir des nouvelles de la guerre. Après avoir roulé, sur ce chapitre, quelques minutes seulement, attendu que le journal de M. le curé ne donnait rien de nouveau, la conversation fut amenée, comme naturellement, sur les espions Prussiens.

— On ne sait plus à qui se fier, dit Mme Guilloux, nous avons logé, pendant six mois, un prétendu garde des forêts de l'État, qui n'était rien moins que cela.

— Bauer?

— Précisément, Monsieur le curé. Or, Bauer était tout simplement un officier que Bismarck envoyait pour lever le plan de nos montagnes. Il nous a laissé un premier essai de ce plan, et il n'y manque ni un sentier, ni une cabane, ni un rocher.

— J'avoue que Bauer avait toutes les allures d'un excellent homme, dit Jules Lenoir, néanmoins les soins qu'il mettait à cacher ses accointances avec Joly, surtout depuis deux mois, me l'avait rendu suspect. J'en sais trop long sur le compte de Marius pour accorder une grande estime à ceux qui le fréquentent.

— Voilà qui est à mon adresse, Jules, ou plutôt à l'adresse de mon mari?

— Convenez, madame, que M. Guilloux n'a rien à gagner dans la société de Joly et de Gouthiérat.

— J'en conviens, mon cher Jules, mais convenez, à votre tour, que si ces jeunes gens complotaient contre vous et vos amis, vous ne seriez pas fâché d'être mis sur vos gardes, même par Joseph Guilloux.

— Je ne serais pas surpris de les voir s'occuper de politique, et je les crois peu scrupuleux sur les moyens à choisir pour arriver à une révolution, mais je les crois incapables de machiner des complots contre les particuliers, alors même que ces particuliers disputeraient à Joly mademoiselle Laure Noirot.

— Jules, mon ami, croyez-moi, tenez-vous sur vos gardes : la prudence est la mère de la sûreté.. J'ai entendu Marius prononcer une parole avec un geste et un grincement de dents qui m'ont donné la chair de poule.

— Y aurait-il indiscrétion à vous demander quelle est cette parole, madame?

— Voici, monsieur le curé : Marius Joly, en quittant l'ombre du vieux marronnier, a prononcé avec une sorte de rage cette parole : « Malheur aux Prussiens de l'intérieur! » Et en la prononçant il regardait Jules Lenoir qui conversait avec Laure Noirot.

— Mon ami, dit le prêtre, en s'adressant à Jules, je crois que vous ferez bien de suivre l'avis de madame Guilloux. Marius Joly a passé six ans au Creusot, d'où il nous est revenu bien changé.... Il était parti pauvre, mais laborieux, et...

— Et il est revenu riche et très-paresseux, monsieur le curé, continua Julienne. Ça ne quitte guère l'auberge, et ça ne sort jamais sans payer... Il a acheté la maison qu'il occupe... Il reçoit plus de lettres que vous, monsieur le curé, et même que M. de Beauval... Je sais qu'on ribote chez lui, pas mal souvent, surtout la nuit.

Comme Jules, je m'étais aperçue que Bauer fréquentait Joly, et bien des fois, dans ces derniers temps, il n'est rentré que vers les deux heures du matin. Je me suis permise, à diverses reprises, de le plaisanter sur ses accointances avec Joly et Gouthiérat. Il m'a avoué qu'ils étaient toujours trois au moins chez le serrurier, mais il m'a affirmé qu'il n'y avait jamais rencontré le cordonnier, dont il ne parlait du reste qu'avec mépris, ne l'appelant que la bête brute. Depuis le départ de Bauer pour le camp prussien, on ribote encore, la nuit, chez Marius Joly, mais je ne saurais dire au juste quels sont ses convives.

— On parle d'un inconnu.

— Oui. On parle même de deux ou trois, mais, pour le sûr, il en est un qui vient assez souvent. C'est, dit-on, un chef de je ne sais quoi. On l'écoute comme un oracle, on le respecte comme une idole.

— Et personne ne sait d'où il sort?

— Si, on prétend qu'il habite ordinairement le Creusot.

En ce moment Jean Noleau, le sacristain, entra tout effaré et en criant :

— Oh! mon Dieu! mon Dieu! nous sommes tous perdus !

— Qu'y a-t-il, Noleau, qu'y a-t-il? demanda le curé en se levant vivement.

— Ah! mon cher monsieur, ce n'est pas moi qui pourrais vous dire tous nos malheurs... Mais voici M. de Beauval avec un papier.

En effet, le châtelain de Beauval, tenant à la main une dépêche télégraphique, suivait de près le sacristain.

— Mauvaises nouvelles, paraît-il, M. le Maire? demanda M. Mercier.

— Calamiteuses ! mon cher pasteur. Voici le télégramme que je reçois par l'entremise du bureau de Moulins :

« Paris, le 3 septembre. »

« Français,

» Un grand malheur frappe la patrie.

» Après trois jours de luttes héroïques soutenues par
» l'armée du maréchal Mac-Mahon contre 300,000 en-
» nemis, 40,000 hommes ont été faits prisonniers.

» Le général Wimpffen, qui avait pris le commande-
» ment de l'armée, en remplacement du maréchal Mac-
» Mahon grièvement blessé, a signé une capitulation.

» Ce cruel revers n'ébranle pas notre courage.

» Paris est aujourd'hui en état de défense.

» Les forces du pays s'organisent.

» Avant peu de jours une armée nouvelle sera sous
» les murs de Paris ; une autre armée se forme sur les
» rives de la Loire.

» Votre patriotisme, votre union, votre énergie sau-
» veront la France.

» L'Empereur a été fait prisonnier dans la lutte.

» Le gouvernement, d'accord avec les pouvoirs pu-
» blics, prend toutes les mesures que comporte la gra-
» vité des événements.

» Le conseil des Ministres :

» Cte DE PALIKAO, H. CHEVREAU, etc. etc. »

2.

La lecture de cette proclamation jeta les personnes présentes dans une véritable stupéfaction.

— Les blessés et les fuyards vont nous arriver sous peu, reprit le Maire. Notre position topographique nous mettant à l'abri d'un coup de main, nous aurons, c'est au moins probable, à nourrir et à loger bien du monde... Je vais assembler d'urgence le conseil municipal, afin d'aviser.

— Je n'ai pas besoin de vous dire, M. le Maire, que le presbytère et tout ce qu'il contient, y compris le Curé, est à la disposition de nos chers et malheureux soldats.

— Votre dévouement nous est connu, monsieur le curé, et je sais que vous nous donnerez à tous l'exemple de la charité, du patriotisme et de l'abnégation.... Noleau, voulez-vous dire au garde-champêtre d'avertir les conseillers municipaux que je les attends ce soir, à six heures, à la mairie?

— Dam! monsieur de Beauval, je vais bien le lui dire à ce garde, mais je ne puis pas assurer qu'il fera la commission.

— Parce que?

— Ah! parce que trois ou quatre conseillers sont à la ville,

— En êtes-vous sûr?

— Ma foi, notre monsieur, je ne voudrais ni en jurer, ni surtout en mettre ma main au feu, mais je ne les ai vus ni à la messe, ni à vêpres, et, pour sûr, je les aurais vus s'ils étaient à Beauval .. Du reste, M. Loison n'est pas sans le savoir, et il pourra vous le dire.

— C'est juste. Je vais trouver l'instituteur.

M. de Beauval prit congé du curé et se rendit à la Mairie où il trouva le magister en train de lire certains papiers qu'il glissa furtivement dans un tiroir, en apercevant son visiteur.

M. Loison n'était pas un personnage quelconque : Il cumulait les fonctions de maître d'école, d'écrivain public, de secrétaire de la Mairie et de tambour de ville. Né en 1820, il avait grandi à la suite des trois pourceaux dont son père lui avait confié la garde vers l'âge de dix ans. C'est dans l'exercice de ce premier état qu'il se lia d'amitié avec un autre enfant de son âge qui faisait, lui aussi, la conduite aux rossignols à glands de son papa, le sieur Malardier. Les deux porchers s'acquittèrent-ils consciencieusement de la mission qui leur était confiée? L'histoire se tait sur ce point, mais elle nous affirme qu'après avoir fait l'éducation à trois et quatre générations des dits rossignols, Loison et Malardier n'avaient pas encore la science nécessaire pour faire leur première communion. C'est alors que l'excellent curé de la paroisse les prit l'un et l'autre chez lui afin de les initier aux connaissances indispensables pour s'approcher des Sacrements. Il fit plus : comme les parents n'étaient pas en position d'élever convenablement leur progéniture, par la raison que les orties ne produisent ni des oranges ni du malaga, le bon prêtre leur donna, pendant plusieurs années, la nourriture de l'esprit et du corps, et leur obtint des brevets de capacité pour l'instruction primaire.

Quand arriva 48, Maladrier brisa le Christ qui se trouvait dans son école ; essaya de décider ses confrères à l'imiter ; copia une vingtaine de phrases malsaines et ronflantes dans les journaux cramoisis du moment ; les fit réimprimer à son nom ; jeta au visage de son bienfaiteur des crachats et des injures ; se fit députer à l'Assemblée Constituante ; sauta par la fenêtre au coup d'Etat du 2 décembre, et nous débarrassa de sa personne en se rendant à Bruxelles en Brabant. Quant à Loison, la fortune lui fut moins favorable et il dût se contenter d'un rôle plus modeste ; il n'eut ni la gloire de siéger à la Montagne, ni l'honneur de passer la frontière. Il brisa bien le Christ ; il n'oublia pas d'insulter son bienfaiteur, mais cela ne lui valut que la promesse d'une Sous-Préfecture que devait lui obtenir son double collègue. Au coup d'Etat, Loison fut chassé du pays où il avait encouru l'animadversion de tous les habitants. Mais comme on avait besoin de *prêtrophobes*, et que le dit magister avait fait ses preuves, on le plaça instituteur à Beauval où nous le trouvons en 1870, chargé de l'instruction de tous les enfants, garçons et filles, des écritures publiques et particulières, et des annonces au son du tambour.

Donc, quand M. Laurent de Beauval entra dans la chambre entr'ouverte du magister, celui-ci glissa furtivement dans un tiroir les papiers qu'il avait en mains, et se leva prestement pour faire un salut qui voulait être tout à la fois digne et gracieux.

— Monsieur le Maire, j'ai l'honneur de vous présenter mes hommages les plus respectueux. Oserai-je vous offrir ce modeste siége ? Vous me voyez désespéré de n'avoir pas à vous...

— Merci ! merci ! mon cher monsieur Loison, je n'ai pas le temps de m'asseoir. Voici une dépêche que vous allez transcrire et afficher à la porte de la Mairie... Je voudrais réunir le Conseil municipal... savez vous...

— Aujourd'hui ? *Presto ? Illico ? Subito ?*

— A l'instant même, si cela était possible.

— Hélas ! monsieur de Beauval, la chose est diamétralement impossible : plusieurs de ces messieurs sont à la ville avec l'intention pleine de philanthropie d'obtenir un sursis au départ du jeune Simon qui devrait déjà avoir rejoint nos phalanges invincibles.

— Invincibles ! dites-vous. Lisez, monsieur Loison.

Et le Maire remit au maître d'école un imprimé qu'il sortit de sa poche.

Loison l'avait à peine entre les mains, qu'un gros soupir s'échappa de sa poitrine avec ce gémissement.

— Mon Dieu ! mon Dieu ! nous avez-vous donc abandonnés !

— Nos crimes, en effet, sont la cause principale, sinon la cause unique de nos revers.

— Grand Dieu ! les fils de la gloire ont fléchi le genoux devant le Teuton barbare... Les neveux des héros...

— Vous voudrez bien afficher cette dépêche, et faire savoir aux membres du Conseil municipal qu'il y aura demain, à huit heures, une réunion extraordinaire.

— Les désirs de mes supérieurs, vous le savez, monsieur de Beauval, furent toujours des ordres pour votre serviteur... Pensez-vous que nous puissions encore lutter avec l'espoir de triompher ? Les lauriers auraient-ils cessé de fleurir pour...

— Dieu le sait, mon cher monsieur, mais je m'imagine qu'il est le seul à le savoir... A demain.

Au moment où M. de Beauval traversait la petite place, pour rentrer chez lui, M. le curé sortit du presbytère, et tendit un imprimé au châtelain.

— Vous avez oublié votre dépêche télégraphique chez moi, monsieur le Maire.

— Comment dites-vous?... Que signifie?... Mais je viens de la donner à M. Loison... Et pourtant, c'est bien cela... Mais alors, je ne l'ai pas donnée... Monsieur le curé, j'avoue que je n'y comprends rien.

— N'auriez-vous pas donné à M. Loison un imprimé quelconque qui vous serait arrivé en même temps que le télégramme?

— J'ai reçu le *prospectus* d'une maison de Bordeaux, mais je dois l'avoir encore dans ma poche... Ma foi! non, je ne l'ai plus... Il y a eu véritablement erreur... Et cependant Loison l'a lue en ma présence; il a poussé un soupir; il s'est affligé de notre défaite... Je donne ma langue au chat, car je renonce à deviner cette énigme dont je vais chercher la solution à la Mairie.

— Eh! mon cher monsieur de Beauval, courez vite, et encore... vous arriverez trop tard. Ne voyez-vous pas que le maître d'école est en train d'afficher le *prospectus* bordelais?

— Étourdi!

Et M. de Beauval se dirigea de nouveau vers la maison d'école. Mais quelle ne fut pas sa surprise quand, au lieu d'un *prospectus*, il lut l'affiche suivante:

« Frères,

» On nous a trahis... Les deux tyrans sont d'accord » pour resserrer nos chaînes et sucer notre sang...

» Bonaparte n'a déclaré la guerre que pour amener l'in-
» vasion allemande... Armez-vous, et tenez-vous prêts
» à courir sus aux Prussiens de l'intérieur... Surveillez
» les traîtres, et attendez des ordres.

» LE COMITÉ. »

M. de Beauval déchira l'affiche au grand déplaisir
des Beauvalais qui accouraient pour en prendre connaissance, et, d'une enjambée, il monta les trois degrés qui précèdent la porte de la Mairie.

— M. Loison ! M. Loison !

— A vos ordres, M. le Maire, me voici. Pourrais-je
savoir...

— Pourrais-je savoir moi-même ce que signifie cette
affiche ?

Loison était pâle, évidemment il n'était pas sans
crainte, mais il ne devait pas être, non plus, sans
quelque espoir, car il hésita avant de répondre et son
regard se promenant de M. de Beauval au placard la-
céré, disait assez qu'il y avait lutte chez le magister, et
qu'il se demandait s'il fallait lever le masque, ou ram-
per encore, afin de mieux lancer son venin au moment
favorable. Enfin, un demi-sourire vint effleurer ses lèvres et, de sa voix la plus doucereuse, il répondit assez
naturellement :

— Quelle étourderie ! Dans mon empressement à
vous obéir, j'ai affiché tout autre chose que la dépêche
dont vous m'avez fait l'honneur...

— Pardon, monsieur le maître d'école ! procédons
avec ordre, s'il vous plaît. Répondez à mes questions,
et répondez simplement. Gardons nos phrases ampou-

lées pour nos moments de récréation : Est-ce vous qui venez d'afficher cette proclamation ?

— Oui, monsieur, par inadvertance.

— Bon ! qui vous a donné cette proclamation ?

— Elle m'est arrivée par la poste... avec d'autres imprimés comme il en vient tant à mon adresse... Je ne les lis jamais.

— Vous n'avez pas lu celle-ci ?

— Non, monsieur.

— Je suis étonnné que vous l'ayez confondu avec ce que je vous ai remis... Encore une question : Comment connaissez-vous nos désastres ?

— Par votre dépêche, parbleu !

— Montrez-moi cette dépêche.

M. de Beauval suivit le magister qui s'avança fort tranquillement vers le tiroir dont nous avons parlé plus haut. Il en tira le *prospectus* bordelais, et il le présentait au Maire, quand un coup d'œil, jeté sur cette pièce, lui apprit qu'il se trompait.

— J'allais faire une nouvelle étourderie, dit-il en souriant, et vous donner un *prospectus* au lieu de la dépêche. Nos revers ont décidément agi *per nefas* sur la partie exiguë de mon cervelet qui est le siége de la mémoire et de la réflexion... Voici la dépêche que vous m'avez fait l'honneur de me remettre.

C'était bien elle, ou plutôt elle était parfaitement identique à celle que le magistrat avait dans sa poche.

— Affichez-la de suite, et n'oubliez pas que demain, à huit heures, nous avons une réunion extraordinaire.

— Soyez sans inquiétude, monsieur le Maire, vous serez religieusement et catégoriquement obéi.

Tandis que Loison exécutait, en *monologuant*, les ordres de son chef, celui-ci rentrait chez lui, et avait avec Mme de Beauval, cette conversation :

— Dis-moi, Marie, n'as-tu pas remarqué que la dépêche, arrivée pendant les vêpres, était double ?

— Non, Gaston, il n'y en avait qu'une.

M. de Beauval raconta ce qui venait d'arriver, et ajouta :

— Pourrais-tu m'expliquer cette énigme ?

— Parfaitement, mon ami.

— Tu plaisantes, Marie ! Eh bien, voyons, explique.

— Rien de plus simple : l'une des dépêches était adressée à M. de Beauval, et l'autre au maire de la commune.

— Très-bien ! et je m'en étais douté, mais, comment se fait-il que Loison ne m'en ait pas dit un mot, et comment se fait-il encore qu'il ait affiché cette proclamation incendiaire, qu'il avait certainement lue, quoi qu'il puisse dire ?

— Mon cher Gaston, je t'ai déjà dit que tu devrais agir *prudemment* avec le maître d'école. Tu ne te tiens pas assez sur tes gardes. Les antécédents de cet homme ne sont pas à son avantage, tu le sais, ses allures ne sont pas franches, et ses relations actuelles me paraissent au moins suspectes. Tiens pour certain qu'il dépouille, avant toi, les dépêches qui arrivent à la mairie, et qu'il s'arroge le droit d'en faire un triage toutes les fois que ses intérêts le demandent.

— Tu exagères, Marie, Loison ne saurait être un malhonnête homme.

— Dieu me garde, mon ami, de juger trop sévèrement cet homme ! Toutefois, tes intérêts me sont chers autant que les siens, et je me crois en sûreté de conscience en ouvrant les yeux sur des actes, des paroles, des allées et venues qui me paraissent louches pour ne rien dire de plus... Je suis convaincue que Loison est affilié à quelque société secrète ; qu'il est au courant, beaucoup mieux que toi, de tout ce qui se fait ; qu'il a des relations avec Joly, et peut-être aussi avec certains voyageurs nocturnes qui viennent, paraît-il, du Creusot, tout exprès pour admirer les beaux yeux et boire le bourgogne du prétendu serrurier mécanicien.

— M. le curé semble avoir en lui une grande confiance.

— Je crois que M. le curé pousse beaucoup trop loin l'indulgence... Je serais bien surprise si, un jour ou l'autre, vous n'étiez pas, M. Mercier et toi, les victimes de ce maître d'école ambitieux qui se croit déclassé.

— Eh ! à quoi lui servirait-il de nous nuire ?

— Ah ! mon cher ami, à quoi servait-il à Lucifer de se révolter contre son maître ? à quoi servait à nos premiers parents de vouloir devenir savants comme le Dieu du ciel et de la terre ? A quoi servait à Judas de trahir et de vendre le plus doux et le plus bienfaisant des pères ? A quoi servait à Robespierre, à Lebon et compagnie d'envoyer à l'échafaud tous ceux qui avaient une conscience, ou de l'argent ?... Ton Loison veut pêcher en eau trouble. Je t'en prie, sois sur tes gardes !

— Mais, ce n'est que d'aujourd'hui, Marie, que tu le juges aussi sévèrement.

— C'est aujourd'hui seulement que je me crois obligée de parler, car **les choses deviennent graves**, mais en aucun temps cet homme n'a eu mes sympathies : Il ne m'a jamais montré qu'un visage d'occasion et des allures hypocrites. Encore une fois, je t'en prie...

— Sois sans inquiétude, je tiendrai compte de tes observations ; j'examinerai les démarches de Loison... Tu penses bien que je n'ai guère peur de lui.

— Tu as tort. Si c'était un homme à lutter la visière haute, je serais sans crainte, car je connais ta valeur, mais il est une arme contre laquelle tu n'as jamais su te défendre : c'est celle des lâches, c'est la perfidie.

Tandis que Mme de Beauval cherchait à ouvrir les yeux de son époux sur les démarches suspectes du maître d'école, celui-ci faisait ce petit raisonnement : » Cher papa de Beauval !... Est-il épais, ce brave » homme ! Il entre furieux chez moi, et me demande, » d'un ton impérieux, si j'ai moi-même affiché la pro- » clamation du comité ; je lui réponds que c'est par » étourderie que je l'ai fait, et le bonhomme me croit » sur parole... Je lui dis que j'ai reçu cette proclama- » tion par la poste, et il en est de suite convaincu. Je » lui affirme que je ne l'ai pas lue, et il n'en de- » mande pas davantage... Cher gros mouton, va, je me » charge de te tondre un jour, et ce jour ne peut plus » être éloigné désormais : La république doit être pro- » clamée à ce moment ; Malardier sera rappelé avant » peu ; les biens des hommes *accusés* d'avoir entretenu » des relations avec la Prusse seront aliénés au profit » de l'état ; la propriété des Laurent de Beauval égale » six cent mille francs ; je me l'adjugerai pour cin- » quante mille que je prendrai dans les portefeuilles, » ou les coffre-forts du bon homme... Sans doute, qu'il

» faudra graisser la patte à Joly, mais il y aura bien
» quelque chose à grapiller chez le curé, et surtout
» chez Guilloux... En attendant, *nos*, ou plutôt *mes* au-
» xiliaires les Prussiens arrivent à grands pas... Ah !
» chers petits Teutons, venez, venez vite troubler les
» eaux par trop limpides de nos montagnes, j'éprouve
» le besoin de barboter.... Tiens ! mais où diable est
» donc passée la dépêche qui était à l'adresse du mai-
» re ?... Qu'importe, après tout, puisque le public est
» mis au courant par celle qu'a reçue mon gros bêta de
» Beauval ! comme il me tarde d'être à demain, ou plu-
» tôt à cette nuit, car s'il y a du *nouveau*, Joly sera
» mis au courant avant l'administration municipale...
» Si je ne me trompe, ou Bauer, ou Assi, ou le Creusot
» nous dépêcherons quelqu'estafette cette nuit... Tiens !
» voilà cette bécasse de Noirot qui m'arrive par les der-
» rières... C'est apparemment Joly qui me l'envoie.
» Voyons un peu. »

La mère Noirot s'arrêta un instant dans le jardin
attenant à la maison d'école. Elle tendait l'oreille pour
savoir si M. Loison était bien seul, quand celui-ci vint
ouvrir en disant :

— Entrez, madame, entrez, il n'y a ici que des amis.

— Mon Dieu ! mon cher M. Loison, cela me contra-
riera beaucoup, mais il faudra de toute nécessité que
je renonce à venir vous voir.

— Et pourquoi cela, madame Noirot ?

— Parce que je suis sur les épines durant le trajet
que j'ai à parcourir du château jusqu'ici.. J'ai peur que
l'on me prenne pour une voleuse, ou une mauvaise
femme.

— Mais aussi pourquoi prenez-vous des chemins détournés ? si vous entriez comme tout le monde, par la porte ordinaire, vous n'auriez pas à redouter le *quand dira-t-on..* Avez vous vu Marius Joly ?

— Pas depuis trois jours.

— C'est comme pour venir chez moi, vous avez peur qu'on vous observe... Pour Marius, je comprendrais encore, mais pour ce qui me regarde.... je suppose que Mme de Beauval n'est pas étrangère à vos craintes.

— Oh ! mon cher monsieur, vous vous trompez, jamais Madame ne m'a défendu de venir ici.

— Vous avez tort de ne pas voir plus souvent M. Marius.

— Je sais qu'il n'est pas content de ma fille.

— Ah ! et pourquoi ?

— Entraînée par Mariette Guilloux et Justine Leblanc, Laure a passé devant lui sans saluer ; elle a fait plus, la malheureuse enfant, elle est allée jacasser avec Jules Lenoir, juste sous les yeux de ce cher M. Joly.

— Tant pis ! car si Marius s'aperçoit qu'on le méprise, il tournera ses vues d'un autre côté, et j'en serais vraiment désolé pour vous, Mme Noirot, et j'en serais inconsolable pour Laure à laquelle je porte la tendresse d'un père.

— Mon Dieu ! M. Loison, n'y aurait-il pas moyen de raccommoder les choses ? Vous êtes si puissant sur l'esprit et le cœur de M. Marius !

— Pourquoi n'allez-vous pas le trouver vous même, afin d'arranger les choses le plus promptement possible ?

— Ah ! mon cher monsieur, vous n'ignorez pas que

si cela dépendait de moi, la chose serait bâclée depuis quinze jours, ou trois semaines... Conseillez-moi, je vous en prie, car je ne sais plus où donner de la tête.

— Eh bien, voulez-vous décidément avoir pour gendre un gâcheur de bois, un méchant menuisier, ou bien tenez vous à donner à votre fille un époux instruit, riche et considéré ?

— Eh ! ne savez-vous pas que je donnerais jusqu'à ma dernière chemise pour devenir la mère de M. Joly ?

— Eh bien, amenez Laure ; de mon côté, je vais faire appeler Marius. Nous afficherons leurs bans demain, et de mercredi en huit, c'est-à-dire au bout de dix jours, nous les marierons... Si vous tenez au mariage du curé....

— Que dites-vous là, et pour qui me prenez-vous ?

— C'est une plaisanterie, ma chère dame, et vous le savez bien... M. le curé obtiendra facilement la dispense de deux bans, et le mariage n'aura pas de retard... qu'en pensez-vous ?

— Je pense que vous en parlez bien à votre aise... Je ne suis pas seule, malheureusement, pour décider la chose. M. et Mᵐᵉ de Beauval veulent la marier avec Jules Lenoir, et Laure elle-même ne veut pas entendre parler de M. Joly. Or, vous savez que sans M. de Beauval, nous serions, ma fille et moi, à courir de porte en porte pour avoir un morceau de pain. C'est lui qui a payé les dettes laissées par mon défunt, qui nous a recueillies dans son château et nous a mises à même de nous refaire une petite fortune et de marcher la tête haute.

— Alors, vous vous décidez pour Jules Lenoir ?

— Je ne dis pas ça, M. Loison, au contraire... Seulement, cela me chiffonne bien un peu d'envoyer promener des gens qui nous ont fait tant de bien et qui veulent nous en faire encore.

— Remarquez bien, Mme Noirot, que je suis loin de vous engager à n'être pas reconnaissante envers M. et Mme de Beauval. Ce sont de braves gens que vous n'aimerez jamais autant que je les aime. Mais je constate que vous ne voulez pas de Joly pour votre gendre, et comme j'ai fait en votre nom, des démarches auprès de lui pour conclure un mariage, je vais l'avertir qu'il n'ait plus à penser à Laure, par la raison que M. et Mme de Beauval vous forcent à la donner à Jules Lenoir.

— Ne faites pas cela, mon cher Monsieur, car jamais, entendez-le bien, jamais ma fille n'épousera un ouvrier... La perle de la montagne peut prétendre à quelque chose de mieux, et ce n'est pas sa mère qui la placera dans l'atelier d'un artisan, quand sa beauté et sa gentillesse lui donnent les droits à la main d'un prince.

— Permettez, madame Noirot : Marius Joly est riche, intelligent, appelé à devenir célèbre, c'est probabilissime, mais, vous le savez, pour le moment c'est un marchand de fer, et un simple ouvrier serrurier-mécanicien.

— Bon, bon, bon ! mon cher monsieur, on sait le contraire. C'est vous-même, ne vous en déplaise, qui m'avez appris que la forge et les outils n'étaient qu'une frime.

— Eh bien, à quoi vous décidez-vous ?

— Si vous pouviez dire un mot à M. et à Mme de

Beauval, en faveur de M. Joly... C'est pour cela que je suis venue.

— Ça m'est de toute impossibilité. Du reste, M. et Mme de Beauval me diraient de m'occuper de mes affaires propres, et ils n'auraient pas tout-à-fait tort... Ainsi donc...

— Eh bien, ne dites rien à M. Marius jusqu'à nouvel ordre. Je vais sermoner Laure, et si elle consent...

— Marius est assez riche pour loger, nourrir et vêtir la mère et la fille.

— C'est à quoi je pensais... A revoir, M. Loison.

« Allons ! se dit le maître d'école, après le départ de « la mère Noirot, c'est encore une chandelle que me « devra ce scélérat de Marius Joly... Si Laure lui « échappait, il est probable qu'il ne trouverait jamais « aussi bien, si tant est qu'il puisse trouver quelque « chose... Quant aux suites de ce mariage... Ma foi ! les « de Beauval sont assez bêtes, après tout, pour repren- « dre la mère et la fille quand Marius en sera rassasié « et qu'il aura bu, ou mangé les petites épargnes. »

Sur cette bonne pensée, Loison alla prendre, dans le tiroir sus-nommé, un numéro du *Siècle*, et il se prit à le parcourir en attendant que la nuit vînt lui prêter ses ombres.

CHAPITRE IV

Ça chauffe

Le petit château de la famille de Beauval, nous l'avons dit, est séparé du bourg par un bosquet qui le dérobe, ou à peu près, aux regards. C'est une maison à deux étages, flanquée de quatre tourelles assez gracieuses pour flatter la vue, et assez récentes pour ne faire rêver ni de cachots affreux, ni d'oubliettes profondes. C'est là, dans une chambre du deuxième, que se rendit la mère Noirot en quittant le maître d'école. Mᵐᵉ de Beauval lui avait affecté cet appartement, afin qu'elle pût veiller plus constamment, et plus sûrement sur sa fille qui couchait dans le cabinet voisin. Laure, en effet, ne pouvait ni entrer, ni sortir sans passer par la chambre de sa mère. Un mot sur cette femme avant d'en arriver au sermon qu'elle avait préparé pour sa fille.

Colette Chardon avait été élevée par une mère à laquelle beaucoup d'autres ressemblent, se faisant un devoir de ne donner à sa fille que de bons exemples,

3

mais ne tenant pas à ce que ces exemples fussent suivis, dans la crainte de voir pleurer son idole. Colette
recevait même d'assez bons conseils qu'elle suivait
toujours de point en point, chaque fois qu'ils concor-
daient avec ses goûts et ses caprices. A dix-huit ans,
elle était, non pas vicieuse dans le sens que l'on donne
maintenant à ce mot, mais elle était volontaire, vani-
teuse surtout, voulant tout voir, aimant à se montrer,
cherchant à se distinguer de ses compagnes par une
toilette plus à la mode, et à les dominer par la préten-
tion à des manières affables et aisées qui n'étaient, en
réalité, que les grimaces plus ou moins ridicules d'une
petite étourdie et d'une grande orgueilleuse. A vingt-
quatre ans, elle donnait sa main, non pas au jeune
homme le mieux rangé et le plus laborieux de l'endroit,
mais à celui qui jouait le moins mal au billard, qui
nouait le mieux sa cravatte, et se faisait appeler *monsieur*, en remplaçant la blouse, les sabots et la casquette par le paletot, les bottes et le tromblon. Après
deux mois de mariage, Colette eût bien voulu se démarier, mais il était trop tard. Noirot lui avait jeté, comme
il disait, la bride sur le cou en disant : « Vogue à ton
gré, et laisse-moi naviguer à ma guise. » La jeune
épouse vogua à pleines voiles dans les robes de soie,
les bonnets à riches dentelles, et les parties de plaisir ;
de son côté, l'époux navigua dans les eaux.... de vie
et les vins bleus. L'huissier parut un jour à la maison.
Noirot, selon son habitude, était au café. Colette courut chez Mme de Beauval qui était mariée, elle aussi, depuis quelques mois seulement.

— **Ma bonne dame,** lui dit la jeune châtelaine, je

vais vous prêter, avec grand plaisir, la somme assez rondelette que vous me demandez, mais laissez-moi vous dire que je crains beaucoup...

— Eh ! que craignez-vous, madame ?

— Nous allons tout simplement faire un trou dans l'eau, ou, si vous aimez mieux, nous allons placer cet argent dans une poche percée... On dit que vous faites des dépenses folles... Ne pourriez-vous pas donner à votre mari l'exemple du travail et de l'économie ?

— Je le ferai, madame, je vous le promets.

Noirot rentra chez lui vers minuit. Colette qui ne dormait que d'un œil, laissant à l'autre la faculté de verser des larmes, ne manqua pas de raconter, avec force gémissements, tout ce qui s'était passé, priant, conjurant, suppliant son petit époux de changer enfin de conduite, s'il ne voulait pas arriver, en peu de jours, à une ruine complète. Elle fit plus : elle se fâcha , fit la moue, menaça même Noirot de le quitter pour retourner sous le toit qui l'avait vu grandir, s'il ne lui promettait pas de s'amender. Le mari de Colette, fort heureusement pour elle, avait le *vin bon;* il se contenta de prendre sa pleureuse moitié par la main; la tira du lit, et se prit à danser avec elle en chantant à tue-tête :

> Mes amis veulent bien croire,
> Que j'ai mangé tout mon bien.
> Je ne l'ai pas mangé sans boire.
> Mes amis le savent bien.
> Et va comme il pourra
> Larirette !
> Et paiera qui pourra
> Larira !

Heureusement pour Collette, après quatre ans de mariage, Noirot partait pour l'autre monde, laissant à sa veuve, la petite Laure, six mille francs de dettes et deux yeux noirs pour pleurer. Mme de Beauval eut pitié de tant de misère : elle recueillit la mère et la fille, paya les dettes, et promit à Mme Noirot de faire son bonheur, si elle consentait à demeurer au château et à se comporter chrétiennement. Colette promit, et tint à peu près parole. Je dis *à peu près*, car la leçon qu'elle avait reçue, ne put la corriger de sa sotte vanité et du besoin qu'elle s'était créé d'enrubanner sa petite tête. Ses goûts n'ont pas changé avec l'âge, et à l'époque où commence cette histoire, vous auriez pu surprendre la mère Noirot, profitant de l'absence de Mme de Beauval, pour s'affubler de ses robes, de ses chapeaux et le reste, et faire des révérences devant la glace à laquelle elle prodiguait les sourires les plus gracieux d'une bouche aux trois quarts démeublée. Est-il étonnant qu'une telle femme fût fière, jusqu'au délire, de la beauté de sa fille, et qu'elle rêvât, pour elle, à une alliance qui lui permit de contenter ses goûts dispendieux et frivoles ?

Dès que Laure, le soir venu, se fut mise au lit, sa mère entra dans le cabinet, et s'assit en demandant :

— Dis-moi, poulette, as-tu bien besoin de dormir ?

— Pas trop, maman; mais pourquoi cette question ?

— J'aurais besoin de te parler.

— J'écoute.

— Tu auras bientôt vingt-quatre ans.

— Dans quatorze jours : je suis née le 18 septembre 1846.

— J'avais ton âge quand je me suis mariée : il y a juste vingt-six ans.

— Cela vous fait cinquante ans, chère maman.

— Dis-moi, Laure, est-ce que tu voudrais coiffer sainte Catherine?

— Coif-fer sain-te Ca-the-ri-ne ! Je ne comprends pas ce que vous voulez dire.

— Est-ce que tu voudrais rester fille ?

— Ma bonne mère, je vous avoue franchement que si je ne consultais que mes goûts, je resterais toujours dans la position où je me trouve. On est si bien auprès de madame de Beauval !

— Madame de Beauval peut manquer demain... Et alors ?

— Aussi, maman, vous savez bien que chaque fois que vous m'avez parlé de m'établir, je n'ai jamais opposé aucun refus.

— Aucun refus ! chère ma mie, que dis-tu-là ?

— Je vous ai priée de ne pas me livrer à un homme qui est sans aucun principe religieux, mais je n'ai pas refusé de me marier.

— Madame de Beauval t'a prévenue contre M. Marius. Mais moi, ta mère, j'affirme que c'est un parfait honnête homme.

— N'en parlons plus, chère mère, je vous en prie.

— Jules Lenoir t'a ensorcelée, malheureuse enfant !

— J'estime Jules parce que c'est un bon chrétien, un jeune homme réservé, laborieux, sobre et intelligent, mais il m'a si peu ensorcelée, que si vous ne tenez pas absolûment à ce que je me marie, je resterai très-volontiers ce que je suis.

— Mais si je veux que tu te maries...

— Je préfère Jules à tous ceux que vous pourrez me proposer.

— Parce qu'il est ouvrier?

— Non, parce qu'il est bon chrétien.

— Il te gagnera quarante sous par jour.

— Je suis sûre qu'il n'en dépensera pas cinquante au café.

— Tu ne sais pas ce que c'est qu'un ménage, chère enfant; avec quarante sous par jour, tu pourras à peine manger du pain sec... Il va de soi qu'il faudra renoncer à la toilette que tu portes... Une robe d'indienne pour les dimanches, des haillons dans la semaine, des mouchoirs ternis, des bonnets fripés, des bas troués, des sabots percés...

— Allons! allons, chère maman, vous exagérez.

— Mais regarde donc la Thomas; regarde la Toinon; regarde la Dubois; regarde les femmes de tous les ouvriers... Est-ce que ce n'est pas la misère en plusieurs volumes, comme dit M. Loison?

Laure aurait pu répondre que la Thomas n'avait pas enfilé une aiguille depuis six mois; qu'elle se levait à huit heures, jour ou non, et que, pour entrer chez elle, il fallait marcher sur la pointe des pieds, tant la maison était mal propre. Elle aurait pu ajouter que la Toinon avait un mari fainéant et ivrogne, et que la Dubois *pompait* comme plusieurs Prussiens. Mais non, Laure ne répondit rien. Madame Noirot pensant avoir frappé juste, insista si longtemps sur ce point, qu'à la péroraison de son discours elle s'aperçut que la perle de la montagne dormait les poings serrés. La brave femme passa dans sa chambre, fit une courte prière émaillée de distractions, et se mit au lit où elle soupira et bâilla longtemps avant de pouvoir trouver les joints du sommeil.

Le même soir, vers les dix heures et demie, M. Loison fermait soigneusement ses portes et fenêtres donnant sur la place; il éteignait sa lampe, ouvrait et refermait à double tour la porte qu'avait prise pour arriver et repartir la mère Noirot, c'est-à-dire la porte qui donne sur le jardin; il tournait à gauche, après avoir enjambé le petit mur, se faufilait adroitement entre les haies qui sont les seules fortifications de Beauval, arrivait au cimetière, sautait dans le jardin Joly, et frappait discrètement cinq coups à la fenêtre de la chambre que nous avons déjà plusieurs fois visitée.

La porte s'ouvrit.

— Vous êtes seul?

— *Ia, mein her*.

— Pourquoi avez-vous éteint votre lumière?

— Pour faire croire à ce stupide Gouthiérat que je suis au lit. J'ai eu toutes les peines du monde à me débarrasser de ce petit Polyphème à poil de carotte.

— Diable! Pourvu qu'il n'aille pas brouiller les cartes.

— Oh! maintenant, nous sommes à peu près sûrs de la réussite... La République sera proclamée demain, si elle ne l'a pas été aujourd'hui. Et, une fois la République proclamée, vous n'aurez plus à craindre ni les curés, ni les maires, ni les inspecteurs. Je m'en réjouis pour vous, mon cher savant. Vous arrivez à la cinquantaine, et il est temps, grand temps que vous preniez, à votre tour, le commandement.

— Je l'espère, et toutefois, je ne suis pas sans crainte.

— Bah ! vous voulez plaisanter.

— Mon cher Marius, la République de 48 a laissé en place à peu près tous nos ennemis, et nous a laissés nous-mêmes dindons comme devant.

— Ah ! ah ! ah ! quarante-huit ! Mais avez-vous donc oublié que rien n'était prêt alors... Vous étiez à peine quelques centaines de braves dans la Nièvre ; rien n'était organisé... Aujourd'hui nous sommes en nombre ; les chefs sont intelligents et hardis ; ils ont notre confiance, et nous avons la leur... Les hommes d'ordre deviennent chaque jour plus bêtes et plus lâches... Loison, croyez-moi : la république de 70 réalisera les rêves de nos illustres aïeux de 93.

— L'armée n'est pas entièrement détruite, et malgré l'indiscipline et l'esprit de révolte qui règne dans ses rangs, au grand scandale des cléricaux et des riches, je ne la vois pas encore assez mûre pour nous venir en aide.

— Non, citoyen Loison, l'armée n'est pas pour nous, mais encore quelques jours et l'armée n'existera plus.

— Ainsi-soit-il !

— Comme votre curé Mercier serait édifié et content de vous, s'il savait que vous récitez vos prières jusque dans la maison d'un profane... A propos, est-ce qu'il **ne vous recommande pas de mieux choisir vos amis ?**

— Il ne sait pas que je vous fréquente.

— Tant mieux pour vous ! car s'il savait...

— Je lui dirais que je viens vous voir pour vous convertir.

— Et il n'en croirait pas un mot.

— Au contraire, citoyen Joly, le curé me croirait sans hésitation. Il y a plus : il me remercierait avec effusion.

— Bah ! et pourquoi cela ?

— Il me croirait, parce qu'il est assez simple pour s'imaginer qu'un maître d'école est incapable de donner un croc-en-jambes à la vérité ; il me remercierait, parce qu'il est assez sot pour croire que votre conversion est possible.

— Pouah !... On dit que ce misérable calottin vous a rendu autrefois de grands services ; que sans lui vous risquiez diablement de...

— C'est malheureusement vrai, et le souvenir des bienfaits de cet homme est comme un ver qui me ronge... Mais, parlons d'autres choses : je viens de voir la mère Noirot.

— Ah ! Et puis ?

— Et puis, Laure veut, malgré sa mère, épouser Lenoir, parce que M. et Mme de Beauval l'ont ainsi décidé, et que la perle de la montagne se sent, elle aussi, un tout petit faible pour le menuisier.

— Et vous croyez qu'elle l'épousera ? demanda Marius en tordant sa moustache et en clignant de l'œil.

— J'en doute, car la mère Noirot a juré ses grands dieux que sa fille n'appartiendrait jamais à un ouvrier. **Elle songe à un prince, et ce prince c'est vous, très-**

3.

illustre citoyen Marius de Joly... Toutefois, je vous avertis de nouveau que la petite préfère Lenoir.

— Lenoir n'est pas une difficulté. Si les de Beauval ne se mettaient pas...

Marius s'arrêta court. On frappait doucement à la croisée. Les deux interlocuteurs ayant compté cinq coups, Joly s'empressa d'aller ouvrir la porte. Deux hommes entrèrent. Le premier, d'une taille au-dessus de la moyenne, paraissait d'un certain âge ; le second plus jeune, plus court et taillé en hercule, tenait à la main un gros bâton de houx.

— Vous devez être mourant de faim, dit Marius en mettant un gigot froid et du vin sur la table.

— Non, répondit le plus grand, nous avons mangé à Luzy.

— Et vos chevaux ?

— Nous les avons laissés à la Roche.

— Les nouvelles ?

— Excellentissimes ! Lisez.

— Et l'étranger tendit un imprimé au maître d'école qui lut à haute voix, tandis que Joly applaudissait des mains, des yeux et des pieds.

« Français,

» La République est proclamée.
» Un gouvernement a été nommé d'acclamation.
» Il se compose des citoyens :
» Emmanuel Arago, Crémieux, Jules Favre, Jules
» Ferry, Gambetta, Garnier-Pagès, Glais-Bizoin, Pel-
» letan, Picard, Rochefort, Jules Simon, représentants
» de Paris. »

— Bravo ! Bravo ! Bravissimo ! Rien que des amis de l'internationale.

— Attendez, citoyen Joly, voici qui va vous défriser un tant soit peu, dit Loison en reprenant la lecture :

« Le général Trochu est chargé des pleins pouvoirs
» militaires pour la défense nationale.

» Il est appelé à la présidence du gouvernement.

» Le gouvernement invite les citoyens au calme ; le
» peuple n'oubliera pas qu'il est en face de l'ennemi.

» Le gouvernement est, avant tout, un gouverne-
» ment de défense nationale. »

— Que le tonnerre les... Et pourquoi mettent-ils à leur tête un homme qui est la personnification de la calotte et du sabre !

Un instant, citoyen Marius, ne faisons pas tomber si facilement la foudre sur les onze têtes qui nous gouvernent depuis ce matin... Voici les explications que nous donne notre correspondant :

1° « *Trochu président*. Il le fallait pour jeter de la
» poudre aux yeux. Qui donc aurait voulu continuer la
» guerre, si nous n'avions pas un général à notre tête ?
» Qui donc ne se serait défié, si ce général était l'un des
» nôtres ! La défiance amenait un traité de paix, et la
» paix ramenait l'armée qu'il faut absolûment détruire
» si nous voulons triompher.

2° » *Jules Favre, ministre des affaires étrangères*. Excel-
» lent choix. Personne, aussi bien que lui, pourrait
» exciter le courage des Prussiens, par des proclama-
» tions insensées, et personne surtout n'aurait l'échine
» aussi flexible en présence de Bismarck.

3° » *Gambetta, ministre de l'intérieur*. Bravo ! c'est un

» acheminement vers le ministère de la guerre. Nous
» savons de science certaine qu'il le veut. Or, ce que
» veut Léon, il l'obtient. Il fera, pour l'anéantissement
» de l'armée française, dix fois plus que de Moltke et
» ses bataillons : faire broyer les vieilles troupes, décla-
» rer traîtres les officiers qui pourraient ramener la
» victoire ; les remplacer par des hommes incapables,
» mais tout dévoués à notre cause. Tel est son programme.
» Il le remplira, son énergie nous en est un garant. Vive
» Léon Gambetta !

    4° » *Crémieux, ministre de la justice.* Vieux juif, qui
» aura une main de fer pour tout ce qui s'agenouille
» devant le Dieu-Christ que nous avons mis de coté.

    5° » *Jules Simon, ministre de l'instruction publique et
» des cultes.* Bravissimo ! c'est notre 606 ; sous les dehors
» d'un jeune novice en contemplation, il cache un cœur
» plein de haine contre tout ce qui se dit catholique.
» Que ses paroles mielleuses et ses discours à la fleur
» d'orange ne vous donnent aucune inquiétude, c'est le
» chat qui guette patiemment sa proie. Le moment
» venu il saura, non-seulement fricasser évêques, prê-
» tres et congréganistes, mais vous le verrez encore,
» une larme à l'œil, ou le sourire sur les lèvres, jouer
» avec ses nombreuses victimes. Vive Jules Simon, notre
» très-illustre et très-utile 606 ! »

    Ce commentaire fut approuvé sans réserve par Joly
et Loison qui firent aux étrangers un grand nombre de
questions dont nous ne pouvons rapporter que quelques-
unes.

    — Dites-moi, Bauer, demanda Joly en s'adressant au
grand, avez-vous l'intention d'aller rejoindre l'armée ?

— Je crois que ce serait imprudent. Je vais attendre que les événements me tracent une ligne de conduite. Du reste, je ne suis point inactif.

— On vous croit occupé dans les bureaux de de Moltke, ou sous la tente de Bismarck.

— Il est fâcheux qu'on ait découvert mon jeu, car je me trouve maintenant à la merci du premier français qui voudrait se payer le plaisir de me laver la tête avec du plomb.

— Puisque on vous croit loin d'ici...

— C'est ce qui me rassure un peu ; est-ce qu'il n'y aurait pas possibilité de faire croire aux Guilloux que je n'ai jamais eu de relation avec les Prussiens.

— Tout aussi impossible que de blanchir la face d'un nègre, mon très-cher.

— Alors, il faut leur laisser croire que j'ai définitivement quitté le pays.

— Pensez-vous que les Prussiens extermineront l'armée tout entière ?

— L'ancienne, oui. Quant à la nouvelle, si elle est *Gambettiste*, ou, en d'autres termes, si elle est pour nous, nos gouvernants feront la paix.

— Je comprends : pour renvoyer les Prussiens chez eux...

— Et nous laisser *en paix* conter deux mots aux riches et aux cléricaux.

— Pensez-vous que Malardier puisse rentrer en France? demanda Loison.

— Quelle question ? tenez, lisez ce décret. Il est de ce matin.

« Le gouvernement de la défense nationale décrète :

» Amnistie pleine et entière est accordée à tous les
» condamnés pour crimes et délits politiques et pour
» délits de presse depuis le 3 décembre 1852, jusqu'au
» 3 septembre 1870. »

» Tous les condamnés encore détenus, soit que les
» jugements aient été rendus par les tribunaux correc-
» tionnels, soit par les cours d'assises, soit par les con-
» seils de guerre, seront mis en liberté. »

— A la bonne heure donc ! dit le maître d'école en
se frottant les mains, voilà qui rend à nos esprits le
calme qu'ils avaient perdu depuis dix-huit ans. J'aime
que l'on aille rapidement en besogne. Dès demain,
j'aurai l'honneur d'adresser au citoyen 606, ministre de
l'instruction publique, l'expression la plus vive de mon
dévouement, de ma reconnaissance et de mon admiration.

— Avez-vous reçu le discours du frère N...? demanda
à son tour le robuste compagnon de Bauer.

— Oui, répondit Marius, mais, chose que je ne comprends pas, c'est Assi qui me l'envoie avec une lettre;
et le tout vient de Paris... Or, notre ami est en Belgique.

— Le timbre est de Paris, mais la lettre était bien
écrite en Belgique. Assi arrivait hier au soir, à onze
heures, à la gare du Nord, par l'express de Mons à
Paris. C'était malheureusement quelques heures trop
tard pour se faire nommer ministre des travaux publics.

— Quel malheur !.. A propos, citoyen Loison, est-ce
que nous n'allons pas renverser l'administration municipale ?

— Il faut bien espérer qu'elle tombera d'elle-même,
mon cher Marius. La patience...

— Comment ! citoyen maître d'école, dit Bauer avec une certaine animation, vous voulez attendre que votre maire, son adjoint et tous vos Jean... bêtes donnent leur démission ! Et s'ils jugaient convenable de rester au pouvoir, ce qui paraît à peu près certain à quiconque connaît le sire de Beauval ?... A quelle heure passe le facteur ?

— Vers les dix heures du matin.

— Bon. Votre maire n'apprendra donc que demain, à dix heures, que nous sommes en république.

— A moins qu'on lui dépêche un courrier, comme on l'a fait pour lui annoncer la défaite de l'armée de Mac-Mahon.

— Diable !.. mais, après tout, qu'importe ! je vous conseille de partir de suite pour le chef-lieu de sous-préfecture, et de n'en revenir qu'au grand jour.

— Et puis ? dit Marius en ouvrant de grands yeux.

— Et puis vous direz à qui voudra, ou ne voudra pas vous entendre, que vous venez de recevoir l'ordre de former une commission municipale.

— Chef de la commission municipale de Beauval en Morvand ! dit Joly en pinçant les lèvres et en marquant la mesure avec sa tête, il n'y a pas là de quoi rassasier un gros appétit.

— C'est un piédestal pour arriver plus haut, mon très-cher. Ou, si vous aimez mieux, c'est un service rendu à l'Internationale ; c'est un dévouement qui vous vaudra une récompense... Commencez par faire du zèle, Assi et Malardier se chargeront du reste.

— Ce n'est, ma foi, pas trop mal raisonné.

Cette conversation se prolongea longtemps encore.

Puis, vers les trois heures du matin, les deux étrangers reprenaient le chemin de la Roche, et M. Loison allait, par le chemin le plus court, se jeter un instant sur son lit. Quant à Marius, il s'administrait un petit réveillon, mettait le révolver dans sa poche, prenait sa canne à épée à la main, et allait frapper doucement à la porte de la mère Gouthiérat.

— Qui va là ! cria la vieille en se réveillant en sursaut.

— Ouvrez, madame, c'est moi, Marius Joly.

— Il y a du nouveau ? mon cher monsieur, oh ! bien sûr qu'il y a quelque chose d'extraordinaire, car vous n'êtes pas un jeune homme qui.....

— Est-ce que Nicaise dort toujours ?

— Oh ! la vilaine bête ! Il a perdu trois heures à cuver le vin et l'eau-de-vie dont il s'était rempli hier au soir, mon cher monsieur, sauf le respect que je vous dois. Et maintenant le voilà qui ronfle comme trois bœufs qui ont fauché un champ de luzerne. Ce n'est pas moi, cher monsieur du bon Dieu, qui lui....

— Nicaise ! Nicaise ! debout, et promptement.

— Chacrrrrrrrrre !

—Ah ! la vilaine carogne ! dit la maman.. voyez-moi ça, mon cher M. Joly, ne dirait-on pas qu'il s'est savonné avec de la bouse de vache...? Debout, grand propre à rien ! Ne vois-tu pas que le cher M. Marius, il veut te voir..; Ah ! mon cher, mon très-cher monsieur, si vous saviez...

— Allons ! Nicaise, lève-toi, *presto*, il faut que nous décampions *illico*.

— Ah ! c'est toi, Marius ?

— Oui, grand veau, c'est M. Marius Joly, qu'il a bien de la bonté de te permettre de lui dire *toi* comme au premier venu de ton espèce.... Ah ! vous allez voyager, mon cher M. Joly ?.

— Oui, Mme Gouthiérat, je viens de recevoir l'ordre de partir immédiatement pour la ville.

— Tiens ! dit Nicaise en ouvrant son œil tout de bon et en sautant par terre sans avoir offert son cœur à Dieu, on t'ordonne d'aller à la ville...? Eh ! qui donc te donne cet ordre ?

— Le sous-préfet.

— Ah ! mon Dieu, mon cher monsieur, c'est qu'il a besoin de vous, allez... Ah ! je comprends : c'est pour vous demander des conseils, et peut-être pour vous nommer général.. ah ! si mon propre-à-rien avait encore son deuxième....

— A revoir, madame, car le temps presse... En avant, ami Nicaise !

Et les deux jeunes gens prirent la route qui conduit au chef-lieu d'arrondissement. En passant près de la fontaine Mâria, le cordonnier dit à Joly :

— Voilà la place que nous avons choisie hier au soir.

— Bon ! Je vois avec plaisir que tu ty reconnais, même dans les ténèbres. C'est d'un bon augure pour jeudi.

— Sois sans inquiétude, mon vieux compère, je me charge de la commission ; occupe-toi seulement de ton *arlibiri* et des cinquantes *balles* [1].

[1] 50 francs.

CHAPITRE V

Canaille d'honnêtes gens

Le maître d'école n'avait pas oublié la recommandation du maire et, le lundi, 5 septembre, tout les conseillers municipaux de Beauval se réunissaient, à 8
heures précises du matin, dans la salle des délibérations. Seul, M. Loison, secrétaire de la mairie, connaissait les graves événements survenus à Paris par suite
de la capitulation de Sedan. Les autres s'entretenaient,
l'oreille basse, de la grande humiliation infligée à la
France. Parmi les plus soucieux il est juste de nommer
M. Joseph Guilloux, l'honorable propriétaire de l'hotel
du Vieux Marronnier. Il était pâle et se demandait si
M. de Beauval n'appelait pas ses conseillers pour leur
communiquer des nouvelles plus terribles encore
que la catastrophe de Sedan. Julienne, son excellente
épouse, lui avait bien dit et redit que M. le maire ne
provoquait cette réunion qu'afin d'arriver au moyen de
faire bon accueil aux fuyards, ou aux blessés qui pourraient traverser la Commune. Mais Charlotte Gouthiérat

avait, dès le matin, couru toutes les maisons du village, annonçant que le sous-préfet avait envoyé chercher son fils Nicaise et Marius Joly pour les consulter au sujet d'affaires très-graves, et leur confier des postes de la dernière importance. Or, Guilloux augurait mal de tous ces bruits, et il attendait avec une fébrile impatience l'arrivée de M. de Beauval qui, lui semblait-il, devait être au courant de toutes choses. Il avait vu Charlotte parler à la mère Noirot et à Laure. On connaissait donc, au château, les bruits qui couraient depuis le levée de l'aurore, et l'excellent M. Guilloux s'attendait à voir M. de Beauval avec des yeux égarés et un visage pâle, ou livide. Le maire parut bientôt, et l'hôtelier fut tout ébahi de ne rien remarquer d'extraordinaire dans les allures et dans la physionomie du premier administrateur de la commune. A peine arrivé, M. de Beauval prit la parole en ces termes :

« Messieurs, vous connaissez tous la triste nouvelle
» que nous a transmise le gouvernement. Cette honteuse
» et lamentable défaite ne doit pas nous faire perdre
» confiance. A l'exemple de ceux qui nous gouvernent,
» nous nous montrerons des hommes d'énergie et de
» dévouement... Il est probable qu'on aura recours à une
» levée extraordinaire. Les hommes qui seront appelés,
» j'en suis sûr, feront noblement leur devoir en face des
» ennemis de la France. Quant à ceux qui seront dis-
» pensés par l'âge, ou tout autre raison, d'aller au
» combat, il y a pour eux des devoirs sacrés à remplir;
» ils doivent aider les frères qui vont verser leur sang
» pour défendre nos foyers, et ils doivent les aider par
» tous les moyens qui sont en leur pouvoir. Mes admi-

» nistrés n'hésiteront pas, j'aime à le croire, dès que le
» moment d'agir sera venu, à donner l'argent, les vête-
» ments et les vivres qui seront nécessaires... En atten-
» dant ce jour qui, si j'en crois mes pressentiments,
» n'est pas éloigné, j'ai à m'entendre avec vous sur les
» moyens à prendre pour recevoir convenablement les
» militaires que la fortune, ou l'infortune pourrait
» amener dans notre commune. »

Chacun des conseillers prit alors la parole pour donner
son avis, et tous, sans exception, offrirent leurs maisons, leur table et leur foyer, promettant de marcher
sur les traces de M. de Beauval qui abandonnait à nos
soldats son château en entier, sauf deux chambres pour
lui, sa femme et ses enfants.

Tout allait pour le mieux, et on allait lever la séance,
quand tout à coup parut, sur le seuil de la porte, Marius
Joly, ceint d'une écharpe rouge, et suivi de Nicaise
Gouthiérat, qui, lui aussi, s'était passé une sous-ventrière couleur de sang. La plupart des conseillers ou-
vraient la bouche comme s'ils eussent éprouvé le besoin
d'éternuer. Joseph Guilloux faillit se laisser choir, et de
ses deux mains gracieusement croisées sur son gros
petit ventre, l'une monta vers l'oreille, l'autre descendit
à la cuisse, et toutes deux se mirent à gratter à qui
mieux mieux.

— Que signifie cette mascarade ? dit M. de Beauval
d'une voix grave qui ne tremblait pas le moins du
monde.

Joly alors, suivi de Nicaise, s'avança hardiment
jusqu'au milieu de la salle et, agitant la main droite
au-dessus de sa tête, il hurla par trois fois :

— Vive la République ! vive la République ! vive la République !

Nicaise Gouthiérat, cela va de soi, s'associant aux gestes de son ami, se prit à braire de son mieux.

— Personne n'a le droit, dit M. de Beauval en faisant un pas vers Marius, de crier encore : Vive la République.

— Vive la République ! vive la République !...citoyen Laurent, je te déclare, à toi et à tous ceux....

— Pas d'esclandre, s'il vous plaît, maître Joly, et pas d'insultes. Je ne suis pas d'humeur à les supporter.... De quel droit vous introduisez-vous dans la salle des délibérations du Conseil municipal ? De quel droit portez-vous une écharpe ?... Répondez, s'il vous plaît.

— Citoyen Laurent, je te déclare relevé de tes fonctions de maire.

— Et moi, répondit Jolivet, un ancien soldat d'Afrique, je vais te relever le *baluchon*, si tu ne poses pas ta chique *illicò*, nom d'une bombarde !

— Pas de violences, Jolivet, dit M. de Beauval à l'ex-guerrier qui s'avançait vers Joly en crachant dans ses mains. Nous sommes l'autorité, et nous devons demeurer graves.

— Vous n'êtes pas l'autorité, répondit Marius en reculant prudemment, j'arrive de la sous-préfecture, et je suis chargé de former une commission qui remplacera le Conseil municipal... Je vous déclare donc relevés de vos fonctions.

— C'est une autre affaire, dit en s'inclinant M. Loison. La chose devient désormais clairement limpide et très-limpidement claire. C'est une administration qui succède régulièrement à une administration... Je vais consigner...

— Oui, citoyen maître d'école, interrompit avec plus d'assurance Marius, vous allez nous délivrer les archives de la commune à l'instant, et rassembler aussitôt que possible mes administrés sur la place, afin, qu'au nom du Préfet, je proclame la République, ainsi que j'en ai reçu l'ordre.

— Je suis à vos ordres, citoyen président de la commission municipale de Beauval.

— Et vous, citoyens, ajouta Joly en montrant la porte aux conseillers, veuillez sortir d'ici pour ne plus y rentrer.

Joseph Guilloux, plus mort que vif, se dirigeait doucement vers la porte, suivi de trois autres conseillers presque aussi tremblants que lui, lorsque M. de Beauval l'arrêta d'un mot.

— Lâche !

Joseph Guilloux recula vivement d'un pas, comme s'il se fût trouvé en présence d'un aspic. Le pauvre homme faisait vraiment pitié. M. de Beauval continua :

— Pourquoi quittez-vous la salle avant que la séance ne soit levée?

— Ne vous fâchez pas, Monsieur le Maire... Je pensais...

— Vous pensiez qu'il était prudent de ménager les loups après avoir flatté les agneaux... Eh bien, maître Guilloux, moi, je vous dis, à vous et à ceux qui vous suivaient, que votre fuite n'est ni prudente, ni virile...

— Citoyen Beauval ! hurla Marius, tu commences à me fatiguer.

— En ma qualité de secrétaire, dit Loison, je me vois *contraint par corps de verbaliser un rapport* qui sera, à mon grand regret, une pièce de conviction contre le ci-devant Maire de la commune de Beauval, et ne laissera plus aucun doute sur sa révolte ouverte contre la République une et indivisible.

— Ajoutez : tentative d'embauchage, citoyen instituteur.

— A vos ordres, citoyen président de la commission municipale.

Et Loison s'asseyait à la table ronde pour écrire, ou faire semblant d'écrire, quand M. de Beauval, prenant la plume et l'encrier, les plaça sous sa main.

— Citoyen Beauval, vous violentez les représentants de la République, grinça le maître d'école, bleu d'émotion ou de colère.

— Vous n'êtes plus secrétaire de la mairie, Monsieur Loison, et j'espère qu'avant peu vous ne serez plus instituteur de Beauval.

— Mais, vous n'avez pas le droit...

— Je n'ai pas le droit, c'est malheureusement vrai, de vous fermer au nez la porte de l'école, mais j'ai celui de vous interdire l'entrée de la mairie, et je le fais sans hésiter et en demandant pardon à Dieu de ne l'avoir pas fait plutôt.

— Mille tonnerres ! hurla Joly, mon sang grille dans mes veines.

— Ça va nous faire du fameux boudin, dit Jolivet. C'est égal, je sors d'en prendre, et je réserverai ma part pour graisser l'essieu de ma charette... A moins que Nicaise l'ait retenu pour cirer ses savates.

— Chacrrrrre! ronfla Gouthiérat en donnant un coup de poing sur la table.

— Qu'est-ce que tu me renifles-là, comte de bel œil? et Jolivet s'approchait du cordonnier, quand M. de Beauval intervint pour la seconde fois auprès du vieux soldat. Mais ce fut avec des paroles et un geste empreints d'un tel mépris pour les révoltés, que Joly et Loison crurent la partie perdue, au moins pour le quart d'heure.

— Je vous en prie, mon ami, dit le Maire à Jolivet, en crachant par terre, ne salissez pas vos mains pour si peu. Mais voyez si dans la pièce voisine il n'y a pas un balai.

Le conseiller ne se le fit pas répéter. Quand il rentrait avec les bonnes intentions que l'on devine, les deux sanglés de rouge descendaient les trois degrés qui séparent la mairie de la place.

— Ils y passeront tous, ou j'y perdrai mon nom, grinçait Marius.

— Le coq rouge! Chacrrrrrre! reniflait Gouthiérat.

M. Guilloux ne manqua pas de pousser un gros soupir de satisfaction. Et cependant, il ne se voyait pas encore hors de danger.

— Qu'allons-nous décider? demanda-t-il en faisant un canard; le sous-préfet est capable de nous envoyer les gendarmes.

— C'est indubitable, répondit Loison qui avait retrouvé ses esprits, et je le regrette d'autant plus vivement qu'avec de la prudence on aurait pu amadouer ces deux jeunes gens, et les amener à choisir les membres du Conseil d'hier pour former la Commission d'aujourd'hui. Je tremble pour l'élection de M. de Beauval.

— Vous tremblez pour mon élection...! que voulez-vous faire entendre par là, M. Loison?

— M. de Beauval, j'ai, en toutes circonstances, depuis dix-huit ans que vous êtes maire, défendu vos intérêts avec une sagesse et un dévouement dont mon âme, cependant philantropique, ne saurait être capable pour tout autre. Aujourd'hui encore c'était pour essayer de vous maintenir au pouvoir que j'ai feint d'abonder dans le sens de M. Joly.

— Merci de votre protection, M. l'instituteur, je veux m'en passer désormais.... Mais, vous avez oublié, je crois, que vous n'êtes plus secrétaire de la mairie.... Faites-moi le plaisir de vider les lieux, car j'ai besoin de parler à ces messieurs.

— Mais....

— Mais, j'ai à dire des choses que les oreilles d'un traître ne doivent pas entendre. Passez-moi la porte, et de suite.

— Vous voulez la guerre, Laurent de Beauval, vous l'aurez, mais elle sera terrible. Malheur aux vaincus.

— Ah! mon Dieu! soupira le pauvre Guilloux, en suivant du regard le maître d'école qui sortait à grands pas et les poings serrés.

— M. Guilloux, reprit le maire d'une voix plus calme, j'ai à vous faire des excuses et à vous adresser des reproches. J'ai prononcé, au moment que vous quittiez la salle, une parole que je retire. Mais j'avoue, en même temps, que je ne trouve pas dans le vocabulaire français une expression qui puisse rendre aussi

4

bien ma pensée.... Quoi ! vous représentez l'autorité, et vous reculez au premier braîment de deux ânons qui profitent de nos revers pour essayer un coup de main qui leur donne de l'avoine !

— Ah ! que c'est bien ça, nom d'une bombarde ! dit Jolivet en s'appuyant négligemment sur le fusil nouveau modèle qu'il avait déniché dans la cuisine du magister.

— Mais enfin, Messieurs, reprit maître Guilloux, en croisant ses mains potelées sur son grâcieux petit ventre, la loi c'est la loi.

— Et puis, M. Guilloux ?

— Et puis, M. de Beauval, si nous résistons à la loi, nous aurons nécessairement affaire avec la gendarmerie, sans compter la vengeance.... Avez-vous entendu leurs dernières paroles ?

— Mon cher M. Guilloux, vous vous battez-là contre les ailes d'un moulin à vent. Nous sommes avec la loi, car nous sommes l'autorité. Et par conséquent les gendarmes n'ont à intervenir que pour arrêter Loison, Joly et cette autre brute, dont je ne me rappelle pas le nom.

— Les arrêter !

— Eh ! sans doute, les arrêter, car ils ont tenté de renverser une autorité régulièrement établie ; ils ont poussé des cris séditieux et proféré des menaces de mort. '

— Mais, le sous-préfet n'a-t-il donc pas le droit de nommer une commission à la place du Conseil municipal ?

— Non, mon bon ami. Mais, admettons que le sous-préfet s'arroge ce droit, où sont les arrêtés de la sous-préfecture?

— Ils nous ont dit....

— Innocent! Comment voulez-vous qu'un homme intelligent et honnête puisse accorder des pouvoirs discrétionnaires à deux hommes inconnus! Pensez-vous, du reste, qu'ils ne nous auraient pas exhibé leurs pouvoirs, si on leur en avait délivré? reste les menaces....

— Ils sont capables de tout.

— Excepté de bien faire, tremblement de bombarde!

— Je les crois, en effet, capables de beaucoup de mal, et voilà pourquoi je vais écrire immédiatement au procureur impérial, afin qu'il avise au moyen de nous débarrasser le plus promptement possible de ces deux mauvais sujets. Mais croyez-moi, ces sortes de vipères poursuivent ceux qui fuient, et reculent prudemment en présence de celui qui les regarde en face.

— Il y a du toupet, il n'y a pas de cœur.

— C'est cela même, mon cher Jolivet. Et sur ce je déclare la séance levée.

Tout n'était pas fini cependant, et M. Guilloux n'avait pas tout à fait tort de chuchoter en sortant : « Vous en penserez ce que vous voudrez, vous autres, mais moi, je soutiens qu'il y a quelque chose de malsain dans l'air. » En effet, à peine les conseillers étaient-ils sortis de la mairie, qu'ils aperçurent, remontant la rue en se dirigeant de leur côté, une masse d'hommes, parmi lesquels le facteur, Joly et Gouthiérat tenaient le premier rang. Le cordonnier, toujours ceint de l'écharpe

rouge, portait un haillon de même couleur au bout
d'une longue perche. Tous ces hommes hurlaient à qui
mieux mieux : « Vive la République ! à bas les Prussiens ! à bas les curés ! » Vous voyez d'ici la figure de
ce pauvre Guilloux et de quelques autres. Joly tenait
à la main la proclamation des onze illustres, qui avaient
trouvé dans leur patriotisme le secret de renverser
l'Empire, et dans leurs cœurs assez de dévouement pour
s'emparer de la queue de la poële. Il l'agitait (la proclamation), en criant : « Vive la République ! » Plus on
avançait, et plus les cris : « A bas les Prussiens ! à bas
les prêtres ! à bas les riches ! » devenaient fréquents.
Guilloux, suivi de quelques autres conseillers, rentrait
chez lui, juste au moment où la bande débouchait sur
la place. M. de Beauval, grave, mais impassible, était
debout, les mains derrière le dos, sur la première
marche de la mairie. Les conseillers qui n'avaient pas
suivi le maître d'hôtel étaient groupés devant la porte,
et paraissaient soucieux. C'est qu'ils venaient de reconnaître, formant l'escorte de Joly, tout ce qu'il y
avait de plus taré dans la commune de Beauval. Deux
étaient soupçonnés d'assassinat ; trois avaient passé de
quinze à vingt ans au bagne, et les autres étaient des
grâciés de Corse, de Lambessa et de Cayenne. Arrivé
en face de la mairie, Marius fit faire halte à sa bande
et, après quelques hurlements en l'honneur de la République et à l'adresse des prêtres et des honnêtes gens,
le prétendu serrurier-mécanicien, s'adressant à M. de
Beauval, lui signifia ainsi ses ordres :

— Citoyen Laurent, au nom de la loi ; au nom du
gouvernement de la défense nationale ; au nom du pré-

fet de la Nièvre ; au nom du sous-préfet de l'arrondissement et en mon propre nom, je t'ordonne de crier :
« Vive la République ! »

— Oui, il est propre ton nom, mille milliards de bombes ! ricana Jolivet.

Quant à M. de Beauval, on eût vraiment dit qu'il était tout à fait étranger à ce qui se passait. Au lieu de répondre, ou de faire connaître par un geste quelconque le cas qu'il faisait des paroles de Joly, il interpella le facteur, mais avec son calme et son sans-façon ordinaire.

— Eh bien ! facteur, n'avez-vous donc rien à mon adresse ?

— Non, monsieur, répondit, en se découvrant, l'homme des lettres, je n'ai plus rien.

— Vous aviez donc quelque chose ?

— J'avais la proclamation que vous voyez entre les mains de Marius Joly.

— Pourquoi avez-vous donné à d'autres ce qui était à mon adresse ?

— Ils m'ont dit qu'il était maire.... Puis on ne m'a pas demandé....

— Je comprends : on vous a fait violence. C'est bien, mon ami, nous arrangerons tout cela. Allez, comme d'habitude, vous rafraîchir au château.

Durant ce colloque les membres du Conseil s'étaient doucement effacés, à l'exception de Jolivet, qui dit à M. de Beauval, en lui montrant du poing le dernier des fuyards :

— Canailles d'honnêtes gens !

— C'est vrai, mon cher Jolivet, qu'ils sont d'autant

plus à craindre qu'on a la sottise de compter sur eux.

— C'est compter sur de la laine pour faire un sabre ou sur une bombe pour mettre au rotissoir, ça s'alonge ou ça éclate dans la main. J'aime mieux avoir en face une vingtaine de brigands comme les francs-voyous ici présents, que d'avoir quelques trembleurs derrière moi.... Tas de fainéants! si j'étais rouge, je leur ferais lécher la semelle de mes souliers.... Milliards de tremblements! s'il en était seulement resté quatre à cinq, comme, en un temps et deux mouvements, nous aurions lestement néloyé toute cette racaille!

— Si ceux qui se prétendent honnêtes avaient autre chose qu'un peu de mou sous la mamelle gauche, les pauvres égarés qui nous menacent n'auraient pas même songé à quitter leur travail.

— Et ils ne se seraient pas déshonorés en fraternisant avec le propre à rien Joly et le savetier marquis de bel œil, mille bombardes!

— Chacrrrrrre!

La place était encombrée de curieux qui venaient chercher des nouvelles de la guerre et assister au dénouement du conflit qui durait depuis une heure. Joly, exaspéré par le sangfroid de M. de Beauval, et par l'indifférence ou le mépris que le châtelain semblait affecter pour lui et ses acolytes, Joly, disons-nous, trépignait du pied et grinçait des dents sans oser, toutefois, aller en avant et forcer l'entrée de la mairie gardée par deux hommes seulement, et deux hommes sans armes. Sa position devenait ridicule outre mesure. Il le comprit, et voulut y mettre fin en interpellant de nouveau le **maire de Beauval.**

— Citoyen Laurent, je te somme pour la deuxième fois de reconnaître la République une et indivisible, sinon je te fais arrêter comme Prussien et *réfractaire.*

— « Mes amis, dit M. de Beauval, s'adressant à la
» foule, vous savez que je vous ai tenus au courant de
» toutes les nouvelles qui m'ont été communiquées par
» la Préfecture, ou la Sous-Préfecture. Il en sera de
» même à l'avenir.

» Le facteur vient de me dire qu'il avait, à mon
» adresse, un paquet m'annonçant que la République
» vient d'être proclamée à Paris. Je ne saurais vous
» dire si cette nouvelle est, ou n'est pas exacte, car le
» paquet en question est entre les mains de cet énergu-
» mène que vous voyez là ceint d'une écharpe rouge...
» Je comprends votre désir de connaître la vérité sur
» ce point. Mais encore une fois, je ne pourrai vous
» renseigner que lorsqu'on m'aura remis les dépêches
» de la Préfecture...

» J'aperçois là, au premier rang, et paraissant ani-
» més de dispositions qui me sont peu favorables, des
» hommes que je voudrais voir en meilleure compa-
» gnie... Dites-moi, pauvres égarés, est-ce le moment
» de vous armer les uns contre les autres quand les
» Prussiens sont à nos portes? A quoi vous ont servi
» vos révoltes de 48 et de 51? Ne vous ont-elles pas
» laissé les mains complétement vides?... Vous avez
» perdu votre temps, dépensé votre petit avoir, mis
» les vôtres dans la misère et dans le deuil; vous avez
» été condamnés à quitter vos parents, vos épouses,
» vos enfants, votre patrie... Vous rappelez-vous les

» lettres de repentir et de nobles protestations que
» vous m'écriviez alors ? Il ne me sied pas de vous
» raconter les sacrifices qu'il fallut m'imposer, et les
» démarches nombreuses et pénibles que nous eûmes à
» faire, M. le curé et moi, pour obtenir votre liberté,
» mais ce que je veux vous dire; ou plutôt vous rappe-
» ler, car vous semblez l'avoir oublié, c'est qu'à votre
» retour vous nous promîtes avec larmes de vous mon-
» trer sages à l'avenir... Ces larmes et ces promesses
» étaient-elles donc hypocrites ?... Croyez-moi, mes-
» sieurs, la vertu seule est sans repentir, une seconde
» condamnation serait plus terrible que la première,
» car le dossier de la plupart d'entre vous est lourde-
» ment chargé. Puis, vous le comprenez sans peine,
» vos protecteurs d'autrefois, ne pouvant plus compter
» sur vos promesses et votre repentir, vous abandon-
» neraient à votre misérable sort.

» Ne vous laissez pas circonvenir et entraîner par
» des hommes sans aveu qui se servent de vous comme
» d'un marche-pied pour contenter leur ambition...
» Quel est celui d'entre eux, dites-moi, qui vous a
» tendu la main, lorsque vous étiez dans le besoin ?
» Oh ! soyez donc enfin des hommes, et ne vous fiez
» plus à ces misérables qui vous jetteront dans le pétrin
» et se sauveront eux-mêmes en Angleterre,• ou en
» Suisse avec l'argent qu'ils auront volé dans la ba-
» garre... »

— Citoyen Laurent ! hurla Joly en feignant d'avancer.

— Silence au parterre, espèce de propre à rien ! dit
Jolivet, sinon... Tu entends, mille millions !

— Charrrrrrre ! brailla Nicaise, est-ce que nous allons nous laisser mécaniser par des aristos, par des calottins, par des charrrrrrre...

— Schut ! comte de belle vue, marquis de bel œil.

— Pour vous prouver, continua M. de Beauval, combien je suis au-dessus des menaces de ces deux polissons, je déclare qu'aujourd'hui même je vais provoquer une enquête, afin de savoir quels sont ceux qui ont crié : « A bas les prêtres ! à bas les riches ! » Quant aux autres, s'ils ont le bon esprit de se retirer de suite, je promets qu'ils ne seront point inquiétés.

Les femmes se jetèrent alors dans le groupe des révoltés et cherchèrent à les entraîner en leur disant : « Écoutez M. de Beauval. C'est notre ami ; il ne nous a fait que du bien... Voudriez-vous donc retourner à Cayenne ? Voulez-vous nous faire mourir de douleur et de faim ? » La plupart d'entre eux se rendaient à ces invitations, quand Loison, se penchant à une fenêtre du premier étage, se prit à crier :

« Vive la République ! Vive la Commission communale ! »

Joly qui commençait à battre de l'aile, se rempluma *subitô* en voyant le maître d'école venir à son aide.

— Forçons la porte, dit-il, en faisant quelques pas du côté de M. de Beauval.

— Charrrrrre ! fit Gouthiérat en avançant les poings serrés.

Jolivet cracha dans ses mains, et dit au Maire :

— Contentez-vous de regarder, monsieur le comte.

Puis faisant militairement quatre pas en avant, il provoquait ainsi le cordonnier :

4.

— Je t'en prie, monsieur le chevalier de belle vue, baron de bel œil, avance le premier, tu me rendras service : j'ai besoin de me ravigoter un peu les membres... Allons donc, *niaf* de malheur ! N'as-tu pas encore pris ton *haleine* ? Viens donc que nous livrions un combat dans les *formes*, et que nous *tranchions*, à nous deux, la difficulté. Avance que je te *cloue* sur le pavé... Tu recules, je crois, vieille *savate !* Qui donc m'avait dit que ce rouge animal était un homme de *poids* ?

On commençait à rire tout fort sur la place, et même dans le groupe des cramoisis. Nicaise et Joly reculaient prudemment devant les gestes quelque peu énergiques de l'ancien d'Afrique. La position devenait de plus en plus ridicule pour Loison, Marius et leurs acolytes. Le prétendu serrurier fit une troisième tentative, mais c'était en désespoir de cause, ou seulement pour l'acquit de sa conscience, car sa voix avait un timbre de découragement que saisirent même les oreilles les moins exercées :

— Citoyens Laurent et Jolivet, je vous somme une troisième et dernière fois de reconnaître la République, sinon je vous signale, l'un et l'autre, comme prussiens et *réfractaires*.

— Citoyens Laurent et Jolivet, répéta Gouthiérat, je vous *assomme*, pour la dernière fois, d'adorer la République, *cré nom...,* je vous signale comme *retardataires*. Chacrrrrrre !

— Il y a trop longtemps que cette comédie dure, dit M. de Beauval à Jolivet, venez avec moi, et allons déjeûner.

Le maire et le conseiller passèrent au milieu du

groupe qui s'ouvrit à la hâte, sans que le moindre chuchotement se fit entendre. Dès que M. de Beauval et Jolivet eurent quitté la place, Joly et une dizaine de débraillés se précipitèrent dans la mairie.

CHAPITRE VI

La lumière des yeux de Nicaise

Le dimanche qui suivit les événements qui précèdent, trois jeunes filles que nous avons aperçues déjà traversant la place de Beauval pour se rendre de l'hôtel du Vieux-Marronnier à l'église, se promenaient, après vêpres, dans la gracieuse plantation du château. Les propriétaires avaient non seulement permis, mais fortement engagé les jeunes filles de la commune à prendre là leur récréation du dimanche... Mme de Beauval n'y mettait que trois conditions :

1° Ne pas manquer les offices ;

2° Ne pas travailler le dimanche ;

3° Ne jamais paraître dans les danses.

Comme toutes les jeunes filles remplissaient ces faciles conditions, chaque dimanche, quand le temps était beau, on jouait, on courait et on chantait dans le parc. Quand la neige ou la pluie venait y mettre opposition, on faisait des rondes et l'on racontait des histoires dans une grande salle du château. Mlles Imelda et

Alix de Beauval, âgées, la première de vingt et un ans, la seconde de dix-huit, assistaient à ces réunions, et leur donnaient un cachet de joie franche et de noble simplicité. Ce jour-là la plupart des jeunes filles manquaient à la réunion, par suite des événements qui se multipliaient et devenaient plus tristes de jour en jour.

Donc Laure Noirot, Justine Leblanc et Mariette Guilloux se promenaient dans le parc du château. Elles paraissaient tristes et soucieuses. Néanmoins, la conversation allait son train, car on ne s'était pas vu depuis trois jours, et l'on avait, par conséquent, bien des choses à se dire.

— Sais-tu, demandait Justine Leblanc à Mariette Guilloux, pourquoi on a relâché M. Loison ?

— Oui. M. de Beauval a dit à papa que l'on n'avait condamné à la prison que ceux qui avaient crié : « A bas les curés ! A bas les riches ! »

— Mais le magister avait bien crié...

— Non, Laure, il avait seulement crié : « Vive la République ! » Or, à ce moment-là, la République était bien véritablement le gouvernement de la France. C'est papa qui l'a dit.

— Et les autres, pour combien de temps sont-ils condamnés ?

— Marius Joly et Nicaise Gouthiérat sont condamnés à huit mois, parce qu'ils ont porté des écharpes, qu'ils se sont emparés de la mairie ; et puis je ne sais plus quoi... Les autres sont condamnés à huit jours de prison.

— Te voilà bien débarrassée, ma chère Laure.

— Mais, ma bonne Justine, je t'assure que je n'étais pas embarrassée le moins du monde. Il m'en coûte, c'est vrai, de contrarier ma mère, mais avant elle, il y a Dieu et mon âme. Or, il parait que Joly, en fait de religion...

— Il en a moins que notre chien, c'est sûr, ma très-chère, et, si j'étais à ta place, je profiterais du moment où il est en prison pour dire à ma mère que je veux me marier de suite.

— Enfant ! tu sais bien que j'aimerais infiniment mieux rester fille que de me marier. Et si, un jour, j'en arrive là, ce sera, tu le sais encore, pour complaire à maman qui voudrait avoir un protecteur pour elle et pour moi.

— Puisque tu dois, un jour ou l'autre, te marier, dit à son tour Mariette, tu devrais profiter de l'occasion pour accepter la main de Jules Lenoir. Tu lui rendrais un grand service.

— Un service !

— Mais, oui. Il paraît qu'on va faire des soldats de tous ceux qui ne sont pas mariés. Tu comprends ? Si tu consentais à ce mariage, le bon Jules ne partirait pas.

— Je comprends parfaitement, mais... les filles ne manquent pas à Beauval en vous comptant toutes deux, et même sans vous compter.

— Tu sais bien qu'il n'en veut pas d'autres que toi, chère Laure. Que de fois je l'ai entendu dire, mais, là très-sérieusement : « Si je n'épouse pas la perle de la montagne, je ne me marierai jamais. »

— Vous êtes des enfants, laissez-moi tranquille avec vos mariages. Parlons d'autres choses.

— Conviens que Jules Lenoir est un excellent jeune homme.

— J'en conviens de grand cœur, chère Justine, et voilà pourquoi je fais des vœux pour qu'il soit un jour le protecteur de l'une d'entre nous.

— Parle pour toi et pour Mariette, car j'ai déjà mon affaire.

— Qu'est-ce que tu chantes-là, Justine ? Ah ! cachotière, c'est comme ça que tu es franche avec tes amies ?

— Elle veut rire, dit Mariette en regardant Justine du coin de l'œil.

— Du tout, la chose est sérieuse, j'ai été demandée en mariage.

— Vraiment ! Par qui ? As-tu accepté ? Et ta mère ?

— Et ma mère n'a pas été demandée, elle.

— Pas de plaisanteries, Justine, dis-nous franchement s'il est vrai qu'on t'ait demandée en mariage.

— Eh bien ! oui, mes poulettes, j'ai été demandée en mariage. Il y a plus...

— On t'a demandée de deux côtés ?

— Non, le premier suffisait, car j'ai accepté.

Laure et Mariette ne manquèrent pas de joindre les mains, de rougir un tantinet et d'ouvrir les grands yeux.

— Votre étonnement me chagrine, mes fillettes. Auriez-vous pensé que je n'étais pas mariable ?

— Non, répondit Laure, mais tu nous a si souvent envoyées promener quand nous te parlions du mariage, que nous avions fini par croire que tu avais remis la chose à cinq à six ans, sinon à perpétuité.

— Un instant, mes petites, les événements ont modifié mes plans du tout au tout : autant j'avais, il y a huit jours, horreur du mariage, autant il me tarde maintenant d'être à mon petit ménage... Je vous invite, bien entendu, l'une et l'autre, à ma noce... Mariette, tu te feras belle, hein ! Je ne te fais pas la même recommandation, Laure, la perle de la montagne ne saurait comment s'y prendre pour n'être pas belle.

— Tu te moques de nous, grande méchante.

— Pas le moins du monde. Et maintenant, voulez-vous savoir la cause de ce revirement dans mes idées?

— Voyons.

— Eh bien, je pense que dans six mois, et même dans un an, il y aura tout autant de jeunes filles à marier qu'aujourd'hui.

— Et puis?

— Et puis elles se mettront à douze ou quinze pour se disputer un veuf qui, en fait de fortune, leur apportera un front chauve et des enfants plus ou moins morveux.

— Et pourquoi ça, Justine?

— Parce que tous les jeunes gens seront en Prusse ou dans l'éternité.

— Tiens ! dit Mariette, c'est cependant vrai... Y avait-tu pensé, Laure...? Conviens que Justine est plus avisée que nous.

— Ordinairement, oui ; en cette circonstance, je crois qu'elle prend une éponge pour un chignon, et une épingle de tête pour un tourne-broche.

— Tu crois ça, ma petite perle ?

— Oui, ma grosse émeraude, je crois ça.

— Explique-toi donc.

— Je m'explique : si tous les jeunes gens meurent dans la guerre actuelle, ton époux y passera comme ses camarades, et pendant que nous viendrons nous amuser ici avec nos habits de fête, tu iras, toi, madame je ne sais qui, promener tes crêpes et tes couronnes d'immortelles dans des pays inconnus, où tu pleureras et prieras sur une fosse qui sera peut-être celle du meurtrier de ton mari.

— Tiens ! dit Mariette, mais, c'est encore vrai, ça !

— Pauvres chères innocentes !

— Eh bien, quoi ?

— Comme vous êtes naïves.

— Comment cela, Justine ? explique-toi, à ton tour.

— Me croyez-vous donc assez sotte pour épouser un jeune homme qui devra partir dans huit jours, pour me revenir avec un bras de moins et une jambe de bois, ou bien encore pour ne pas revenir du tout ?

— C'est donc un vieux que tu prends ?

— Vingt-quatre ans, ma chérie, juste ton âge, Laure.

— Mais alors il partira... à moins qu'il soit fils unique de veuve.

— Alors même qu'il ne serait pas fils unique de veuve, il ne partirait pas : il est exempt de droit... Voulez-vous savoir son nom ?

— Il y a une demi-heure que tu devrais l'avoir dit.

— C'est monsieur....

— Allons donc, taquine !

— Monsieur.... Nicaise Gouthiérat, charrrrre !

Nos trois jeunes filles partirent ensemble d'un éclat de

rire si bruyant que Mme de Beauval vint leur recommander la modération, dans la crainte qu'on interprétât mal, au dehors, une gaîté qui ne paraissait plus de saison. Elles se calmèrent donc autant que la chose leur était possible, et reprirent, en s'essuyant les yeux, le fil de la conversation.

— Je vais vous raconter au galop, dit Justine, comment les choses se sont passées : « Vous savez que » lundi, après le départ de M. de Beauval et de Jolivet, » les émeutiers, comme on les appelle, entrèrent à la » mairie où ils chantèrent, firent des discours.... »

— Oui, Justine, nous savons tout cela.

« — On nous avait dit que Marius Joly et Nicaise » Gouthiérat, en qualité de chefs, avaient de grandes » écharpes qui leur allaient à ravir. Mais on ajoutait » que ces écharpes ne ressemblaient en rien à celle de » M. de Beauval, que c'étaient des écharpes révolu- » tionnaires. »

— Oui, toutes rouges.

« — On ne m'avait pas dit la couleur, et j'avais une » envie terrible de savoir ce que c'était qu'une écharpe » révolutionnaire. Hélas ! malgré toutes mes supplica- » tions, maman refusa net de me laisser sortir. »

— Et tu n'as pas encore vu cette écharpe ?

« — Si, Mariette. Quand tout est devenu calme, je » suis entrée dans ma chambrette, cherchant un pré- » texte quelconque pour faire un tour dans le village. »

— Et je suis sûre, que tu n'as pas cherché longtemps.

« Mes bottines du dimanche m'ont servi promptement » et à ravir. Je me suis mise en train de les cirer avec...

» un couteau. Avant une minute, celle du pied gauche
» était décousue entre l'empeigne et la semelle. »

— Coquine ! et ta mère t'a permis de l'apporter au
cordonnier ?

« — Elle est si bonne, maman ! je n'ai fait que
» quelques sauts pour arriver chez le borgne. J'avais si
» peur qu'il eût quitté son écharpe ! Toutefois, j'avais
» tort de courir, Nicaise ne songeait guère à se dépouil-
» ler de sa sous-ventrière, comme dit Jolivet. Il était
» debout sur une petite table, et faisait, avec de grands
» gestes, un discours à sa mère, la vieille Charlotte qui
» ouvrait la bouche et pleurait en l'écoutant. Quand je
» suis entrée, ma bottine en avant, Nicaise s'est arrêté
» court, et m'a envoyé de la main le plus charmant
» salut.

» — Soyez la bien venue, mademoiselle Justine
» Leblanc, m'a-t-il dit en sautant par terre, recevez
» mes hommages les plus cossus, et veuillez croire
» qu'aucune visite pouvait m'être aussi satisfaisante au
» moment où je commence à faire mes fonctions. —
» Asseyez-vous, ma chère mademoiselle Justine, s'est
» empressée de dire la vieille à son tour. Ah ! mon
» Dieu, qu'il y a long-temps que je désirais vous voir
» chez nous ! c'est vrai qu'il n'y a que quelques jours
» que nous sommes ici. Comment auriez-vous pu faire
» connaissance avec mon Nicaise, ce cher séraphin,
» et apprécier ses mérites ! Ah ! ma chère....

» — Il n'était pas nécessaire, madame, de venir
» jusqu'ici, pour savoir apprécier à toute sa valeur
» monsieur votre fils. Quelques jours lui ont suffi pour
» se faire une réputation dans Beauval.

» Le savetier qui, jusque là, avait fait des révérences
» s'est tout-à-coup redressé en poussant un hum ! de
» poitrine, tandis que sa main agitait l'écharpe afin de
» mieux me la montrer. Il m'a semblé qu'une larme de
» bonheur perlait dans l'œil qui lui manque.

» — Mademoiselle, s'est-il écrié avec emphase, il y a
» deux mois seulement que je suis à Beauval, et il y a
» deux mois que je vous adore.

» — Dans ce pays-ci, Monsieur, on n'adore que le
» bon Dieu.

» — Ah ! ma chère Mademoiselle, s'est empressée de
» dire la vieille pour venir au secours de son séraphin
» qui se trouvait interloqué, c'est vrai que Nicaise vous
» aime plus que le bon Dieu. J'ai beau le raisonner...

» — Mademoiselle, a interrompu le cordonnier, hier
» je n'aurais pas osé... Mais...

» — Vous disiez, Monsieur ?

» — Hier, j'étais un ouvrier, et rien de plus, je n'au-
» rais jamais osé...

» — Ah ! voyez-vous, ma toute belle, c'est qu'il est
» d'une timidité, ce cher canard du bon Dieu !

» — Je n'aurais jamais osé vous adresser une ques-
» tion.

» — Comment cela, M. Gouthiérat ! J'ai donc l'air
» bien terrible ?

» — Quand je vous vois passer devant la porte, je
» cours pour vous prier d'entrer. Et ma langue se glace
» dans ma bouche.

» — Mon Dieu ! Monsieur, mais qu'y a-t-il donc dans
» ma personne qui vous fait ainsi trembler ?

» — Il y a, Mademoiselle, il y a un air de déesse.

» — Qu'est-ce que c'est que ça, une déesse?

» — C'est la perle des filles... Aujourd'hui...

» — Vous serez plus hardi, n'est-ce pas, Monsieur,
» et vous oserez...

» — Aujourd'hui, je ne suis plus cordonnier, excepté
» pour vous, mademoiselle Justine, attendu que je suis
» l'un des premiers *magistratures* de Beauval, et j'o-
» serai vous faire une question, avec la permission et
» le respect qui est dû au mérite et à la beauté *idem*.

» — Parlez, monsieur, je vous écoute et suis toute
› disposée à répondre à votre question.

» — On prétend que vous voulez entrer dans un cou-
» vent. Voudriez-vous me dire, mademoiselle Justine,
» si la chose est vrai?

» — Mon Dieu! M. Gouthiérat, ceux qui vous ont
» donné cette nouvelle, ont dû la prendre sous leur
» bonnet, car, si j'ai songé à me faire religieuse, je
» n'en ai encore ouvert la bouche à personne. »

» Nicaise passa sa main, en guise de mouchoir, sur
» son auguste face.

» — Ah! chère Demoiselle, cette nouvelle me ravi-
» gote de la cave au grenier... Me permettez-vous une
» autre question?

» — Parlez, Monsieur, je serai bien heureuse si je
» puis vous être agréable.

» — Ah!... cette parole me fait plus de bien que
» tout ce qu'on a pu me dire et me chanter jusqu'ici...
» Dites-moi, ô la plus belle et la plus suave des perles
» de nos montagnes, est-il vrai que vous ayez plaisanté,
» en compagnie de Mlles Laure Noirot et Mariette Guil-
» loux, sur l'infirmité qui me décore? Oh! je vous en

» prie, lumière de mes yeux, répondez à cette ques-
» tion...

» — Je ne suis pas, et je ne puis pas être la lumière
» de vos yeux, M. Nicaise...

» — C'est ça, oh ! c'est ça, appelez-moi, Nicaise...
» Et puis, lumière...

» — Et puis, j'ai d'autant moins plaisanté sur ce que
» vous dites, que c'est à peine si j'ai remarqué cette
» infirmité. Du reste, mon cher monsieur...

» — C'est ça, oh ! c'est ça, dites toujours, mon cher.
» Eh bien ?

» — Eh bien, beaucoup de jeunes gens voudraient
» se trouver aujourd'hui dans votre position. Il vaut
» mieux avoir une maison avec une seule croisée que
» de n'avoir pas de maison... Combien qui ont deux
» yeux dont ils sont fiers, et qui n'auront plus, dans
» quelques mois, leur tête sur les épaules !

» — Quoi ! Justine adorée, mon œil gauche ne vous
» offusque pas ?

» — Il m'offusque d'autant moins qu'il doit se pro-
» mener fort loin d'ici... Il y a longtemps que vous
» vous êtes séparés ?

» — Oh ! ma chère Demoiselle, s'est empressé de ré-
» pondre ma future belle mère, ça serait une histoire
» longue à dormir debout... Mais, c'est vrai tout de
» même qu'avec un œil on ne part pas.... cher séra-
» phin ! Je pense à l'établir... qu'en pensez-vous, chère
» Mademoiselle ?

» — Est-ce que M. Nicaise n'est pas établi ? Je
» croyais... Et voilà pourquoi j'apportais une bottine...

» — Donnez cette bottine, lumière de mes yeux, je
veux y mettre tout mon cœur et toute mon âme...

» — Je veux marier mon Nicaise, ma chère petite
» demoiselle.

» — Ah ! et avec qui mariez-vous monsieur votre
» fils ?

» — Ah ! ma foi ! avec qui que je marie monsieur
» mon fils... Demandez-le lui, il est majeur, le cher
» chérubin, et il m'a juré ses grands dieux que jamais,
» non, jamais, il n'aurait d'autre femme que vous...
» Depuis deux mois il n'a des yeux que pour Mlle Justine
» Leblanc. »

» Nicaise Gouthiérat attendait avec anxiété l'effet
» qu'allait produire sur moi la déclaration de sa mère.
» Il se mettait en profil afin de me cacher la joue
» gauche et la vitre cassée. Le moment était décisif.
» J'ai répondu :

» — Oh ! madame Gouthiérat, vous voulez plaisan-
» ter, M. Nicaise n'a pas pu songer à moi.

» — Je veux que le diable m'emporte, si...

» — Mais moi, je ne veux pas qu'il vous emporte,
» Monsieur, car il serait à craindre que vous ne revin-
» siez pas, et j'en serais vraiment désolée.

» — Et pourquoi en seriez-vous désolée, Justine
» adorable ?

» — Parce que je ne puis pas me passer de... ma bot-
» tine.

» — Vous allez l'avoir de suite, mais dites-moi, oh !
» dites-moi.

» — Que voulez-vous que je vous dise, mon cher mon-
» sieur.

» — Si je puis espérer qu'à force de soupirs, de
» dévouement et de tout ce que vous voudrez, j'arriverai
» enfin à vous attendrir.

» — Il ne faut rien précipiter... Je suis jeune... J'ai
» besoin de voir... rien ne presse.

» — Oh ! mettez-moi à l'épreuve, demandez-moi un
» sacrifice quelconque... Je vous donnerai tout, tout,
» entendez-vous bien, tout, sans rien excepter.. Voulez-
» vous ma tête ? Je suis prêt à vous la donner.

» — Je sais que les petits cadeaux entretiennent l'ami-
» tié, mais je ne vois pas comment nous pourrions nous
» marier, si vous n'aviez plus votre tête.

» — C'est une manière de vous dire que je suis prêt à
» vous sacrifier tout ce que j'ai... Mon ardeur est ado-
» rable... Qu'il me tarde d'être votre esclave !

» — Hélas ! je crains que le mariage ne puisse pas
» avoir lieu.

» — Parce que?

» — Parce que j'exigerai de vous des sacrifices qui
» sont énormes... N'y pensons plus.

» — Parlez ! Parlez ! mes bras, mes yeux, ma tête,
» charrrrre ! tout est à votre disposition.

» — Ce ne sont pas des sacrifices de ce genre que je
» demanderai à celui qui devra devenir mon époux.

» —Parlez donc, oh ! parlez, adorable Justine de mon
» âme !

» — Vous le voulez ?

» — Je vous en prie, je vous en supplie, je l'exige,
» ô lumière de mes yeux !

» — Eh bien : 1° il faudra renoncer à dire ce vilain
» mot de sacrrrre !

» — Il n'y a que ça, lumière de mes....

» Le gros magot ouvrait déjà les bras, comme pour
» saisir le petit magot que me destine maman. Je me
» suis **empressée de calmer son ardeur adorable.**

» — Si fait, Monsieur, il y a autre chose, nous ne
» sommes qu'au début de nos conditions. Donc : 1° Ne
» pas prononcer de mots grossiers, ne pas jurer, parce
» que cela offense le bon Dieu, parce que cela sent son
» mal élevé à quinze pas, parce que cela est bête ; 2° il
» faudra faire, matin et soir, votre prière à deux
» genoux..

» — A genoux ! chère Mademoiselle... Ah ! le pauvre
» chérubin ! quand le soir est venu... la fatigue... quand
» il était petit... mais maintenant.

» — Maintenant et toujours, madame Gouthiérat, il
» sera très-petit à mes yeux, s'il veut se tenir debout
» quand il parle à Dieu. Un mari qui ne respecte pas le
» Roi du ciel et de la terre, ne saurait respecter beaucoup
» sa femme.

» — C'est vrai, c'est mille fois vrai, adorable Justine...

» Ce disant, le borgne a donné un coup d'œil féroce à
» sa maman, et il commençait à faire ronfler le chacrre,
» quand j'ai repris :

» — 3° Le dimanche, il ne faudra *jamais* manquer la
» messe et assister à vêpres le plus souvent possible.
» A l'église, il faudra se tenir, non pas comme un âne
» à la porte d'un moulin, ne faisant rien, ne disant rien,
» et ne pensant pas davantage. Il faudra se tenir comme
» un homme bien élevé, et prier comme un bon chré-
» tien.

» — C'est juste, c'est très-juste, adorable....

» — 4° Il faudra se confesser, non pas seulement à
» Pâques, mais aussi aux principales fêtes de l'année,
» car, puisque j'ai le choix de me marier, ou de rester
» vieille fille, je ne quitterai ma position qui ne me

5

» paraît pas trop mauvaise, que si je trouve un mari
» qui soit chrétien tout de bon.

» La moustache jus de carotte du cordonnier a
» fait un mouvement, et j'ai saisi un petit sourire qui
» semblait me répondre : cause toujours, ma petite bé-
» casse, quand j'aurai le magot de maman Leblanc,
» nous verrons ce que nous aurons à faire. J'ai repris :

» — 5° Ne jamais travailler le dimanche sans une
» grande nécessité, et, dans ce cas, ne pas oublier de
» demander la permission à M. le curé.

» — Après, chère lumière de mes yeux, après ?

» — 6° Ne jamais user d'aliments gras les jours où
» ces aliments sont défendus par l'Église, et cela, non
» pas seulement chez nous, mais aussi chez les autres,
» dans les auberges et ailleurs. Parce que ceux qui se
» permettent de transgresser au dehors les lois qu'ils ob-
» servent chez eux, le font toujours par lâcheté, dans la
» crainte d'exciter les rires imbéciles de quelques niais
» qui ont peur les uns des autres. Or, je ne veux pas
» d'un lâche pour époux. Celui qui trahit son Dieu par
» peur des hommes, empoisonnerait sa femme par
» crainte d'une poule... Je pourrais bien ajouter que
» non seulement il ne faudra jamais insulter les prêtres
» et la religion, mais qu'il faudra aussi les défendre
» contre les niais et les méchants qui les attaquent. Oui
» je pourrais et je devrais peut-être ajouter cette con-
» dition. Mais je suppose qu'elle sera comme une con-
» séquence rigoureuse des six premières. Je m'en tiens
» donc à la demi-douzaine ».

» Je m'étais imaginée que Gouthiérat, après avoir
» entendu mes conditions, s'empresserait de me donner

» non pas ma bottine, mais.... sa botte quelque part.
» Pas du tout. Il s'est empressé d'accepter les condi-
» tions et toutes celles que je pourrais lui dicter dans la
» suite.

» — Ce n'est que ça, adorable Justine ! oh ! de grand
» cœur, de très-grand cœur, j'accepte. Demandez,
» demandez encore, ô perle plus précieuse et plus belle
» que toutes les perles !

» — Allons ! s'est écriée Charlotte en se jetant dans
» mes bras, vous êtes ma fille. O ma fille ! ma chère
» fille !

» J'aurais voulu en être au premier pas. Un frémis-
» sement s'est fait sentir dans tous mes membres. J'ai
» intérieurement demandé pardon à Dieu de mon étour-
» derie, et j'ai répondu :

» — Il n'y a rien de fait encore. Il faut de toute né-
» cessité que ces conditions soient remplies à la lettre.

» — Elles le seront, perle adorable de mes yeux !

» — Eh bien ! quand vous aurez subi l'épreuve, si
» cette épreuve vous est favorable, nous pourrons trai-
» ter ensemble.

» — Vous voulez m'éprouver avant le mariage ?...
» Mais, pourquoi pas après ?

» — Parce que si vous ne remplissiez pas vos enga-
» gements, je voudrais me *démarier*, et la chose ne me
» serait pas facile. Donc, mettez la main à l'œuvre dès
» aujourd'hui ; subissez fidèlement l'épreuve, sinon...
» n'en parlons plus.

» — Et cette épreuve durera combien de temps?

» — Dix ans au moins, et quinze ans au plus.

» La mère et le fils ont fait un tel soubresaut que
» j'ai cru qu'ils se précipitaient sur moi.

» — Petite effrontée ! s'est écriée Charlotte en me
» montrant ses dix griffes et ses trois dents.

» Nicaise a posé vivement la main sur la bouche de
» sa mère en lui disant à voix basse :

» — Tiens donc ta machoire, vieille sorcière, sinon
» tu me fais perdre la partie.

» Puis, se précipitant à ma suite, car je sortais, il m'a
» dit de sa voix la plus douce :

» — Ne faites pas attention à ce que dit ma vieille
» mère, chère Justine : la bonne femme a perdu l'es-
» prit. Toutefois, soyez sans inquiétude sur l'avenir.
» Elle ne pourra pas troubler longtemps notre ménage ;
» elle n'a plus que quelques mois à vivre... Adieu,
» colombe des colombes, perle des perles, vraie lumière
» de mes yeux...

» — Adieu, monsieur Nicaise, et à revoir, je l'es-
» père.

» Je n'avais pas fait deux pas dans la rue, que j'ai
» entendu Charlotte criant :

» — Tu l'aimes plus que moi, chat-huant du diable !

» — Ce n'est pas elle que j'aime, tu le sais bien,
» vieille toupie, ce sont les écus de la mère Leblanc.
» Quant à toi, petite maman, si je te serrais dans mes
» bras, comme je t'aime dans mon cœur, je t'écrase-
» rais comme une... pomme cuite...

» Les autres paroles de mon futur ne sont pas arrivées
» jusqu'à moi. Et voilà où en sont les choses, mes peti-
» tes poulettes. »

— Mais, malheureuse Justine, s'écria Laure en joignant les mains, tu as fait là une mauvaise action...

— Comment cela ! dit Mariette. Je vois bien que
Justine s'est moquée de ce savetier orgueilleux. Mais

quel mal y a-t-il à donner, par-ci par-là, une bonne leçon à ces misérables qui insultent tout ce qui est bon,
tout ce qui est honnête, tout ce qui est saint ?

— Je doute que M. le curé soit de ton avis, Mariette.

— Avec ça que M. le curé serait fâché que l'on con-
vertît Nicaise !

— Convertir Nicaise Gouthiérat ! Pauvre innocente !
Tu t'imagines qu'il avait l'intention de suivre le règlement que lui traçait Justine ?

— Qui sait, si, pour se marier avantageusement, il
n'en viendrait pas là !

— Oui, mignonne, il ferait probablement, comme tant
d'autres, l'hypocrite pendant quinze jours ou trois semaines. Mais, une fois le magot dans sa poche, il enverrait bien vite promener la religion, les curés et
même sa femme.

— Ah ! que dis-tu là, Laure ? Comment peux-tu sup-
poser que Gouthiérat enverrait promener Justine alors
qu'il l'aime jusqu'à l'adoration.

— As-tu remarqué la parole qu'a entendue Justine
en sortant de chez le cordonnier ?

— Quelle parole ?... Si je te serrais dans mes bras...

— Non, Mariette, pas cette parole-là. Et je te prie de
ne plus la prononcer, car elle s'adressait à une mère, et
je la trouve tout simplement infâme.

— Voici la parole dont veut parler Laure, dit Justine : « Ce n'est pas elle que j'aime, a dit le borgne,
ce sont les écus de la mère Leblanc. »

— Est-ce bien vrai qu'il ait prononcé cette parole ?
Est-ce bien vrai qu'il ait appelé sa mère « vieille toupie ? »

— Parfaitement exact, ma chère Mariette.

— Jusqu'ici je m'étais contentée de le mépriser : il me semble que maintenant je le hais... Et vous dites que tous les jeunes gens en sont là ?

— Non, Mariette, Dieu merci ! Du reste, combien n'en connais-tu pas, sans compter Jules Lenoir, qui sont véritablement bons et vertueux ?

— Peut-on mentir tant de fois et si effrontément dans une demi-heure ! Je vous aime... Je vous adore... Ma colombe... ma perle... Il me tarde d'être votre esclave... Pouah ! Pouah ! il n'y a qu'un borgne couleur de citron qui puisse dire des abominations pareilles.

— Tu n'as encore que dix-neuf ans, Mariette ; de plus, ton excellente mère a si bien veillé sur toi, qu'il ne t'a pas été possible d'avoir de tête-à-tête avec les jeunes gens. Moi, j'ai vingt-quatre ans. Veux-tu me permettre de te faire une prophétie et de te donner un conseil?

— Parle, chère Laure, je t'en serai reconnaissante.

— Voici la prophétie : sur dix jeunes gens qui te parleront seul à seule, à propos de mariage ; il y en a au moins huit qui te diront et te répéteront, jusqu'à satiété, que tu es la plus belle, la plus aimable fille qu'ils aient jamais connue. Ils ajouteront qu'ils ne pensent qu'à toi, qu'ils ne rêvent qu'à toi, qu'ils n'aiment que toi, qu'ils renoncent au mariage si tu refuses de leur accorder ta main. Il y a en même qui te diront, et sans rire encore : « Si vous me refusez votre cœur, je me fais sauter la cervelle, car je ne puis vivre sans vous. » Voilà ce que tu trouveras, ma bonne Mariette. Et remarque bien que le langage qu'ils te tiendront, ils l'auront tenu à Justine, à moi, à vingt autres dont plusieurs, hélas ! auront été assez sottes et assez malheureuses pour les écouter et pour les croire... Les Jules Lenoir sont rares à notre époque.

— Voilà la prophétie, Laure. Elle me paraît un peu sombre, et je tremble à la pensée qu'on aurait pu me tenir ce langage. Je m'y serais laissé prendre très-certainement, car je ne comprends pas qu'on puisse dire à une personne qu'on l'estime et qu'on l'aime, quand on n'éprouve pour elle que de l'indifférence... Et maintenant, chère amie, quel conseil as-tu à me donner ?

— C'est d'abord de ne jamais croire à la sincérité d'un jeune homme qui te complimente sur ta beauté. Il y a plus, nous devons regarder ces compliments comme un outrage. Ils ne peuvent nous être faits que par des hommes grossiers qui n'ont pas les premiers éléments du savoir vivre. On vante la force du bœuf, la jambe du cheval, la tête du chien et le poids du porc. Quant à la jeune fille, ses vertus seules méritent des éloges, et tout homme qui vante la forme de notre visage, la douceur de nos yeux, la blancheur de nos mains, la couleur de nos cheveux et la longueur de nos oreilles, cet homme-là, mes amies, est un niais qui nous insulte sans en avoir conscience, en nous assimilant à la bête, ou un démon qui, comptant sur notre sottise, nous adule pour nous conduire au précipice.

— Je leur cracherais au visage, dit Mariette en serrant les poings.... N'as-tu pas d'autres conseils à me donner, Laure ?

— Si, c'est de ne jamais parler mariage, quand notre mère n'est pas présente.

— Méchante ! dit Justine en rougissant, c'est à mon adresse ce que tu dis là.

— Un peu, chère Justine, car, je te le répète, je n'approuve pas ta conduite vis-à-vis de M. Gouthiérat.

— Si je te disais, pour ma justification, que la mère de mon prétendant était là, que répondrais-tu ?

— Je répondrais, ou bien que Nicaise a été plus sage que toi, en ne parlant mariage qu'en présence de sa mère, ou bien encore que tu es d'autant plus coupable que tu te plaçais *seule* et volontairement entre les griffes de deux démons.

— Regardez ! regardez ! dit tout à coup Mariette en tendant la main du côté de la mairie.

Un cavalier débouchait, au grand trot, sur la place et s'arrêtait devant la porte de la maison d'école. Dès que le magister parut, l'étranger descendit de cheval, serra la main de Loison, passa la bride de sa monture dans l'anneau qui se trouve à proximité de la porte, et les deux amis entrèrent dans la maison.

— Qu'est-ce que c'est que ça ? demanda Mariette.

— Mon Dieu ! mon Dieu ! répondit Laure, sans doute de mauvaises nouvelles encore, puisque c'est à la mairie que s'arrête le courrier

— Si nous allions voir ? dit Justine.

— Allons chez nous, nous nous trouverons plus près de la mairie.

— Non, car il doit y avoir des buveurs.

— Je ne le pense pas, Laure ; du reste, nous irons au jardin, ou dans ma chambrette.

Au moment où les jeunes filles quittaient le parc pour se rendre à l'hôtel du Vieux-Marronnier, elles virent Loison affichant un grand papier rouge. Comme tout le monde accouraient pour avoir les nouvelles, les trois amies s'approchèrent comme les autres, et lurent ce qui suit :

« Mes amis,

» Hier je vous disais : guerre à outrance à Bonaparte.

» Je vous dis aujourd'hui : il faut secourir la Répu-
» blique Française par tous les moyens possibles.

» Invalide moi-même, je me suis offert au gouverne-
» ment provisoire de Paris, et j'espère qu'il ne me sera
» pas impossible de remplir un devoir. Oui, mes conci-
» toyens, nous devons regarder comme un devoir sacré
» de secourir nos *frères* de France.

» *Notre mission ne consistera pas certainement à com-*
» *battre les frères de l'Allemagne qui, étant le bras de la*
» *Providence, ont renversé dans la poussière le germe de*
» *la tyrannie qui pesait sur le monde ; mais nous irons*
» *soutenir l'unique système qui puisse assurer la paix et*
» *la prospérité entre les nations.*

» Caprera, 7 septembre.

» J. GARIBALDI. »

— Qu'est-ce que c'est que ça, Garibaldi ? demande un curieux.

— C'est cette espèce d'italien, répondit Jules Lenoir, qui reçut au talon une balle qui avançait plus vite qu'il ne reculait.

— Ah ! bon ! Ce propre-à-rien qui se bat de loin, et que nos soldats appellent le général *Montre-ton-dos ?*

— Précisément... Mais je me demande ce que veut dire sa lettre. *Nous devons,* écrit-il, *regarder comme un devoir sacré de secourir nos frères de France.* Et il

5.

ajoute : *notre mission ne consistera pas certainement à combattre les frères de l'Allemagne.* Que signifie cette énigme ?

— Quelle énigme ? demanda Jolivet arrivant au pas accéléré.

— Lisez-moi ça, répondit Lenoir, en montrant au conseiller la lettre du héros d'Aspremonte et de Monte-Rotondo.

— Ma foi ! dit l'ex-guerrier après avoir lu, je ne vois pas, non plus, si cette canaille veut faire tourner de l'as ou du valet, mais je suis bien sûr que Garibaldi ne vient en France que pour brouiller les cartes. Il est de la nature de la boue de salir, comme il est de la nature du soleil d'éclairer.

— Si nos gouvernants sont assez *naïfs* pour l'autoriser à venir, ce sera une grande honte pour la France. Il faut bien espérer...

— Il ne faut rien espérer du tout, mon cher Jules : Ceux qui nous gouvernent depuis huit jours ont constamment soutenu la vieille ganache que les scélérats d'Italie ont mis à leur tête. Ils le laisseront venir, ils feront plus : ils l'appelleront, croyez-moi... Ah ! voilà le particulier qui vient d'apporter la lettre du général Montre-ton-dos... Loison me paraît un tantinet pâlot. Si je lui demandais de ses nouvelles ?

— Bonjour, monsieur le maître, pourrait-on, sans vous commander, savoir s'il est permis de faire une toute petite question à ce monsieur qui se dispose à monter à cheval ?

— Certainement, citoyen, vous le pouvez, répondit l'étranger en détachant la bride de son cheval, parlez, je vous écoute.

— C'est bien de la bonté de votre part, mon cher Monsieur, soyez sûr que je n'abuserai pas de votre complaisance. Un mot, rien qu'un mot... Pourriez-vous me dire ce que signifie cette lettre datée de Caprera ? J'avoue que je n'y comprends rien.

— Vous ne comprenez pas que l'illustre Garibaldi vient à votre secours ?

— Je croyais comprendre comme cela, en effet, au commencement de la lettre, mais, vers la fin, *l'illustre général dit tout le contraire.* Lisez plutôt : *Notre mission ne consistera pas certainement à combattre nos frères de l'Allemagne.* Mais, si Garibaldi vient à notre secours avec l'intention de ne pas se battre contre nos ennemis, contre qui va-t-il donc se battre ?

— Nos ennemis les plus dangereux sont au milieu de nous, citoyen.

— Ah ! vraiment, monsieur le citoyen. Et ce sont ces ennemis-là que l'illustre général vient mettre à la raison ?

— Ce sont ceux-là que le héros vient exterminer.

— Et, ces ennemis, vous les connaissez, monsieur ?

— Oui, mon ami, ce sont les prêtres et les riches... Voilà le chancre hideux que l'illustre Garibaldi veut extirper, voilà le reptile qu'il veut écraser du talon.

— Ah ! est-ce qu'il est tout-à-fait guéri le talon de votre illustre et vieille ganache, monsieur le citoyen ?

A cette question irrespectueuse à laquelle il ne s'attendait pas, l'étranger fit un soubresaut, enfourcha son bidet, salua Loison en lui disant : « Inscrivez ce traître sur la liste rouge. » Et il partit au galop dans la direction du chef-lieu de sous-préfecture.

— Dites donc, M. Loison, demanda Jolivet est-ce une menace que vient de prononcer contre moi ce particulier ?

— C'est un arrêt de mort !

— Ah ! serait-il donc parent de la vieille ganache ? Une autre question, monsieur le magister : qui vous a permis d'afficher les lettres de ce lâche scélérat qui signe J. Garibaldi ?

Et ce disant, Jolivet déchira l'affiche, et la foula aux pieds.

— Vous saurez demain, dit lentement Loison, qui m'avait ordonné d'afficher cette lettre, et vous apprendrez, avant peu, vous et vos complices, ce qu'il en coûte d'insulter à l'illustre ami du gouvernement provisoire.

— Mes complices ! dites-vous, monsieur le garibaldien, mais, personne ici, excepté moi, n'a prononcé le nom de votre chef de brigands.

— Citoyens Jolivet et Lenoir, vous venez de prononcer, l'un et l'autre, votre arrêt de mort.

Et Loison rentra, ayant soin de fermer, derrière lui, la porte à deux verrous.

CHAPITRE VII

Au bord du bois

Quelques semaines après les événements que nous venons de raconter, Mariette Guilloux, accompagnée d'une petite cousine de onze à douze ans, revenait du village des Buteaux où elle avait passé vingt-quatre heures auprès de sa tante en deuil de son fils aîné mort à Sedan. Il était trois heures du soir, et le soleil fuyait déjà derrière la Gravelle, laissant dans l'ombre la pittoresque vallée au milieu de laquelle se dresse le clocher de Beauval. Les jeunes filles marchaient d'un bon pas, devisant de choses et d'autres, Mariette répondant aux mille questions de la petite Lazarette, quand à la sortie du bois, elles aperçurent Nicaise Gouthiérat qui traversait un champ d'avoine, se dirigeant à grands pas vers le taillis le plus épais.

— Tiens ! dit Mariette, c'est le cordonnier.

— Pourquoi donc, cousine Mariette, qu'il passe comme ça dans l'avoine ce monsieur cordonnier ?

— Je n'en sais rien, Lazarette... A moins que ce soit pour n'avoir pas à nous dire bonsoir.

— Pourquoi donc qu'il ne voudrait pas nous dire bonsoir? Est-ce que tu lui as fait quelque chose?.. Ah! je sais pourquoi, moi.

— Tu sais pourquoi?

— Oui, c'est parce qu'il a pris, avec M. Joly, la place de mon oncle Guilloux.

— Silence! il nous regarde... Tiens! va te promener! le voilà qui vient vers nous... Veille sur tes paroles, Lazarette.

Nicaise, en effet, se voyant aperçu, avait arrêté sa course, et, après avoir fait quelques pas, de droite et de gauche, comme pour retrouver un objet perdu, il se dirigea vers les jeunes filles qui continuaient leur marche en silence.

— Bonsoir, Mesdemoiselles, leur dit-il du milieu du champ.

— Bonsoir, Monsieur.

— Vous devez être bien étonnée, mademoiselle Guilloux, de me trouver ainsi au milieu d'un champ d'avoine.

— Vous vous trompez, Monsieur, je vous affirme que je ne suis pas étonnée le moins du monde.

— C'est que... voyez-vous... j'ai blessé, il y a un instant, un lièvre qui est allé se cacher dans cette avoine.

— Avec quoi donc que vous l'avez blessé? demanda Lazarette.

— Nicaise hésita un instant; pâlit un tantinet, et finit par montrer un révolver en disant :

— Avec ce pistolet, mademoiselle.

— Pauvre petite bête !

Les jeunes filles marchaient toujours, et Nicaise sortait du champ d'avoine juste au moment où elles passaient. Mariette se demandait si le cordonnier allait remonter le bois, ou descendre avec elles dans la vallée. Mais son incertitude ne dura pas longtemps, car le borgne, au lieu de tourner à droite pour se mettre au pas des deux cousines, s'assit sur la petite muraille qui longe le chemin, et tenta d'arrêter la marche de Mariette en l'interpellant d'une voix qu'il cherchait à rendre mignonne.

— Vous passez bien fière, mademoiselle Guilloux. J'aurais pourtant besoin de vous dire un mot.

— Mariette se souvint aussitôt des recommandations de Laure. Mais il n'était pas probable que Nicaise parlât mariage. Puis, Lazarette était là.

— Parlez, Monsieur, répondit-elle en suspendant sa marche, je vous écoute :

— Vous m'en voulez, et vous avez tort, ma chère petite demoiselle, car vous n'avez pas d'amis qui soient plus dévoués que moi à votre excellente famille, et surtout à vous.

— Merci de votre dévouement, Monsieur, mais vous avez tort, vous-même, de penser que je vous veux du mal.

— Si monsieur Guilloux n'est pas de la commission municipale, croyez bien qu'il n'y a pas de ma faute... J'espère, avant peu, décider Marius...

— Je vous en prie, Monsieur, ne vous préoccupez point au sujet de mon père ; il n'accepterait jamais de faire partie de la commission dont vous parlez.

— Je voudrais pourtant le sauver, ce cher M. Guilloux, car il est votre père.

— Et vous pensez que tous ceux qui ne font pas partie de votre commission sont des hommes perdus ?

— Je crains beaucoup pour les anciens conseillers municipaux. Ils nous ont fait arrêter et condamner à la prison, au moment où le pouvoir leur échappait. Nous sommes les maîtres à notre tour, et ceux qui ont ouvert nos cachots pour nous placer à la tête de Beauval, n'attendent qu'un signal de notre part pour faire pendre ou fusiller nos adversaires.

— Comment, M. Gouthiérat, vous vous serviriez de votre autorité pour faire fusiller les anciens conseillers municipaux !

— Ils nous ont fait condamner à huit mois de prison, chacrrrrc !

— C'est à peine si vous en avez fait quinze jours.

— Ce n'est pas leur faute, si je n'y suis pas encore.

— Et vous croyez que leur crime mérite la mort ?

— Nous avons juré qu'ils y passeraient, chacrrrrrrc !

— Vous en parlez bien à votre aise, monsieur Gouthiérat, mais pensez-vous donc qu'ils se laisseront égorger comme des moutons.. ? Ils sont plus nombreux que vous, et...

— Et ils seront égorgés tout de même, car ils sont poltrons comme la lune.... Et puis, n'allez pas croire, mademoiselle Mariette, que je sois assez sot pour les fusiller moi-même.

— C'est M. Marius qui doit se charger de cette gentille besogne ?

— **Pas davantage, ni Marius ni moi, nous ne voulons**

tremper nos mains *innocentes* dans le sang de nos administrés... Du reste, vous n'avez rien à craindre pour votre père. Je le prends sous ma protection.

— Merci, Monsieur. Toutefois, du moment que ni vous, ni Marius, ne voulez faire de mal à ceux que vous appelez vos adversaires, je ne vois pas que mon père ait besoin de votre protection.

— Vous croyez ça, ma petite demoiselle ?

Et le borgne cligna de l'œil d'un air mystérieux.

— Je vous affirme, Monsieur Gouthiérat, que je ne crains rien, absolûment rien ni pour mon père, ni pour les autres conseillers, si la commission ne cherche pas à se venger.

— Mais elle veut se venger, chacrrrre !.. Ils nous ont fait mettre en prison, et c'est un crime qui mérite la mort. Ils seront tous pendus ou fusillés, chacrrrre !

— Mais, encore une fois, qui donc va les pendre ou les fusiller, puisque ni vous, ni M. Joly ne voulez vous charger de la besogne ? En dehors de vous deux, je ne vois personne à Beauval qui voulût commettre un tel crime.

Nicaise regarda Mariette sans rien dire. Son visage s'empourpra et son œil se mit en deux pour lancer un éclair. Le cordonnier se demandait s'il devait se fâcher du langage de la jeune fille, ou s'il devait chercher à la gagner à sa cause. Le bon naturel l'emporta, et Nicaise répondit d'un ton très mystérieux :

— Si votre petite cousine n'avait pas d'oreilles je vous dirais bien quelque chose.

— Voudriez-vous me dire des choses qu'une jeune fille ne doit pas entendre ?

— Je voudrais vous découvrir un secret que ma mère ne connaît pas, un secret terrible.

Mariette hésitait : d'une part, elle craignait que Nicaise lui tînt le langage qu'il avait tenu à Justine Leblanc ; d'autre part, il y allait peut-être de la vie de son père et de quelques autres conseillers. Le désir d'empêcher une catastrophe lui donna de la hardiesse. Elle répondit :

— Vous pouvez parler sans crainte en présence de ma petite cousine. Je réponds de sa langue.

— J'aimerais mieux que vous pussiez me répondre de ses oreilles.

— Mes oreilles ! mes oreilles ! dit en se rebiffant la petite Lazarette, qu'est-ce que vous avez à dire de mes oreilles ?

— Tiens ! ça se fâche... Ce que j'ai à dire de tes oreilles, petite mioche, c'est qu'elles sont bien longues pour les oreilles d'une enfant.

— C'est vrai, répondit d'un ton railleur Mlle Mariette, que les oreilles de ma cousine sont un peu longues pour les oreilles d'une jeune fille, mais convenez, Monsieur, que les vôtres sont par trop courtes pour les oreilles d'un âne.

Gouthiérat ne comprit pas, ou plutôt, il comprit que la jeune fille affirmait qu'il ne pouvait pas être un âne, par la raison que ses oreilles étaient trop courtes.

— C'est vrai, dit-il, que j'ai beaucoup plus d'esprit qu'on ne se l'imagine... Si je pouvais donc m'en servir pour vous être agréable, ma chère demoiselle Guilloux... Vous me répondez de votre cousine ?

— J'en réponds.

— Elle ne dira rien de ce que je vais vous confier ?

— Je l'affirme.

— Mais pourquoi ne pas la faire passer en avant ?

— Parce que je ne veux pas qu'elle se sépare de moi... Encore une fois, je vous affirme que l'on ne saura pas un mot, par Lazarette, des choses que vous allez me confier.

— Un service en vaut un autre, et si je sauve la vie à M. Guilloux, par dévouement pour vous, j'espère que vous saurez m'en témoigner votre reconnaissance, car vous aimez votre père.

— Oui, monsieur, je l'aime beaucoup, et si sa vie se trouvait un jour en danger, et qu'il vous fût possible de le sauver, je vous en témoignerais ma reconnaissance par tous les moyens qui seraient en mon pouvoir.

— Voilà qui est bien parlé, chacrrre ! Eh bien, ma chère mademoiselle Mariette, la vie de votre excellent père est en danger, très en danger, et je veux le sauver ce cher monsieur Guilloux, car vous lui ressemblez *comme à deux gouttes d'eau.*

— A peu près... Mais votre secret ?

— Ecoutez-bien ceci.

— Parlez, monsieur Gouthiérat.

— Menotti Garibaldi n'est plus qu'à une dizaine de lieues. Dans huit jours, au plus tard, il sera au milieu de nous...

— Eh ! que vient-il faire dans le Morvand ? Les Prussiens nous entourent de plusieurs côtés, c'est vrai, mais ils ne pénétreront jamais dans nos montagnes, par la double raison qu'ils ne trouveraient pas à se ravitailler, et qu'on pourrait facilement les écraser dans nos forêts

interminables, nos gorges étroites, nos rochers inacces-
sibles et nos ravins profonds.

— Eh ! ma très-chère, c'est précisément parce que
les Prussiens n'entreront jamais dans le Morvand que
les garibaldiens se hâtent de venir...

— Et que viennent-ils chercher ici ?

— C'est là mon secret... Loison, Marius et moi sommes seuls au courant de ce qui doit se passer... Comprenez-vous, chère Mariette, qu'il faut que je vous porte
un grand intérêt pour vous livrer un secret que je ne
voudrais pas faire connaître aux meilleurs de nos amis,
pas même à madame Gouthiérat qui, cependant, est ma
mère chérie.

— Aussi, cher Monsieur, soyez assuré que je vous en
serai très-reconnaissante.

— Je vous avertis de nouveau que si votre cousine disait un mot, un seul mot, je serais obligé de lui tordre
le cou.

Les deux jeunes filles pâlirent, et Lazarette recula de
quelques pas.

— Soyez sans inquiétude, Monsieur, dit Mariette
d'une voix étranglée, je réponds de ma cousine.

— Eh bien donc, les Garibaldiens viennent ici pour
nous donner un coup de main... Il y a, presque dans
toutes les communes, des individus qui gênent les ad-
ministrations nommées par Gambetta. Ces administra-
tions ne peuvent, sans se mettre à dos et faire hurler les
habitants, frapper les rétrogrades comme elles désire-
raient, c'est-à-dire de manière à leur faire perdre, non-
seulement l'envie de revenir au pouvoir, mais aussi de
leur faire perdre le goût du pain. Or, ce que nous ne

pouvons pas faire sans danger, les garibaldiens le feront en s'amusant.

— Mais que feront-ils donc ? Seigneur Jésus !

— Ecoutez encore, chère Mariette, et surtout ne vous effrayez pas ainsi, car, encore une fois, à cause de vous je prends M. Guilloux, sous ma protection... Donc, nous profitons du moment où toutes les troupes françaises sont cernées dans Paris, ou occupées dans l'ouest ou le nord, pour étendre l'Internationale et commencer le feu.

— Qu'est-ce que c'est que l'Internationale ?

— C'est un *associlliation* composée déjà de plus de trente millions d'hommes qui, tous, prennent l'engagement de faire griller les curés et les bourgeois... Vous comprenez...? Cela veut dire qu'on mettra le feu à la cage, et que l'on tordra le cou à l'oiseau.

— Que dites-vous là ?

— C'est comme ça, mademoiselle Mariette, et malheur à ceux qui se trouvent sur la liste rouge.

— La liste rouge !

— C'est une liste composée par les hommes qui, dans chaque commune, appartiennent à l'Internationale. Après avoir *sérieusement* réfléchi, ils mettent sur cette liste les noms des curés, des nobles, des riches et de tous ceux qui les gênent. Puis ils envoient cette liste au chef de la division à laquelle appartient la Commune.

— Et après ?

— Après, ma chère Mariette, quand le moment sera venu de commencer le feu, le chef donnera la liste aux exécuteurs.

— Et ils tueront tous ceux dont le nom se trouvera sur ces listes ?

— Après les avoir flambés.

— Mais, c'est horrible ! infâme ! ce que vous me dites-là.

—...C'est ce que j'ai dit à Marius Joly et à M. Loison...
Mais...

— Et la liste de Beauval est dressée ?

— Elle est partie il y a deux jours... Seulement, au
lieu de l'envoyer au chef de division, nous l'avons adressée à l'un des lieutenants de Garibaldi en le priant de
nous honorer d'une visite.

— Mon Dieu ! mon Dieu !... Oh ! je vous en prie,
Monsieur, dites-moi, oh ! dites-moi que tout cela n'est
pas vrai... n'est-ce pas, mon cher M. Nicaise, que c'est
pour rire, ou pour m'effrayer que vous me racontez
toutes ces choses impossibles !

— Quand je vous dis que votre père n'a rien à craindre ; que je le prends, à cause de vous, sous ma puissante protection !

— Et le lieutenant de Garibaldi quand viendra-t-il !

— Peut-être dans huit jours, peut-être plus tôt... Je
ne sais pas au juste.

— Combien en avez-vous mis sur la liste ?

— Dix-huit... Mais je remplacerai M. Guilloux par...

— Mon père serait-il sur cette liste !...

Le visage de Mariette était d'un pâle cadavéreux, et
c'est en s'appuyant sur l'épaule de Lazarette qu'elle
fit cette question dont elle avait déjà, du reste, la
réponse.

— La liste de Beauval est ainsi composée : Mercier
curé ; Laurent de Beauval, ex-maire ; Jolivet, ex-
conseiller municipal ; Guilloux, aubergiste...

Le cordonnier donna les dix-huit noms, et ajouta :

— Je parlerai, ce soir, à Marius et à Loison, et nous écrirons de suite afin que votre excellent père, ce cher M. Guilloux soit rayé de la liste rouge.

Mariette était abasourdie. La pensée ne lui serait jamais venue qu'il pût y avoir à Beauval des hommes capables de numéroter de sang-froid leurs victimes, et il ne lui venait pas davantage à la pensée que le cordonnier pût exagérer les choses. Du reste disons-le de suite, Nicaise lui-même se croyait entièrement dans le vrai. Quant à Marius Joly et au maître d'école Loison, en établissant cette liste, et en la faisant passer aux aventuriers de Garibaldi, ils avaient l'intention bien arrêtée de se venger des anciens conseillers, et surtout de se débarrasser de leur présence, mais ils laissaient les moyens à choisir à la bande des condottieri. Après un court instant de silence, la jeune fille joignant les mains et regardant Nicaise Gouthiérat avec dégoût, lui adressa lentement ces paroles :

— Je voudrais ne rien vous devoir, Monsieur, et pourtant... Et pourtant je me vois obligée de vous demander un service.

— Parlez, Mariette de mon âme, vous savez que je suis tout-puissant, et vous savez aussi qu'il me tarde de vous prouver mon dévouement le plus cossu et le plus libéral.

— Vous allez écrire à ces messieurs les Garibaldiens de ne pas venir à Beauval.

— Le borgne se prit à ricaner. Puis s'avisant, il répondit :

— Vous me donneriez cinquante mille francs en pièces jaunes et sonnantes que vous ne me feriez pas faire la moindre démarche pour sauver les têtes du curé, de Laurent de Beauval et de Jolivet... Mais, si vous voulez y mettre le prix, je serai peut-être assez puissant pour empêcher que les autres ne soient fusillés... Quant aux trois premiers, n'en parlons pas... Jolivet sera pendu, chacrrrre! Il faut également que le curé et Laurent y passent, car tant qu'ils vivront il ne me sera pas possible d'arriver à une sous-préfecture.

— Je vous promets, mon cher Monsieur, que non-seulement ils ne mettront aucun empêchement à ce que vous arriviez, mais qu'ils vous aideront encore à obtenir la place que vous désirez.

— Ta-ta-ta, ma petite innocente... Du reste, nous pourrons... peut-être, en parler demain... Pour aujourd'hui je dois vous quitter, car la nuit tombe, et il faut que j'aille faire une commission aux Buteaux avant de rentrer à Beauval... Bonsoir, perle des jeunes filles. Vous me direz demain si vous acceptez les conditions qui doivent sauver la vie à M. Guilloux, votre très-excellent père.... Surtout pas un mot de ce que je viens de vous dire. La moindre parole serait punie de mort... Tu entends, petite mioche, si tu avais le malheur de souffler un tout petit mot des choses dont nous avons parlé, ta cousine Mariette et moi, je te couperais la tête avec un tranchet, chacrrrrrre!

La petite fille fit un soubresaut et saisit la main de sa cousine, comme pour demander une protection contre le borgne qui venait de se mettre debout.

— Oh! si vous saviez comme vous me faites horreur! dit Mariette en se mettant en marche vers Beauval.

Je suppose que Gouthiérat n'entendit pas, car il se mit tranquillement à monter la côte que descendaient les deux cousines. Bientôt, il quitta le chemin pour se jeter dans le taillis qui se trouvait à sa gauche.

Après avoir marché de zigzag en zigzag pendant une demi-heure, il avisa un énorme buisson placé sur le chemin, et distant de quelques mètres seulement de la fontaine Mâria. Il s'y installa de son mieux, prit son revolver à la main, l'arma soigneusement, et attendit.

Nicaise Gouthiérat, quoi qu'en pussent dire ses oreilles n'était pas spirituel, tant s'en faut. Néanmoins le désir d'arriver à quelque chose, et surtout son instinct tout brutal lui suggérait parfois certaines ruses grossières dont il se servait d'autant plus volontiers qu'elles lui paraissaient plus diaboliques. Donc pour occuper son temps, le cordonnier se prit à penser, puis à se parler à lui même : « Chaerrrre ! se dit-il, si Mariette sait te-
» nir sa langue, les choses vont marcher comme sur des
» roulettes... Dans une heure Marius Joly n'aura pas à
» craindre la concurrence de Jules Lenoir... La fille Guil-
» loux ne voudra pas laisser pendre son gros papa...
» Ma foi ! pourquoi les premiers *magistratures* de Beau-
» val ne se marieraient-ils pas le même jour...? Mariette
» doit avoir du foin dans ses bottines, le papa Guilloux
» est économe, et il ne serait probablement jamais pen-
» du, s'il lui était permis de couper la corde avec un
» billet de cinquante mille francs. Chaerrrre ! Cinquante
» mille francs ! Il est vrai qu'il y a un garçon, ce petit
» apprenti prêtre qu'on nomme Henri, mais... suffit !
» on s'entend... Puis, il y a le chateau de M. de Beau-
» val... C'est bien le tonnerre, si je ne trouve, moi aussi,

6

» quelque chose à grapiller de ce côté là... Ah ! si je
» pouvais arriver à ma sous-préfecture !... Eh ! pour-
» quoi pas, chacrrrrre ! Aussi bien que Joly, aussi bien
» que Loison? Malardier est bien à la tête... Ma foi ! Je
» ne sais plus comment on nomme la chose. Pourvu que
» Mariette ne parle pas... Petite orgueilleuse, va ! Je te
» tiens, cette fois... Je vais te flatter jusqu'au mariage,
» et te forcer au mariage sous peine de voir ton papa
» chéri en cravate de lin ou de chanvre.... Quand j'au-
» rai le magot, nous verrons s'il y a lieu à laisser vivre
» une bouche inutile, et... si, toi-même, tu conviens
» pour faire une sous-préfète....»

Nicaise s'arrêta court. Le bruit d'un pas rapide, venant du côté des Buteaux, se faisait distinctement entendre. Le cordonnier se mit lestement debout; il ins-
pecta de nouveau son arme, et s'avança jusqu'au bord
du chemin. Quand le voyageur passa près de lui, Nicaise mit en joue et lâcha la détente. La victime tomba
en poussant un cri auquel répondit seul l'écho de la
forêt.

CHAPITRE VIII

L'assassin

Pendant que Mariette Guilloux conversait avec le rejeton désormais illustre de Mme Charlotte Gouthiérat, quatre hommes revenant de la ville, s'arrêtaient dans l'unique auberge de Fachin et se faisaient apporter une bouteille de vin plus ou moins vieux. C'était Marius Joly avec Bonvoisin, Merlon et Paillet, trois honnêtes cultivateurs de Beauval. Le président de la commission municipale les avait rejoints, sur la route et avait réussi à leur faire accepter un verre de bon vin. La conversation roulait tout naturellement sur la guerre, le triomphe de nos armées et nos continuelles défaites. Plusieurs fois, Marius avait mis en avant les noms de Gambetta et de Garibaldi, mais ses administrés n'avaient répondu que par des monosyllabes qui ne pouvaient ni les compromettre, ni laisser deviner à Joly ce qu'ils pensaient des deux condotieri. Du reste, le prétendu mécanicien paraissait préoccupé de tout autre chose que de cette conversation à laquelle il n'attachait qu'une très-médiocre importance. A chaque minute il allait sur le pas de la porte ; lançait une bouffée de tabac, et, d'un coup d'œil rapide, explorait la route qu'il venait de suivre. Ce manége finit enfin. Marius s'assit en disant :

— Vous avez là du bon vin, mère Marceau, apportez une seconde bouteille.

— Tiens ! dit Bonvoisin, voilà Jules Lenoir qui passe... Si nous faisions route ensemble ?

— J'ai demandé une seconde bouteille, répondit Marius... Du reste, nous pourrons facilement rejoindre Lenoir. Cet excellent vin va nous donner des jambes.

Ces paroles étaient prononcées d'un ton si naturel, que les trois compagnons de Joly se demandèrent, du regard, si les honneurs n'avaient pas changé les dispositions du président à l'endroit de Laure Noirot. Bonvoisin voulut en avoir le cœur net :

— On dit qu'il se marie prochainement, hazarda-t-il en regardant Paillet.

— Il est en âge, répondit celui-ci, Jules Lenoir approche la trentaine.

— Je croyais qu'il faisait partie des mobilisés.

— Précisément... Et on voudrait le marier avant son départ.

— Et avec qui? demanda malicieusement Merlon.

— Avec Laure Noirot. Une fille bien sage, ma foi !

— Elle est véritablement la perle de nos montagnes.

— C'est la fille la plus accomplie du canton, dit à son tour Marius.

— Mais, M. Joly, je m'étais laissé dire que vous l'aviez demandée en mariage.

— La chose est à moitié vraie, M. Merlon : je n'ai

pas fait la demande, mais j'ai laissé entendre que je pourrais bien la faire... Désormais c'est une affaire conclue.

— Vous allez la demander ?

— Au contraire... Je sais qu'elle me préfère Jules Lenoir, et je me ferais un crime d'empêcher un mariage qui lui plaît et qui doit la rendre heureuse ; car, vous le savez comme moi, le menuisier est un excellent garçon. Si j'avais une sœur à marier, je n'hésiterais pas à la lui offrir. Il n'est pas riche, c'est vrai, mais il est bon ouvrier, économe, sérieux et estimé de tous les honnêtes gens...

Joly, au grand ébahissement de ses co-buveurs qui le crurent complètement changé, énuméra, durant cinq minutes, les nombreuses vertus de Lenoir auquel il ne trouva pas de défauts, sauf, cependant, une teinte un peu prononcée de cléricalisme qui entravait le développement de ses nobles qualités.

Quand nos hommes quittèrent Fachin, Jules arrivait aux Buteaux. Deux chemins conduisent de ce village à la fontaine Mària : le premier dit *du haut*, plus long, mais plus facile ; le second, dit *du bas*, beaucoup plus court, mais très-difficile la nuit, à cause de ses nombreux petits ruisseaux et des blocs de granit que l'on rencontre à chaque pas. Ce dernier chemin se réunit au premier quarante ou cinquante pas avant d'arriver à la fontaine. Jules Lenoir qui avait appris la mort du jeune Guilloux, cousin de Mariette, ne voulut pas passer aux Buteaux sans porter quelques paroles de consolations, à la pauvre mère. Il entra donc chez elle, et comme on se mettait à table, le menuisier accepta de partager le petit repas avec la famille en deuil.

Cependant, Marius, arrivant, à son tour, en compagnie des trois Beauvalois déjà nommés, au village des Buteaux, entrait dans la première maison pour allumer sa pipe.

— Je vous rejoins, dit-il, prenez le chemin du haut. Celui du bas est plus court, mais il fait un noir à ne pas apercevoir une montagne à quatre pas. Nous nous exposerions à des accidents.

— C'est entendu, nous suivons le chemin d'en haut.

Vers le milieu du village, nos trois hommes aperçurent, ou sentirent le cabaret.

— Arrêtons-nous ici, dit Paillet, et faisons tirer une ou deux bouteilles en l'attendant. Je ne veux rien devoir à ce citoyen, et le vin qu'il nous a versé ne digérera que lorsque j'aurai moi-même payé une tournée.

— Soit ! répondit Merlon. Toutefois, je le trouve plus raisonnable et moins prétentieux que de coutume.

— Je ne m'y fie pas, dit à son tour Bonvoisin, on ne fait pas aisément une bonne omelette avec des œufs qui ont été pourris et du beurre qui fut rance. Le particulier était trop mauvais hier, pour être bien bon aujourd'hui. Il y a quelque anguille sous roche... Mais, qu'importe nous ne risquons pas grand'chose à lui verser quelques verres de vin.

— Nos trois hommes entrèrent donc dans l'auberge, et allèrent s'installer auprès du poêle. Après une conversation de quelques minutes avec le maître de la maison, Paillet sortit sur la route, pour arrêter Marius au passage. Il attendit cinq minutes... dix minutes, et rentra en disant :

— Ma foi ! après tout, s'il ne veut pas venir, nous pouvons boire une bouteille sans lui.

— Je suppose qu'il nous a recommandé de prendre la route du haut parce qu'il avait envie de suivre le chemin du bas. Il a voulu se défaire de nous.

— Il aurait eu honte de rentrer à Beauval en notre compagnie. Ma foi ! je vous avoue que j'aime autant comme ça... Je ne me sens pas à l'aise à côté de ce *citoyen*, comme il dit.

Nos hommes se trompaient. Marius Joly, aussitôt après avoir allumé sa pipe, se mettait en route en disant aux habitants du logis :

— Je ne puis m'arrêter, car je suis en compagnie de Bonvoisin, de Merlon et de Paillet, et je veux les rejoindre, afin de n'avoir pas à traverser seul la Gravelle qui semble aujourd'hui plus sombre encore que d'habitude.

Il sortit donc, prit le pas accéléré, passa devant l'auberge où se chauffaient ses compagnons, et finit par s'engager dans la forêt. « Diable ! se disait-il, c'est « à peine si je me suis arrêté quatre à cinq minutes, « et depuis une demi-heure que je marche au pas « redoublé, j'ai dû, non-seulement rattraper le temps « perdu, mais aussi gagner de huit à dix minutes... Ils « auront couru, les scélérats, dans la crainte, sans « doute, d'avoir à me payer une bouteille en arrivant « à Beauval... Du reste, pourquoi me tracasser..? Ils « pourront et devront affirmer que je suis resté en « arrière.... et, si les choses ont réussi, ce qui ne sau-

» rait être mis en doute, je vais trouver mes hommes
» en train de constater... Pourvu que cet animal de
» borgne n'ait pas eu la sottise de débarrasser le che-
» min... Mais, après tout qu'importe ! je les rattrape-
» rai sûrement avant la sortie du bois. Néanmoins, j'ai-
» merais mieux les trouver à la besogne... Je pousse-
» rais des soupirs à faire tourner un moulin... Je
» lancerais quelques jurons, premier calibre, à l'a-
» dresse du meurtrier, et je dresserais un procès ver-
» bal, signé : Joly, Bonvoisin, Merlon etc..... »

Marius ne put achever sa phrase : un éclair brilla
devant ses yeux, un hurlement s'échappa de sa poitrine, et il tomba sans connaissance dans la boue du
chemin...

Cependant Merlon, Paillet et Bonvoisin, après avoir
vidé leur bouteille, se mirent en route en décochant
chacun un trait plus ou moins acéré contre le président
de la commission municipale qui, croyaient-ils, les
avait sciemment et malicieusement abandonnés.

Depuis trois quarts d'heure déjà ils s'étaient engagés
dans la forêt, quand tout à coup ils suspendirent simultanément leur course pour écouter. Ils entendirent
alors, venant du côté de la fontaine Mâria, distante
au plus de cent cinquante pas, une voix d'homme qui
criait : « Au secours ! au secours ! »

— Courons ! dit Paillet, on assassine Jules Lenoir.
Je reconnais sa voix.

« Au secours ! continuait la voix, au secours ! »

— C'est vrai, dit Bonvoisin, je reconnais, moi aussi
la voix du menuisier.

Et nos trois hommes se prirent à courir de leur

mieux à travers les ténèbres, en criant de toute la force
de leurs poumons : « Tiens bon ! Lenoir, tiens bon !
Nous voilà ! nous voilà ! » Il faisait tellement sombre
qu'ils allaient se heurter contre Jules, quand celui-ci
les arrêta en disant :

— Prenez garde ! Prenez garde !

— C'est toi, Lenoir !

— Oui, Paillet... Vous êtes plusieurs, je crois, venez
à mon aide.

— Mais, qu'y a-t-il donc ?

— Je viens de butter contre un homme qui est mourant. Je crains bien que ce ne soit plus qu'un cadavre.

— Quel est cet homme ?

— Je ne saurais le dire : il fait noir comme dans un
four, et ce malheureux n'a pas prononcé une seule parole.

Les nouveaux arrivés s'empressèrent d'aider Jules à
soutenir le blessé. Or, quand Bonvoisin le prit par le
bras droit, le patient sembla se réveiller tout à coup, et
dit en gémissant.

— Vous me faites mal !

— Tiens ! dit Paillet, il me semble reconnaître cette
voix.

— Marius Joly, murmura le blessé.

Les quatre infirmiers d'occasion ne purent pas se
regarder avec stupéfaction, par la raison qu'il faisait
trop sombre pour se voir. Mais ils ouvrirent en plein
leurs quinquets (style Jolivet) et le ah ! qui sortit de
leur gosier respectif avait tout l'air de vouloir dire :
« Ma foi ! mon président, tant vaut toi qu'un autre. »

— Que vous est-il donc arrivé ? demanda Merlon.

6.

— Un coup de feu.

— Un coup de feu ! Que dites-vous là !

— Oui, un coup de fusil, ou de pistolet.

— Vous avez vu l'assassin ?

— Marius, au lieu de répondre à cette question, se prit à gémir en disant :

— Le bras droit est traversé de part en part... Je perds mon sang... Je vais me trouver mal.

Et, en effet, le citoyen président de la Commission de Beauval se disposait, absolument comme un simple pékin, à faire la carpe de nouveau, et il allait donner un second baiser à sa mère nourrice, quand nos hommes le reçurent dans leurs bras. Ils lui ôtèrent ensuite son paletot, cherchèrent, avec la main, le trou qu'avait fait la balle, tamponnèrent la plaie avec un morceau de la chemise du particulier, et ficelèrent le tout avec la cravate de Jules Lenoir. Le pansement fini, Marius déclara qu'il pourrait arriver à Beauval, si on voulait le soutenir du côté gauche et marcher lentement. On descendit à pas comptés, et on arriva vers les dix heures à Beauval.

La femme de ménage du citoyen président se chauffait et dormait de son mieux en attendant son maître. Quand elle le vit entrer en compagnie de quatre hommes, comme lui, couverts de sang, la chère femme, au lieu de se pâmer, ou de lui porter secours, se précipita dans la rue, et se dépêcha de pousser des cris de paon qui attirèrent tous les habitants du village.

Marius, après s'être fait panser, remercia tout le monde, exprima le désir de se trouver seul, pria Loison d'envoyer chercher un médecin, et dit à Nicaise de rester pour recevoir quelques conseils indispensables touchant l'administration de la commune.

Dès que la foule eut disparu, nos deux scélérats se regardèrent, et ils se virent... pâles et capots. Joly dardait sur Gouthiérat des yeux injectés de sang ; et le cordonnier ouvrait niaisement la bouche comme une carpe qui manque d'eau. Ce fut le citoyen président qui rompit le silence.

— Eh bien ! voyons, achève ton œuvre, espèce d'animal sauvage.

— Quoi !

— Tu as peur, maraud.. ! Avance. Je ne me défendrai pas... Ici, tu ne saurais manquer ton coup.

— Quoi !

— Coâ ! coâ ! coâ ! Achève donc de m'assassiner, hideux corbeau d'enfer !

— Mais...

— Mais ! mais... Mais, il faut bien que j'aille dans l'autre monde demander une place au diable, puisque son bijou d'enfant veut avoir la mienne à Beauval.

— Je viens... Je viens de voir Jules Lenoir !

— Eh ! pourquoi ne l'aurais-tu pas vu...? Est ce que ton deuxième serait allé à la recherche du numéro un ?

— Chacrrrrrrre !

Le visage du borgne s'empourprait, son œil était injecté de sang, ses poings se serraient... Marius s'aperçut qu'il était allé un peu loin, et il comprit que sa vie se trouvait entre les mains d'un sauvage qui pouvait d'autant mieux l'assassiner, qu'il était incapable de prévoir les conséquences d'un crime. Il rengaîna donc ses reproches et ses lazzis, et continua sur un ton larmoyant et amical :

— Dis-moi, cher Gouthiérat, pourquoi as-tu donc voulu m'assassiner... ? Quel mal t'ai-je fait... ? quel bien n'ai-je pas voulu te faire ?

— T'assassiner ! moi, t'assassiner !

—Eh ! sans doute... N'as-tu pas tiré sur moi un coup de révolver ! Et, si le bras droit n'avait pas été là... ! Ma foi ! mon très-cher, tu ferais l'intérim de la présidence à Beauval, et moi je ferais la grimace, c'est au moins probable, dans la cambuse du diable.

— Chacrrrrrre ! Je n'y comprends rien... Pourquoi es-tu blessé, et pourquoi Lenoir n'est-il pas mort ?

— Parce que, au lieu d'envoyer la balle au cœur ou à la cervelle de Jules, tu l'as envoyée dans mon bras droit.

— J'ai tiré sur toi !

— Comme tu le dis, mon bien-aimé Nicaise. Mais, je te le pardonne de grand cœur... Il faisait si noir ! comment pouvais-tu me reconnaître !

— Mais, chacrrrrrre ! Je n'ai vu qu'un homme.

— C'est vrai, mon très-cher. J'étais seul.

— Et tu as passé près du buisson avant le menuisier.

— C'est encore vrai.

— Et tu m'avais dit que Jules Lenoir passerait le premier, et que tu ne viendrais toi-même, en compagnie de Paillet, Merlon et Bonvoisin, qu'une heure plus tard pour relever le cadavre.

— Tous cela est parfaitement exact, mon cher Nicaise. Seulement le diable a tout brouillé.

Et Marius raconta comment le hazard avait voulu qu'il fût séparé de ses compagnons de voyage, et qu'il fût trouvé gisant dans la boue, par Jules Lenoir.

— Sans cet animal de menuisier tu aurais sans doute opéré ta *crevaison*.

— C'est probable.. Tu vois cependant que le coup pouvait manquer alors même qu'il aurait passé le premier.

— Il faisait si sombre ! Et puis, qui aurait pensé que ce diable de bras droit viendrait se placer juste entre mon révolver et ta poitrine... Est-ce que tu es fâché que la chose n'ait pas réussie !

— Je suis très-heureux d'avoir échappé à la mort, mais je suis fâché de voir Jules Lenoir en bonne santé... La position n'est plus tenable... Me vois-tu allant le remercier de m'avoir sauvé la vie, et lui faisant les yeux doux à chaque heure de la journée... Et, il le faut, sous peine de passer pour un ingrat, et, par conséquent pour un rustre et un infâme.

— Patience ! patience ! mon camarade, la santé du menuisier n'est pas aussi brillante qu'elle en a l'air... Jules, sois-en sûr, mourra sous peu, et il mourra de mort subite. Car, cette fois, je ne me tromperai pas.

— Que veux tu dire ?

— Lenoir est fatigué de sa course, et aussi de t'avoir traîné pendant cinq kilomètres.

— Et puis ?

— Et puis, ma foi ! quand je suis fatigué, ou que je suis saoul, moi, je dors. Et je pense qu'à l'heure présente le menuisier doit ronfler un peu proprement.

— Je ne comprends pas.

— Chacrrrrre ! Il me semble que tu as la comprenoir bien petit depuis que le bras a défendu la poitrine.

— Eh bien ! parle, mais plus simplement.

— Je vais, de ce pas, couper le cou au menuisier, c'est simple ça, à ce que je crois, mon président.

— Ne fais pas cela, Jean... mon cher Nicaise.

— Et pourquoi ne le ferais-je pas, chacrrrrre ?

— Tu ne peux pas entrer dans la maison. Les portes sont fermées à clef en ce moment...

— Je vais frapper. On viendra m'ouvrir.

— Oui, mais, c'est la mère Lenoir qui viendra t'ouvrir, et si tu fais mine d'entrer, elle poussera des miaulements qui feront courir tout le village, comme il y a deux heures, ma sorcière de Fanchon.

— Ah ! ah ! ah ! tu me crois assez bête pour laisser brailler la vieille ?... Dès qu'elle aura ouvert la porte, avant même d'entrer, je vais, d'un coup de tranchet, lui couper si habilement le conduit du pain, qu'elle n'aura pas même le temps de pousser un soupir... Puis j'irai présenter mes salutations à Jules...Il doit y avoir un boursicaut dans la cambuse... Faudra-t-il m'annexer la montre et la blague du particulier ?

— J'éprouve une crise enragée... Attends une minute.

Nicaise s'assit tranquillement auprès du feu, attendant la fin de la crise pour avoir l'avis de son président. Celui-ci réfléchissait et *monologuait* (j'y tiens) : « Nicaise, se disait-il, j'en ai maintenant les preuves, » assassinerait, et sans sourciller, plusieurs régiments » et sa mère Charlotte, cette vieille figure de rhétori- » que, par-dessus le marché...Il est donc à peu près » certain qu'il couperait, sans trop de difficultés, le cou » au fils et à la mère... Mais... quelles seraient les

» conséquences?... Il est si bête! Ne se compromet-
» tra-t-il pas comme il l'a fait à Marigny?... Je ne sau-
» rais, après tout, être mis en cause... Tout le monde
» sait que je suis au lit, et si Gouthiérat se fait pincer...
» Ma foi! il ne l'aura pas volé, et ce serait un grand
» scélérat et un fameux nigaud de moins dans la com-
» mission... Ta, ta, ta, je me blouse... Si cet animal
» était pris, son premier soin serait de tout découvrir.
» N'y pensons plus... Et pourtant, il faut, de toute né-
» cessité, que Lenoir disparaisse... Tiens! une idée....
» C'est ça!... oui... j'y suis.»

— l'ai trouvé! dit-il tout haut.

— Eh! qu'as-tu trouvé? La balle?... Tu bats la ber-
loque, pauvre diable!

— Nicaise, tu es mon ami?

— Tu ne le sais pas encore, chacrrrrrre!

— Tu vas me rendre un service.

— J'ai un tranchet effilé tout exprès... Je réponds...

— Non, Gouthiérat, tu pourrais te compromettre.
Il faut si peu de choses pour faire planer les soupçons
les plus graves sur les têtes les plus innocentes : une
parole, un geste, une goutte de sang, un regard, que
sais-je moi, un rien... Or, j'aimerais mieux avaler une
demi-douzaine de lames de rasoir que de t'exposer au
moindre désagrément. Tu me croiras si tu veux, mais,
c'est comme ça, mon cher Nicaise, je ne puis plus vivre
sans toi.

— Je te crois. Mais, le service que tu demandes....

— Il y a un moyen bien simple de nous débarrasser
de Jules, sans exposer nos peaux.

— Bah! Et lequel?

— Tu sais écrire ?

— Chacrrrrrre ! Je le crois bien... Et lire... et compter *idem*.

— Tu vas, en ta qualité de président par intérim, écrire deux lettres ; l'une au procureur de la république, et l'autre au brigadier de gendarmerie.

— Et que faut-il mettre dans ces lettres ?

— Que j'ai reçu, en revenant de la ville, une balle à brûle-pourpoint, et que je connais mon assassin.

— Tu veux me faire pendre ! chacrr.

— Mais, mon pauvre Nicaise, tu ne peux pas être mon assassin, puisque chacun sait que tu es mon meilleur ami... Et puis, n'étais-tu pas à Beauval au moment même où l'on m'assassinait près de la fontaine Mâria ?

— Tu radotes, Marius !

— A quelle heure as-tu fait le coup ?

— A six heures environ.

— Combien as-tu mis de temps pour descendre la montagne ? ..

— Une demi-heure à peine. J'ai couru constamment.

— Donc, on t'a vu à Beauval à six heures et demie. Or, c'est *précisément* à six heures et demie que j'ai reçu la balle. Je le soutiendrai envers et contre tous. Tu ne peux donc pas être accusé.

— Mais alors...

— Mais alors, mon aimable complice, l'assassin devait se trouver à six heures et demie à la fontaine Mâria. Or, à cette heure, il n'y avait près du gros buisson que Jules Lenoir et moi.

— Bien trouvé, chacrrrre ! Je comprends... Bravo ! bravo ! Ah ! si je pouvais de même me venger du curé de Marigny qui, lui aussi, m'a sauvé la vie !... Ainsi donc, je vais faire arrêter ce brigand de Jules Lenoir ?

— Non : personne ici ne voudrait se charger de la commission. Puis, il pourrait s'échapper avant l'arrivée des gendarmes.... Il vaut mieux écrire dans le sens que je viens d'indiquer. Une fois le procureur et le brigadier dans ma chambre, je me charge de les entortiller de façon à ce qu'ils n'hésitent pas à fournir, au nom de la République, un logement à notre cher menuisier... on frappe à la porte. Ce doit être le médecin... Va ouvrir, et occupe-toi, pendant la consultation, des deux lettres que tu auras soin de signer, et sur lesquelles il ne faudra pas oublier d'apposer le sceau de la mairie.

Le médecin examina la blessure, écrivit une courte ordonnance, et se retira en disant : « lavez pendant trois jours, avec de l'eau tiède : suivez l'ordonnance, et dans cinq jours il n'y paraîtra plus. »

Cependant, Nicaise Gouthiérat, après avoir fabriqué brouillons sur brouillons, gratté ses oreilles, frotté son *unique*, et, à diverses reprises, essuyé son visage ruisselant de sueur, Nicaise, disons-nous, avait enfin réussi à composer ses deux lettres. Nous les transcrivons, afin de donner à nos lecteurs un spécimen de la littérature du citoyen Gouthiérat vice-président de la commission municipale de la commune de Beauval en Morvand.

« Sitoien proqureur, »

G'ai le plézire et loneure de vou zanonce queu le citoien praiziden de la qomision de Beauval ile vien daitre acacinet par un réaque don toquelle il vou zainvite a venire dune facon pairanpetoire et la plus rapidde pocible.

Je vou callue.

Nicaise GOUTHIÉRAT,
fezan ces fonquessions dan lappance du praiziden.

Sitoien briggadié,

Le sitoien Marius Joly praiziden de la qomicion munisipalle de Beauval a tété tré afruzement tacacinet don toquelle je vou zoredonc de venire caicire lacacin il ligo

Nicaise GOUTHIÉRAT,
den lappance du praiziden.

Le vice président, ayant cacheté ces deux lettres, les remit au garde-champêtre, en lui disant :

— Courez ! c'est pour le procureur et le brigadier.

— Bah ! est-ce-que...

— L'assassin de Marius est connu.. courez ! courez !

Le garde-champêtre se mit de suite en route.

Il était trois heures du matin.

CHAPITRE IX

L'épée de Damoclès

Dans une chambre du château de Beauval, que nous avons déjà visitée, deux femmes veillaient. La plus âgée, armée de pincettes, arrangeait le feu comme par manière de distraction, mais, en réalité, sans en avoir conscience, et faisait, à chaque instant, une nouvelle tentative auprès de sa compagne pour la distraire, délier sa langue, dérider son front et arrêter le cours de ses larmes. Vains efforts : Mme Noirot, car c'était elle, n'avait pu, depuis l'arrestation de Jules Lenoir, obtenir de sa fille que des pleurs et des soupirs. A ses prières, ses raisonnements et ses caresses Laure avait invariablement répondu :

— Je vous en prie, maman, laissez-moi pleurer.

Fatiguée de ces pleurs et de ces gémissements, Mme Noirot qui, malgré une teinte forcée de mélancolie, ne voyait pas, dans l'arrestation de Jules, un motif suffisant de tristesse, de mutisme et de larmes, feignit tout-à coup de s'impatienter, et jeta violemment les pincettes dans l'âtre en s'écriant :

— Qu'ai-je donc fait à Dieu, pour qu'il m'ait donné une fille sans intelligence et sans cœur !

— Je vous en prie, maman, n'accusez pas Dieu de mes défauts.

— Laisse moi tranquille, avec tes sermons !... ce sont ceux qui veulent paraître les plus religieux, qui sont les plus scélérats

— Oh ! maman ! maman !

— A quoi servent tes messes de tous les jours, tes confessions et tes communions, sinon à faire de toi une fille insoumise, entêtée, ingrate... ?

— Oh ! ne blasphémez pas, maman... si je ne suis pas ce que je devrais être, c'est m afaute, et non la faute de la confession et de la communion.

— ... Me voilà déshonorée à tout jamais.... comment sortir maintenant du château, sans être montrée au doigt ?

— Que voulez-vous dire, maman ?

— Je veux dire que le déshonneur de la fille rejaillit sur la mère.... Oh ! pourquoi ne suis-je donc pas morte ?

— Calmez-vous, chère maman, calmez-vous, je vous en prie.

— Me calmer ! me calmer ! quand tout le village se demande si, dans vingt-quatre heures, nous ne serons pas à notre tour, l'une et l'autre, entre les mains des gendarmes.... La chose serait déjà faite si ce bon M. Joly n'avait pris ta défense.

— **Que dites-vous là ?**

—Je dis qu'il n'y avait pas, à midi, dix personnes, qui ne fussent convaincues que c'est toi qui a conseillé l'assassinat... et j'ajoute que, ce soir, il n'y en a pas une seule qui refusât de jurer que tu es aussi criminelle que Jules l'assassin, car on t'a vue pleurnicher et gémir toute la soirée.

Laure était abasourdie. Elle regardait sa mère, et cherchait à deviner si la pauvre femme n'avait pas perdu tout-à-coup la raison.

—Mais, ma pauvre maman, dit-elle enfin, vous rêvez... Évidemment vous rêvez... Comment voulez-vous que votre honneur et le mien aient quelque chose à souffrir de l'accident arrivé à M. Joly ?

—Comment, malheureuse ! tu oses traiter d'accident une horrible tentative d'assassinat sur un homme inoffensif...! Alors surtout que tout le monde donne des éloges à sa modération, et que chacun demande la mort du meurtrier... Quel démon t'a rendue assez insensée pour plaindre le sort d'un hypocrite et d'un vil assassin !

—Maman, répondit Laure vivement, Jules Lenoir n'est pas un assassin...! je vous dis... Je vous jure que Jules n'est pas un assassin...! N'accolez pas ce mot d'assassin au nom le plus pur que je connaisse.

—Jules Lenoir est un assassin, ma belle, et tu es sa digne complice... Ah ! tu oses le défendre encore ! que dis-je ? tu as des éloges pour le meurtrier, et tu n'as que des sarcasmes, ou du dédain pour la pauvre victime....! Oh ! oui, oui, ton Jules est un vil assassin... Entends-tu ? Et je le maudis...! je le maudis parce qu'il m'a volé le cœur et la raison de ma fille... Je le maudis parce qu'il a perdu mon avenir et le tien, en empêchant ton mariage avec l'homme le plus puissant, le mieux élevé, et, peut-être, le plus riche de Beauval... Oui, oui, je le maudis, ton vil assassin de Jules Lenoir.

Le lecteur a compris que la mère Noirot s'était mise en colère tout de bon. La brave femme avait pensé que l'arrestation de Jules, et surtout les soupçons qui allaient planer sur lui, changeraient de suite les dispositions de sa fille à l'égard des deux concurrents. Lorsqu'elle avait vu le menuisier prendre, en compagnie de deux gendarmes, le chemin de la ville, elle avait fait chorus avec les habitants qui, tous, à l'exception de Marius, Loison et Nicaise, proclamaient son innocence. Toutefois, elle avait senti un tressaillement d'aise en son cœur de vieille coquette, et le diable lui avait soufflé, sans qu'elle la repoussât, cette pensée infâme : « Qu'il soit innocent, ou qu'il soit coupable, c'est son affaire, et je ne m'en inquiète pas... Ce qu'il y a de clair en tout ceci, c'est que Laure n'aura plus qu'un prétendant... Elle aime ceux qui souffrent... Elle ne parle que des sœurs de charité... Je vais l'installer près du lit de douleur de Marius... Quelle bonne fortune ! » La bonne femme s'était trompée : les prières et les reproches n'avaient pu, ni changer les dispositions de Laure à l'égard de Marius, ni arrêter une seule des nombreuses larmes qu'elle versait sur le sort de Lenoir. C'est alors que, poussée par le démon de la vanité, cette misérable femme ne craignit pas de briser le cœur de sa fille unique, en formulant des accusations de la dernière gravité contre l'homme qu'estimait et affectionnait cette chère enfant. Quand Laure

entendit les malédictions que sa mère lançait avec
fureur sur cette tête innocente, elle devint pâle, ses
yeux se séchèrent, et, passant, sans dire un mot, dans
sa petite chambrette, Elle en revint presque aussitôt,
tenant à la main deux lettres qu'elle remit à sa mère.

— Maman, dit-elle d'une voix tremblante, vous savez que je n'ai jamais écrit de lettres sans vous les
communiquer; je dois avouer que j'en ai reçu deux
dont vous n'avez pas eu connaissance encore. Les
voici.... La première est de M. Marius Joly. Il me promet de l'or et des plaisirs, si je veux renoncer à Dieu,
à mon honneur et à...ma mère, pour le suivre à Paris...! Et voilà l'homme qui a vos bénédictions et vos
préférences...! Je vous jure qu'il n'aura jamais que
mon mépris, ou ma pitié. La seconde est de Jules Lenoir. Il m'apprend qu'il part dans quelques jours, avec
les mobilisés ; il me demande de prier chaque jour
pour lui, et de faire, chaque semaine, une communion,
afin que la mort le trouve toujours prêt à paraître devant Dieu. Il ajoute, en *post-scriptum*, faisant allusion
à votre désir de me voir mariée avec Marius Joly :
« N'oublions jamais, ni l'un ni l'autre, que l'autorité la
plus sacrée, après celle de Dieu et de son église, c'est
l'autorité maternelle. » ....Et voilà l'homme que vous
traitez d'assassin, de traître, d'hypocrite... l'homme
que vous haïssez, que vous cherchez à me faire mépriser, et sur lequel vous lancez toutes vos malédictions...!
Il ne m'écrira plus, car ce serait vous offenser... Je ne
lui parlerai plus, car c'est là votre désir ; mais il a
droit à mes prières et à mon estime, et mes souhaits et
mon affection l'accompagneront partout....

A ce moment la porte s'ouvrit pour livrer passage à Mariette Guilloux... Mais, revenons à l'arrestation de Jules Lenoir.

Le procureur de la République, mis au courant de ce qui s'était passé, beaucoup plus par le récit du garde champêtre que par la lettre de Gouthiérat, ne jugea pas convenable ou nécessaire de se rendre à Beauval, mais il délivra aux gendarmes un mandat d'écrou contre l'assassin de Marius Joly, laissant au président de la commission municipale le soin d'inscrire le nom du coupable.

Quand, vers deux heures de l'après-midi, les gendarmes se présentèrent à l'atelier de Jules Lenoir, celui-ci se trouvait avec Jolivet, Bonvoisin, Paillet, Merlon et quelques autres. On avait vu les deux militaires entrer chez Joly, et on s'attendait à les voir venir chez Lenoir qui, mieux que tout autre, pouvait les renseigner sur le crime de la veille. Ils furent donc reçus le sourire sur les lèvres, et quand l'un d'eux exhiba le mandat d'arrêt qu'il tenait du procureur, en disant : «Nous avons ordre de vous conduire en prison,» les assistants demeurèrent haletants et interdits. Ce fut Jolivet qui rompit le silence.

— Mais, vous ne savez donc pas, dit-il aux gendarmes, que M. Lenoir est le plus honnête homme du canton, et peut-être aussi du département?

— C'est très-possible, monsieur, mais...

— Mais, évidemment, vous vous trompez.

— Oui, oui, s'écrièrent à la fois tous les assistants, vous vous trompez, messieurs les gendarmes; Jules Lenoir est le plus parfait honnête homme que nous connaissions.

— Messieurs, répondit poliment le gendarme, je regrette d'avoir à conduire en prison un homme qui a votre estime, et qui la mérite, je n'en doute pas... Si le procureur de la République s'est trompé en nous délivrant un mandat d'arrêt contre M. Lenoir, l'erreur sera bientôt découverte, et l'honneur de votre ami n'aura fait que grandir en passant par les épreuves d'une arrestation préventive... Quant aux gendarmes, ils doivent obéir à leurs chefs, et ils ne se trompent que lorsqu'ils n'observent pas fidèlement la consigne.

— C'est très-juste, répondit Lenoir. Aussi me voyez-vous tout disposé à vous suivre... Toutefois, vous me permettrez de vous faire observer que si je ne suis point parti avec les mobiles du canton, le commandant N... en a toute la responsabilité, car c'est lui qui m'a renvoyé, me disant que je ferais partie des mobilisés... Il serait peut-être bon de l'avertir.

— Ce n'est pas pour cela que nous avons ordre de vous arrêter.

— Ce n'est pas cela ! Mais, alors je n'y comprends absolument rien.

— Vous êtes accusé d'avoir cherché à donner la mort au Président de la Commission de Beauval.

Jules recula d'un pas, et devint livide. Les autres firent un soubresaut, et s'écrièrent :

— C'est infâme ! c'est infâme !

— Sans Lenoir, criait Bonvoisin, Marius Joly serait depuis hier entre les griffes du diable.

— C'est Lenoir qui lui a sauvé la vie, hurlait Paillet, je suis prêt à l'affirmer devant tous les tribunaux civils et militaires.

7

— Nous sommes conduits, depuis quelques temps, par des démons plus enragés et plus scélérats que ceux de l'enfer, mille tremblements de bombardes ! tonnait Jolivet. Toutefois, pas de résistance à la loi ! Ces deux braves gendarmes ne sont pour rien dans les scélératesses de nos... En route, mon cher Jules ! Partons tous ensemble pour la ville, et, sois-en sûr, nous reviendrons également ensemble.

— Partons ! partons ! s'écrièrent tous les assistants.

— Merci ! ah ! merci, sanglota Jules en cachant son visage dans ses deux mains.

— Messieurs, dit l'un des gendarmes, nous sommes touchés mon camarade et moi, de votre belle conduite envers M. Lenoir, et si nous avons quelquefois gémi d'avoir à obéir, c'est bien assurément en cette circonstance. Toutefois, nous croyons devoir vous donner, dans l'intérêt même de votre ami, le conseil de ne pas l'accompagner jusqu'à la ville. On pourrait croire que vous avez l'intention d'intimider les juges, et que vous n'êtes pas, vous-mêmes, complétement étrangers à une tentative de meurtre qui a failli vous priver d'un président dont vous ne seriez pas fâchés (c'est le bruit qui court à la ville) d'être débarrassés. Croyez-moi, accompagnez votre ami pendant un quart d'heure, afin qu'il puisse traverser, la tête haute, le village de Beauval. Puis, rentrez chez vous, et restez calmes jusqu'au moment où sonnera l'heure de la justice. Et ce moment ne saurait être éloigné.

Ce conseil était trop sage, pour n'être pas suivi. On se mit en route, et, à la dernière maison du village, Jules était entouré de cent à cent cinquante personnes qui lui criaient sur tous les tons :

— Courage! courage et confiance ! Nous irons vous chercher.

— Merci ! répondit le menuisier en saluant de la main, merci, mes amis, priez pour moi, et consolez ma pauvre mère qui va demeurer seule avec son tourment.

Jusque-là, Mme Lenoir, ressemblant à la veuve de Naïm qui conduisait son fils au tombeau, s'était contentée de gémir, de pleurer, de pousser des cris; quand il fallut se séparer, ses larmes se séchèrent subitement, elle s'arracha des mains qui voulaient la retenir, et s'élança dans les bras de son fils unique qu'elle serrait avec une fébrile tendresse.

— Je ne veux pas qu'on t'emmène, disait-elle en râlant, non, mon fils, non, ils ne t'emmèneront pas. Je te connais, moi... Tu n'es pas un assassin... Non, non, ils ne te conduiront pas à l'échafaud... L'échafaud ! L'échafaud ! Oh ! je te défendrai, je te défendrai jusqu'au dernier soupir... mon Jules ! mon Jules !... Mon Dieu ! mon Dieu ! Au secours ! à mon aide !

Mme Lenoir s'évanouit. On détacha ses bras croisés autour du cou de son fils, et les gendarmes inondés de pleurs, prirent chacun un des bras de Jules, et mirent fin à cette scène, en reprenant leur marche vers la ville.

Les soins ne manquèrent pas à la pauvre mère. Mais l'affection que lui témoignaient les nombreux amis de Jules, tout en l'impressionnant vivement, ne pouvait, toutefois, guérir la plaie faite à son cœur. Une fièvre violente se déclara bientôt, et l'on dût établir des gardes malade près du lit de Mme Lenoir. Laure n'y parût qu'un instant : Ses larmes ne pouvaient qu'ajouter aux chagrins de la malade. Puis, bien que pures et saintes, ces larmes pouvaient exciter les railleries calomnieuses des méchants, et les rires des imbéciles.

Justine Leblanc se fit remarquer par son empressement et sa dextérité à soigner la malade. Quant à Mariette Guilloux, elle entrait, sortait, revenait pour partir encore sans avoir dit un seul mot, sans même avoir jeté un regard sur la mère de Jules. La pauvre enfant était évidemment soucieuse, et les efforts qu'elle faisait pour cacher son trouble, aggravaient de plus en plus son malaise. Sans plus de souci de son honneur que s'il eût été déjà perdu, ou qu'il fût parfaitement invulnérable, la jeune fille passait et repassait sans cesse devant la boutique de Nicaise Gouthiérat, jetant un regard inquisiteur sur le borgne qui se disait en riant : « Ah ! « ma petite railleuse, tu commences donc à comprendre « que je suis puissant...! tu trembles pour ton bon « homme de papa... Bien ! bien ! ma petite niaise, on « va attendre que tu viennes toi-même me demander « en mariage... Oh ! tu as beau passer, et repasser... Tu « as beau me faire des yeux en coulisse... je ne t'ap- « pellerai pas, va ! » Quand la nuit fut venu, Mariette se blottit derrière le mur d'un jardin placé en face de la boutique du vice-président, et les yeux fixés sur la porte, elle attendit... Elle commençait à grelotter, et allait se retirer quand la porte s'ouvrit pour livrer passage à Charlotte qui allait faire un tour dans la village. Dès que la vieille eût tourné le coin de la rue, Mariette s'élança de sa cachette, ouvrit la porte que venait de refermer Mme Gouthiérat, et se trouva en face du borgne.

— Quoi ! Mariette de mon cœur, c'est vous ! quel bonheur de vous voir ! comment va....

— M. Gouthiérat, je vous en prie, pas de paroles inutiles.... Votre mère peut rentrer dans une minute... Or, je ne veux pas qu'elle me trouve ici.... Répondez-moi vite et carrément : Me portez-vous quelque intérêt ?

— Moi, lumière de mes yeux...? Je vous adore...

— Encore une fois, je vous en prie, pas de paroles sottes et inutiles, car nous sommes pressés : Êtes-vous homme à me donner une preuve de l'intérêt que vous me portez ?

— Parlez, perle des perles.

— Vous allez vous rendre de suite chez M. Marius Joly.

— Bien ! chère Mariette, je vois ce que vous voulez... qui donc vous a fait connaitre l'arrivée des garibaldiens...? Ils arriveront, en effet, lundi, ou mardi...

— Ecoutez-moi ! Il n'est pas question des garibaldiens... Voulez-vous allez trouver Marius ?

— Oui, colombe des colombes, perl.....

— Vous allez obtenir de lui, par tous les moyens qui sont en votre pouvoir, un écrit ainsi conçu : « Prière de rendre aussitôt à la liberté M. Jules Lenoir. Non seulement il n'est pour rien dans la tentative d'assassinat dirigée contre moi, ma conscience me fait encore un devoir d'affirmer que c'est à lui que je dois la vie. » M. Joly signera ce billet ; vous y apposerez le sceau de la mairie, et vous me le remettrez.

Les deux machoires du borgne s'éloignèrent tellement l'une de l'autre, que Mariette crut qu'il se préparait à l'avaler.

— Le voulez-vous ? reprit-elle d'une voix ferme.

— Non, non, mille fois non, je ne le veux pas...
Moi! empêcher Jules Lenoir de monter sur l'échafaud...! Ah ! je suis prêt à tirer la corde de la guillotine
sur sa tête infâme... Non, non, Chacarrrrre ! je ne le
veux pas.

— Quel mal vous a-t-il donc fait ?

— ... Il a voulu assassiner mon meilleur ami.

— Êtes-vous bien sûr de ce que vous avancez-là ?

— Aussi sûr que si je l'avais vu de mes propres yeux.

— Ainsi donc, vous refusez d'aller trouver Marius ?

— Je veux bien aller le trouver pour sauver votre
père, si, toutefois, vous consentez.....

— Il n'est pas question de mon père en ce moment...
Voulez-vous, oui ou non, obtenir de Joly l'élargissement de Jules Lenoir ?

— Non, chacrrrrre ! Non.... Ce que je veux obtenir
c'est que votre Lenoir soit raccourci.... Il ne l'aura pas
volé, l'infâme assassin !

— C'est votre dernier mot ?

C'est mon dernier mot.

— Eh bien, Nicaise Gouthiérat, écoutez et comprenez bien ce que je vais vous dire : la patience de Dieu
est grande. Toutefois, elle a des bornes vis-à-vis des
scélérats.. Il est un nombre de crimes qu'il veut souffrir d'eux. Quand la mesure est pleine, il les frappe,
et ses coups sont épouvantables... Or, la mesure de
vos forfaits est comble, elle déborde... L'heure de la
vengeance divine est arrivée, vous allez recevoir votre
châtiment....

— Je ne me... moque pas mal de votre Dieu, de ses
miséricordes et de ses châtiments...! L'assassin sera

guillotiné, malgré *toi*, et malgré ton bon Dieu, chacrrrre !
Entends tu, Mariette Guilloux ?

— Oui, malheureux, l'assassin sera guillotiné, et sa
mère, s'il lui reste encore un peu de cœur, en mourra
de honte et de douleur, et la mémoire du criminel sera
pour toujours avilie sur la terre, et son âme sera éter-
nellement torturée dans les enfers...

— Tiens, vous envoyez votre Cagot de Jules Lenoir
en enfer ?

— Ce n'est pas Jules Lenoir qui est l'assassin, et ce
n'est pas lui, non plus, qui sera guillotiné, croyez-moi,
Monsieur Gouthiérat.

— Ah ! vraiment... Et voudriez-vous me dire quel
est celui qui doit remplacer Lenoir en prison et sur
l'échafaud ?

— C'est vous, misérable !

— Moi ! petite gueuse.

— Vous-même, grand scélérat, car vous êtes l'assassin.

Nicaise était blême, ses mains se crispaient, et son
œil caressait du regard ses tranchets... Mariette ne fit
pas un seul pas en arrière.

— Quel est l'infâme, demanda d'une voix chevrotante le borgne, qui m'a ainsi calomnié ?

— Personne ne m'a parlé de vous.

— Mais alors....

— J'ai vu par moi-même.

— Vous avez vu quoi ?

— J'ai vu, et ma cousine Lazarette aussi, que vous
couriez, en vous cachant, à travers les taillis qui avoisinent la fontaine de Mâria... J'ai vu que vous étiez

armé d'un révolver... J'ai vu que vous n'étiez pas allé
aux Buteaux, et que vous avez dû, par conséquent,
attendre votre victime pendant deux grandes heures,
car vous n'êtes rentré à Beauval qu'à six heures et demie. Vous expliquerez, devant la justice, à quoi vous
avez employé ces deux heures au milieu du bois, et par
un froid de six degrés au dessous de zéro... J'ai vu
beaucoup de choses, et Bonvoisin, Merlon et Paillet
ont vu, eux aussi, que Jules n'était pas l'assassin, mais
le Sauveur de Marius, car ils affirment que sans Lenoir
Joly aurait perdu tout son sang, et qu'eux-mêmes,
arrivant une demi-heure plus tard, n'auraient trouvé
qu'un cadavre.

— Et vous avez raconté tout cela dans le village ?

— Pas encore, mais j'y vais de ce pas.

— Vous ne le ferez pas, charrrrrre !

— Je le ferai, soyez-en sûr.

— Les garibaldiens arriveront lundi, ou mardi au plus-
tard... Si vous dites un mot, un seul mot, je le jure par
tous les diables de l'enfer, aucun des membres de votre
famille, aucun de vos amis ne sera épargné... Je vous
ferai pendre, je vous ferai rotir, je vous ferai écorcher,
charrrrrre !

— Je ne doute pas de votre bonne volonté, monsieur,
et je vous crois assez féroce pour tenir votre parole,
si vous le pouvez.

— Alors...

— Alors, d'ici l'arrivée des garibaldiens, je verrai ce
que la nature et le devoir demanderont de moi pour
sauver mes parents et mes amis... Aujourd'hui, la conscience parle, c'est la voix de Dieu, et je n'y résisterai

pas : l'innocent sera rendu à la liberté, et l'assassin recevra son chatiment... Bonsoir, Monsieur.

— Un instant, s'il vous plaît.

— Parlez.

— Vous n'avez pas encore dit un mot de ce que vous avez vu ?

— Pas un seul.

— Et vous voulez...

— Tout raconter, et à l'instant même.

— Et moi je te dis que tu n'en auras pas le temps, râla le borgne en saisissant un tranchet.

— Pas un geste de plus ! dit Mariette en se grandissant, mes mesures sont prises : Lazarette a reçu l'ordre de tout raconter dès qu'elle apprendra ma mort... On sait vous apprécier, et je me suis mise en état de recevoir le coup de poignard que vous êtes capable de donner, même à ceux que vous appelez vos amis..... N'avancez pas, vous dis-je, sinon je pousse un cri qui nous amènera des témoins... Je sais bien que si vous le voulez absolument, ils ne trouveront plus que mon cadavre.... Mais encore une fois, qu'importe ! Ma conscience est maintenant tranquille, et je mourrai contente en pensant que ma mort va faire triompher l'innocence, et mettre un terme au forfaits d'un vil assassin.

La jeune fille aurait fait ainsi qu'elle disait, son attitude ne laissait aucun doute à cet égard. Nicaise le comprit : il laissa tomber le tranchet par terre, et, grimaçant un horrible sourire, il s'approcha de Mariette, et lui saisit la main en disant :

7.

— J'ai voulu rire... Je vous aime trop, pour penser à vous faire du mal.

La jeune fille dégagea brusquement sa main, l'éleva au dessus de sa tête, et la laissa retomber sur le visage du borgne avec une telle vigueur que, durant quelques secondes, le pauvre diable n'y vit... rien du tout. Quand il ouvrit son œil, Mariette avait disparu.

« Est-ce que je rêve ? » se demanda Nicaise avec une véritable stupéfaction. Puis il courut à la porte, se jeta d'un bon, dans la rue, et chercha du regard la jeune fille. Elle arrivait à la place, et se trouvait, par conséquent, à l'abri d'un coup de tranchet. Le cordonnier rentra, ferma la porte, s'arracha une poignée de cheveux, proféra un horrible blasphème, et se laissa tomber sur un tabouret. C'est dans cet état que le trouva Mᵐᵉ Charlotte Gouthiérat, son intéressante petite maman.

— Tu dors, propre à rien ? lui demanda-t-elle pour entrer en conversation.

— Je suis malade, bien malade, charrrrre !

— Tu as trop bu, grand veau !

— Ne vas pas me mécaniser, vieille.... tu ferais mieux d'adoucir pour moi les quelques heures que j'ai encore à vivre.

— Ah ! grand vaurien, le diable n'a pas assez d'esprit pour t'emporter dans quelques heures.... malheureusement pour moi, je le sais par expérience, le vin de Bourgogne n'est pas assez fort pour faire craquer les futailles.

— Je te dis que je vais mourir, charrrrre ! m'entends-tu, vieille catachrèse ?

— Et moi, je te dis que tu es saoul comme la bourique du diable, vilaine figure de procès-verbal !

— Voyons, dit en se levant et d'une voix assez calme, le cordonnier, ce n'est pas le moment de nous... fâcher, car je vais te dire adieu pour aller à la mort... et je ne voudrais pas.

— Qu'est-ce que tu me bredouilles-là, Nicaise?

— Hélas ! dans quelques heures on va venir m'arrêter.

— Eh ! qui donc, va venir t'arrêter ?

— Les gendarmes.

La vieille fit un bond et son visage s'empourpra subitement. Charlotte ne savait pas que son fils avait tiré sur Marius, mais elle se rappelait encore certaines fredaines, et particulièrement certains papiers qui se trouvaient entre les mains de M. le curé de Marigny, et qui étaient de nature à conduire en cours d'assises et le fils et la mère.

— Quoi ! s'écria-t-elle sur un ton qui tenait de la rage et du désespoir, ce scélérat de curé aurait enfin porté plainte !

— Non, mère, le curé de la ville de Marigny n'a rien dit encore, et je suppose qu'il se taira toujours, car il est assez bête pour craindre de compromettre sa conscience en nous livrant à la justice.... Du reste, il y a désormais un moyen facile de s'assurer sa discrétion, et de n'avoir jamais rien à craindre de ce côté là. Le coq rouge....

— Qu'est-ce que tu dis....? Quel est ce moyen?

— C'est de brûler, d'un seul coup, le curé, la maison et les papiers.... Mais....

— Mais quoi? est-ce que tu as encore fait des tiennes?

— C'est moi qui ai tiré sur Marius un coup de révolver.

— Est-ce que tu es fou, Nicaise?... Jules Lenoir....

— Jules Lenoir est innocent.

Le borgne raconta, assez naïvement, tout ce qui s'était passé, et ce ne fut pas sans une étrange surprise qu'il vit couler des larmes sur le visage de sa mère, et qu'il entendit quelques soupirs qui semblaient venir du cœur. Du reste, Mme Gouthiérat eût, à la fin du récit, un bon mouvement qui mérite la moitié d'un éloge :

— Je te sauverai! dit-elle en étreignant son fils dans ses bras.

— Eh! comment pourrais-tu me sauver, pauvre chère bonne femme de mère?

— Je pars à l'instant pour la ville... J'arriverai avant Mariette... Je raconterai tout, et Marius se débrouillera comme il le pourra avec la justice.

— Non, car on m'arrêterait avec Joly, et il ne resterait personne pour prendre nos intérêts.... J'ai une idée, moi... : je vais aller trouver Marius, lui demander de l'argent et un passeport sous un nom quelconque.... Avec cela, je me tirerai d'affaire.

— Quelques minutes après cette conversation, Nicaise mettait Marius au courant de ce qui venait d'arriver, et lui communiquait son projet.

Le président de la commission municipale, après avoir lancé quelques jurons ronflants en guise de soupirs, dit au cordonnier :

— Nicaise, mon ami, tu es bête comme une huître....

Qu'avais-tu besoin d'aller dire à cette petite Mariette que nous appelions les Garibaldiens à notre aide?

— Charrrrre! Pourquoi n'aurais-je pas forcé le papa Guilloux à me donner son magot, comme tu veux forcer la mère Noirot à te livrer sa fille?

— Soit! mais au moins tu n'aurais pas dû mettre ta bavarde de mère au courant de nos affaires... Elle nous vendra, j'en jurerais sur mon écharpe.

— Non, Marius: elle n'a jamais dit un mot de ce qui s'est passé à Marigny... Du reste, tu as un moyen infaillible de lui fermer la bouche. Une seule parole suffit.

— Et quelle est cette parole?

— Tu n'as qu'à lui dire: « Mme Gouthiérat, je vous préviens que je suis au courant des *soustractions* que vous avez *opérées* à Marigny, en complicité avec votre fils, mon ami Nicaise....

— Bien! Et maintenant, écoute-moi.

— Je suis tout oreilles.

— Quel nom veux-tu que je te donne?

— Niarten.

— Ça ressemble en diable à un nom allemand... On te prendra pour un Prussien, et... ma foi...!

— Eh bien! donne-moi un nom de ton choix.

— Je vais te nommer... Eh bien! Segaur... Ça te va?

— Ma foi! du moment que c'est toi qui choisis, nomme-moi comme tu voudras. Je trouverai toujours un moyen quelconque de quitter ce nom, s'il ne me convient pas... Va donc pour Segaur.

— Le passe-port que je vais te délivrer, ne pourra servir que vis-à-vis des autorités françaises.

— Diable ! diable !

— Tu vas, de suite, te rendre au Creusot, avec un mot d écrit de ma main... Là, on te délivrera un second passe-port qui te servira à traverser les lignes prussiennes

— A la bonne heure ?

— N'oublie pas que si les Prussiens trouvent sur toi le passe-port que je vais te donner, au nom du citoyen de Beauval (c'est plus prudent), ils te fusilleront sur place, et que si les autorités françaises aperçoivent le passe-port qu'on te délivrera au Creusot, tu es un homme perdu.

— Je ne comprends pas.

— Sur le passe-port que je vais te donner, tu seras déclaré espion au compte de l'armée française, et...

— Bon ! je comprends : sur celui du Creusot, on me déclarera espion au service de M. Bismarck.

— Précisément.

Deux heures plus tard Nicaise Gouthiérat quittait Beauval avec un passe-port signé: Laurent de Beauval, et une lettre signé M. Joly avec cette suscription : « Au Citoyen Bauer. » Quelques instants après le départ de Nicaise, Joly écrivait une autre lettre qu'il remettait au garde-champêtre. Elle était à l'adresse du procureur de la République. En voici le contenu :

« Monsieur le Procureur,

» Le misérable qui accusait Jules Lenoir d'avoir
» voulu m'assassiner, vient de reconnaître qu'il était
» lui-même l'auteur du crime. Malheureusement, il
» nous échappe muni d'un certificat que lui a délivré

» l'ex-Maire. J'ai hâte de vous avertir, afin que vous
» rendiez de suite à la liberté un homme qui avait eu
» jusqu'ici toute mon estime, et qui aura désormais un
» droit imprescriptible à mes sympathies et à ma re-
» connaissance, car, c'est à lui, me dit-on, que je suis
» en partie redevable de la vie.

» Salut fraternel.

» Marius Joly. »

Au moment où le garde-champêtre sortait de chez
le président de la Commission, il se croisa avec Mme
Noirot qui venait charitablement s'enquérir de la santé
de l'illustre malade.

CHAPITRE X

L'hyène, la colombe et l'épervier

Le dimanche qui suivit le départ précipité de M. Nicaise Gouthiérat, on pleurait encore dans la chambre que nous avons visitée au commencement du chapitre qui précède. Et cependant Jules Lenoir était rentré la veille escorté comme en un triomphe. Hélas ! Hélas ! les jours sereins, même pour ceux que l'on croit heureux, ne sont pas aussi nombreux que les jours d'angoisses et de deuil, et les jours sereins ne sont pas, non plus, sans quelques nuages. Faut-il nous en plaindre ? Eh ! non, car ce serait accuser le Dieu juste et bon qui seul envoie la foudre et la rosée, les roses et les épines, les joies et les peines. Il y a plus : nous devrions, si nous étions sages, le remercier de vouloir bien approcher de nos lèvres le calice que son divin fils épuisa jusqu'à la lie, car les larmes sont comme la semence du salut. La vertu, en effet, ne vit et ne progresse qu'à l'ombre de la croix. Si tout réussissait ici-bas, nous nous attacherions aux choses visibles, nous oublierions le terme du voyage, et nous placerions la patrie sur la terre de l'exil.

En sortant de chez Marius Mme Noirot se mit au lit en poussant des sanglots qui réveillèrent sa fille. Laure se trouva, en un clin d'œil, près de sa mère.

— Vous pleurez, chère Maman ?

— Ce n'est rien, mon enfant... vas... vas te remettre au lit... Mon Dieu ! Mon Dieu, n'aurez-vous donc aucune pitié de nous !

— Mais qu'y a-t-il, maman, parlez, je vous en conjure ?

— Non, non...., vas te remettre au lit... Je n'aurais jamais le courage...Pauvre ! pauvre monsieur ! Pauvre chère dame !! Pauvres jeunes filles !

— Mais c'est de la famille de Beauval que vous parlez, Maman ! Oh ! je vous en prie, dites-moi....

— Hélas ! Nous avons eu tort de plaisanter Mariette sur sa crédulité.... Elle avait raison d'ajouter foi aux paroles du cordonnier.

— Quoi ! les garibaldiens....

— Ils arriveront demain dans la soirée.

Laure demeura interdite. La mère continuait à pousser des gémissements et à faire l'oraison funèbre de ses bienfaiteurs.

— Mais, maman, dit enfin la jeune fille, ces garibaldiens, tout barbares qu'ils sont, ne fusillent cependant pas les honnêtes gens sans aucune espèce d'enquête, sans aucune forme de procès,.. J'ai bien entendu dire que ce sont des sauvages sans foi et sans lois ; qu'ils maltraitent les prêtres, souillent les églises, volent tout ce qui tombe sous leurs mains, mais on ne dit pas encore qu'ils aient fusillé autre chose que des moutons et des oies [1].

— Ah ! pauvre chère enfant, si tu savais ce que je sais !

— Vous croyez, vraiment, qu'ils vont fusiller M. le comte?

— Ou le pendre avec toute sa famille... Et nous-mêmes...! ô mon Dieu ! mon Dieu, sauvez, sauvez mon enfant !

— Ne tremblez pas pour moi, maman... Quant à nos bienfaiteurs, j'irai les trouver dès qu'il fera jour, et je mettrai M. de Beauval au courant de tout ce que nous savons...

— Eh ! chère enfant, crois-tu donc que je n'y ai pas pensé... ! En sortant de chez M. Marius que j'ai laissé versant des larmes amères...

— Et pourquoi ces larmes ?

— Son cœur est déchiré à la pensée que la mort de nos bienfaiteurs va nous rendre malheureuses.

[1] Les garibaldiens, on le sait, ont constamment reculé devant les Prussiens ; ils ont insulté les évêques jusque dans leur chambre à coucher ; ils ont traîné des prêtres dans la boue du chemin ; ils ont profané les églises par leur présence et celle de leurs chevaux, et par des infamies plus grandes encore... Toutefois, nous devons dire, à leur décharge. qu'ils n'ont pas toujours dévoré tout ce qui était gras, et qu'on a mis sur leur compte la fin prématurée d'une jeune Anthiennoise qui ne mourut que plusieurs jours après leur passage, et à soixante-huit kilomètres de là. Si nous n'étions pas aux funérailles, c'est qu'on oublia de nous y convier, et que, du reste. elles se firent à peu près à huis-clos, au grand regret de beaucoup de personnes.

— Mais pourquoi a-t-il donc lui-même trempé dans cette horrible affaire, ou plutôt pourquoi Marius a-t-il signé cet arrêt de mort ?

— Je vais te dire le contraire, dans un instant, laisse-moi, tout d'abord, te raconter ce qui vient de se passer : En sortant de chez M. Joly, je suis allée frapper à la porte de la mairie. Après un quart d'heure d'attente, M. Loison a fini par se lever et m'introduire. Je me suis mise à genoux, pleurant, priant, baisant les pieds de cet homme pour obtenir la grâce de M. le comte. A mes prières et à mes gémissements Loison n'a fait que cette réponse... « Je n'y puis rien, absolument rien... Vouloir empêcher la mort de la famille de Beauval, ce serait assumer sur ma propre tête une peine capitale. Car, aux yeux des garibaldiens, les plus grands criminels sont ceux qui protégent les prêtres, les nobles et les riches... Un seul homme est assez puissant pour sauver vos bienfaiteurs, et encore ne pourra-t-il le faire qu'en brisant son avenir. Cet homme, c'est Marius Joly. » En rentrant au château, j'ai fait dire à M. le comte de se lever, que j'avais à lui communiquer des choses de la dernière importance. Quelques minutes après, M. de Beauval recevait ma confidence.

— Et puis, maman ?

— Et puis, ma chère Laure, M. le comte est, comme moi, convaincu que notre vie, à tous, est entre tes mains.

— Entre mes mains ! Je ne comprend pas... votre vie à tous est entre mes mains ?

— Oui, mignonne, entre tes mains... Tu peux, si tu le veux, sauver d'un même coup nos bienfaiteurs et tous les autres infortunés dont les noms se trouvent sur la liste rouge.

— Mais alors tout le monde sera sauvé, car je suis disposée à donner jusqu'à ma vie pour obtenir ce résultat.

— On ne demande pas ta vie, ma bien aimée Laure, on demande au contraire, que tu vives, et que tu vives heureuse... Comment ! tu ne comprends pas encore ?

— Non, maman.

— Eh bien ! on demande que tu sauves tes bienfaiteurs, tes amis et ta mère, et que tu t'assures à toi-même un avenir brillant et heureux en acceptant la main de M. Marius Joly.

Laure pâlit subitement d'une manière affreuse ; elle porta la main vers le lit pour s'appuyer, et fit entendre un long soupir qui ressemblait à un râlement. Mᵐᵉ Noirot se précipita de son lit, souleva sa fille dans ses bras, la posa doucement à la place qu'elle venait de quitter et lui fit prendre quelques gouttes d'eau fraîche qui la remirent presque instantanément.

— Oh ! ma Laure ! ma fille chérie ! mon bijou ! disait-elle en la comblant de caresses, comment te trouves-tu?

— Bien, maman, mais... M. Marius sera-t-il donc plus puissant quand je serai sa femme ? Puis qu'il pourra les sauver si j'accepte sa main, pourquoi ne le pourrait-il pas, si je refuse ?

— Tu auras la raison de cela, chère enfant. Pour le moment, il ne faut penser qu'à te remettre.

— Que vous a conseillé M. le comte ?

— M. le comte m'a répondu : « Si Laure me sauvait

la vie ainsi qu'à ma femme et à mes enfants, comme cela lui est facile, nous lui en serions reconnaissants, à elle et à sa postérité, de génération en génération.... Mais remarquez-le bien, jamais je ne ferai la moindre démarche, jamais je ne dirai un mot pour l'engager à se marier avec Marius... Nous lui avons dit ce que nous pensions à ce sujet, et bien que les circonstances soient changées, nous ne reviendrons pas sur les conseils que nous lui avons donnés. Il y a plus : comme nous savons que votre fille n'a que du dégoût pour le prétendu mécanicien, si elle nous consultait, notre affection pour Laure nous ferait un devoir de lui conseiller un refus positif.. Ainsi donc, si votre fille accepte, pour nous sauver, un époux qu'elle n'aime pas, nous l'en remercierons à deux genoux ; si elle nous consulte, nous lui conseillerons de ne pas se marier, et, soyez-en sûre, nous l'y déciderons. Et voilà ma chère enfant, ce que m'a dit ce cher M. de Beauval... Mon Dieu ! que je suis malheureuse de me voir ainsi dans l'alternative de contrarier les affections de ma fille, ou de voir mourir mes bienfaiteurs.

— ... Si encore ce n'était qu'un bourreau !

— Que dis-tu là, chère enfant !

— Maman, un bourreau peut être un parfait honnête homme, tout aussi bien qu'un gendarme, tout aussi bien qu'un juge... Mais, mettre ma main dans la main qui a signé l'arrêt de mort des dix-huit hommes les plus honorables de Beauval !

— Tu te trompes, chère m'amie. M. Joly n'a pas signé cette liste infâme... Il a résisté longtemps avant de se rendre aux sollicitations de Loison et de Gouthiérat, et s'il a enfin consenti à ce que le maître d'école envoyât cette liste aux Garibaldiens, c'est qu'il y allait de toute sa fortune et peut-être même de sa vie.

— Comment cela ?

— Il me l'a expliqué si clairement que j'ai parfaitement saisi la chose, mais... les chagrins... Du reste, il te l'explique à toi-même dans la lettre qu'il m'a chargée de te remettre... car, il a voulu, à toute force, t'écrire deux grandes pages.

Laure prit la lettre que lui remettait sa mère, et se retira en disant :

— J'ai besoin de prier.. Nous verrons quand le jour sera venu.

Nous avons à peine besoin de dire que Mme Noirot n'avait vu ni Loison, ni M. de Beauval. Cette malheureuse femme, après avoir lutté quelques instants avec sa conscience, et fait, pour la forme, quelques objections insignifiantes, se lai-sa dicter, par Marius Joly, une ligne de conduite qui devait avoir pour résultat de forcer sa fille à demander elle-même son mariage avec le président de la commission municipale. La trame était d'autant plus odieuse, et d'autant plus diaboliquement ourdie, qu'il devenait impossible à Laure de consulter les amis qui devaient lui désiller les yeux. Et voilà où peut conduire une passion qui n'a pas été maîtrisée dès le commencement, au crime le plus infâme : à la vente de son propre sang ! La lionne défend ses lionceaux, la tigresse déchire quiconque menace sa progéniture, l'hyène meurt pour ne pas laisser enlever ses petits, et... la femme orgueilleuse et coquette livre sa **fille unique au bourreau qui lui promet un peu d'or et quelques colifichets.**

Rentrée dans son cabinet, Laure, contrairement à ses habitudes, ferma la porte qui donnait sur la chambre de sa mère; puis, après une fervente prière devant un Christ qu'elle arrosa de ses larmes, la jeune fille déchira l'enveloppe qui renfermait la lettre de Marius, et lut ce qui suit :

Mademoiselle,

« J'ai eu l'honneur de vous adresser, il y a quelques
» jours, une lettre dans laquelle je cherchais à vous con-
» vaincre de mon admiration pour vos nombreuses qua-
» lités. Cette lettre, me dit M\ Noirot, aurait produit
» sur vous une pénible impression ; vous auriez pensé
» que je voulais vous faire renoncer à vos pratiques
» pieuses et à votre excellente mère. Je regrette, ma-
» demoiselle, que mon étourderie ait pu me faire écrire
» des choses qui se prêtent à une interprétation si mi-
» sérable, et je les rétracte de grand cœur. Non, non,
» ce n'est pas moi qui chercherai à vous ravir à l'affec-
» tion d'une mère. C'est encore là la meilleure des
» amies : rien ne peut égaler son amour, tant que nous
» avons le bonheur de la posséder, et personne n'ose-
» rait prétendre la remplacer quand elle n'est plus... Je
» voulais vous dire que nous devancerions M\ Noirot,
» et que nous préparerions toutes choses, avant de
» l'appeler à Paris.
» Je dois, mademoiselle, avant de clore cette lettre,
» traiter un sujet tellement délicat, que je ne l'aborde
» qu'en tremblant... Je vais vous parler avec cette fran-
» **chise dont je ne me départirai jamais vis-à-vis de la**

» femme, quelle qu'elle soit, qui deviendra la compa-
» gne de ma vie.

    » Les garibaldiens, espèce de bandits qui forment l'a-
» vant-garde d'une association puissante dont le but est
» de faire périr les prêtres, les nobles et les bourgeois,
» nous arriveront lundi. Leurs victimes sont déjà comp-
» tées. Hélas ! parmi elles, il s'en trouve qui ont droit à
» votre affection et à votre reconnaissance, et c'est là ce
» qui brise mon cœur. Les gémissements de votre mère
» m'émeuvent au-delà de toute expression, mais, que
» puis-je ? Sinon mêler mes larmes à ses larmes ! J'ai
» fait tout au monde pour empêcher Loison et Gouthié-
» rat de signaler aux garibaldiens les hommes qui doi-
» vent tomber sous les coups de l'Internationale, dont je
» suis l'un des chefs. Malheureusement, mes prières et
» mes supplications ont été inutiles, et j'ai dû céder, sous
» peine de me voir moi-même signalé comme traitre à
» l'association...

    » Je pourrais encore, à la rigueur, ou bien empêcher les
» Garibaldiens de passer à Beauval, ou bien encore leur
» faire entendre que l'exécution des victimes est différée
» jusqu'à nouvel ordre. Mais ce serait briser le brillant
» avenir qui m'est promis. Si, en effet, je me fais le pro-
» tecteur des prêtres, des nobles et des riches, je serai
» immédiatement déclaré traitre, et, comme tel, non-
» seulement dépossédé de tout emploi et de toute digni-
» té, mais encore signalé à la vengeance de chacun des
» membres de l'association. Et alors, que deviendrai-je ?
» Si, du moins, je pouvais remplacer les richesses et les
» honneurs par quelque chose qui ne me laissât pas le
» plus malheureux des hommes ! Mais, où trouver ce

» quelque chose…? Dans la pratique de la religion ? C'est
» là, en effet, et là seulement, je le crois, que je pourrais
» trouver un aliment capable de remplir le vide immense
» de mon cœur… Mais, hélas ! Mademoiselle, j'étais
» encore enfant quand ma mère me fut ravie; mon édu-
» cation fut négligée, j'ai le malheur de ne pas croire.
» Et pourtant… Et pourtant, j'aurais besoin de croire,
» besoin de pratiquer… Oui, mais il me faudrait quel-
» qu'un pour m'instruire, pour me guider, pour me faire
» aimer la religion… Oh ! alors les plus grands sacrifi-
» ces me deviendraient faciles; alors je n'arriverais pas
» peut-être à la préfecture qui m'est promise, mais j'aurais
» encore des revenus suffisants pour vivre très-honora-
» blement avec ma compagne et sa mère, et je serais
» heureux, car mon Ange gardien serait près de moi
» et il me tiendrait lieu de tout le reste… Ai-je besoin
» de vous dire, Mademoiselle, que vous seule pouvez de-
» venir cet ange gardien…? Oui, vous tenez en vos
» mains la vie d'un prêtre, de vos bienfaiteurs, d'un
» grand nombre d'autres personnes que vous chérissez,
» et, enfin, le bonheur présent et futur

De votre très-humble
et très-obéissant serviteur,

Marius JOLY.

Après avoir pris connaissance de cette lettre, Laure
se remit de nouveau à genoux devant son christ, appuya sa tête dans ses mains, et se prit à prier, réfléchir
et pleurer pendant une longue demi-heure. Enfin, elle
baisa les pieds de celui qui voulut bien s'immoler pour

8

ses bourreaux, prit du papier et répondit ainsi à la lettre de M. Marius Joly.

« Monsieur,

« La nouvelle que vous me donnez, relativement à la
» conduite que doivent tenir les garibaldiens à Beau-
» val, me jette dans une telle consternation, que j'ai
» peine à recueillir mes idées, et cette lettre se ressen-
» tira inévitablement de mon trouble.

» Vous ne vous êtes pas trompé, monsieur, en regar-
» dant comme un coup mortel pour moi, le coup pré-
» paré contre la famille de Beauval, et vous m'avez
» bien jugée en pensant que je suis résolue à sauver
» ces têtes chéries au prix de tous les sacrifices, à l'ex-
» ception de celui de mon âme. Oh ! il faut que notre
» pauvre France soit descendue bien bas pour n'avoir
» plus la force, ou la volonté de protéger les honnêtes
» gens contre quelques douzaines de misérables ban-
» dits ! je regrette, pour votre honneur présent, et sur-
» tout pour votre avenir éternel, que vous soyiez l'un
» des chefs de cette Internationale dont chaque mem-
» bre prend l'engagement d'être assassin, et d'assassi-
» ner surtout les hommes qui pratiquent et font prati-
» quer la religion de nos pères. J'en rejette la faute,
» non pas sur vous, puisque vous avez à peine
» connu votre mère, mais sur les misérables que vous
» avez fréquentés, et qui ont su gâter votre cœur et
» remplacer, dans votre esprit, les maximes si pures
» de l'évangile, par des doctrines subversives, sangui-
» naires et impies.

» **Vous pouvez donc, monsieur, sauver les habitants**

» de Beauval, soit en traçant aux garibaldiens un autre
» itinéraire, soit en leur faisant entendre que l'exécu-
» tion est remise à une époque indéterminée. Vous le
» pouvez, et... vous le voulez... Vous le voulez, parce-
» que vous savez bien que le règne des hommes de
» sang ne dure que quelques jours, quelques semaines
» tout au plus ; et que les tristes jouissances d'un mo-
» ment sont changées toujours en des expiations
» bien humiliantes, bien dures et bien longues, et sou-
» vent aussi en des remords et des grincements de
» dents éternels... Vous le voulez, parce que vous sa-
» vez bien que les richesses et les honneurs qui auraient
» leur source dans le meurtre de vos concitoyens, vous
» laisseraient des regrets et non du repos, la terreur et
» non la paix dont vous avez besoin : les tâches de sang
» sont indélébiles, monsieur, le dernier soupir de la
» victime est comme un tonnerre vengeur qui résonne
» sans cesse à l'oreille, et son dernier regard comme
» un glaive acéré que l'on retourne sans fin dans le
» cœur du bourreau.... Vous le voulez, parce que vous
» savez bien que M. le curé, l'excellente famille de
» Beauval et beaucoup d'autres ne laisseront pas sans
» protection, sans gloire et sans fortune celui qui les
» aura délivrés d'une mort certaine... Ah ! il me sem-
» ble entendre leurs enfants reconnaissants appeler sur
» votre tête les bénédictions de la terre et des cieux :
» Non, non, s'écrieront-ils, il n'est pas juste que l'homme
» qui nous conserva notre fortune, soit lui-même dans
» le besoin ! Il a sauvé nos pères, il a sauvé nos mères,
» il nous a préservés d'une ruine complète et d'un
» deuil universel ! Pourrions-nous ne pas le bénir, et

» ne pas l'aimer !! Songez, monsieur, aux jouissances
» pures que procureront à votre âme ces bénédictions
» touchantes, et songez aussi à ce qu'il adviendrait si,
» pouvant sauver vos concitoyens, vous refusiez d'in-
» tervenir en leur faveur.... Voyez-vous ce sang ré-
» pandu, toujours fumant et toujours demandant ven-
» geance ! ces épouses et ces mères en deuil vous mau-
» dissant à chaque heure ! les enfants fuyant à votre
» vue, ou bien encore vous jetant à la face la boue du
» chemin, et attendant avec impatience le moment de
» venger leurs pères ? Mais, non, non, vous compren-
» drez mieux vos intérêts ; vous suivrez les inspirations
» de votre cœur qui est naturellement bon ; vous ferez
» des heureux dans Beauval, et vous vous ménagerez à
» vous-même une vie calme et honorée.

» Quant à la proposition que vous voulez bien me
» faire, de devenir la compagne de votre vie, laissez-
» moi vous dire, Monsieur, que vous vous trompez
» étrangement en pensant que je puis amener le bon-
» heur et la joie dans votre maison. Défiez-vous des
» apparences : ma réputation vaut infiniment mieux
» que moi. La nature, en accordant à mon corps quel-
» ques-uns de ses dons les plus insignifiants et les plus
» perfides, s'est montré avare quant aux dons de l'in-
» telligence, du caractère et du cœur. Je suis naturel-
» lement très-soucieuse, et la joie de ceux qui m'entou-
» rent est impuissante à dissiper ma tristesse. J'ai une
» volonté de fer qui tient beaucoup du caprice et de
» l'entêtement : comme saint François, j'aime peu de
» choses, et le peu que j'aime, je l'aime bien peu. En
» un mot, je crois que Dieu m'a créé pour vivre loin

» des hommes que je ne saurais rendre heureux, et
» qu'il m'appelle dans l'un de ces cloîtres où l'on se
» trouve plus près de lui, et moins exposé à l'offenser
» et à le perdre. Je n'attends qu'une occasion favorable
» pour mettre mon projet à exécution. Ai-je besoin de
» vous dire, Monsieur, que je quitterai Beauval le cœur
» plein de reconnaissance pour le sauveur de mes amis,
» et que, dans le cloître, mes prières les plus ferventes
» auront pour but principal d'attirer sur lui les béné-
» dictions les plus abondantes et les plus précieuses?

» Je suis, avec respect, Monsieur,

» Votre très-humble servante,

» Laure NOIROT. »

Quand le jour fut venu, Laure, les yeux rouges, le
cœur gros et la tête lourde, vint trouver sa mère, et lui
donna lecture de la lettre de Marius et de la réponse
qu'elle venait de lui faire. Mᵐᵉ Noirot pâlit, fronça lé-
gèrement le sourcil et, finalement, regardant sa fille
dans les yeux, elle lui adressa cette question :

— Si Marius exige de toi un consentement au mariage, sous peine de laisser mourir nos bienfaiteurs, que
feras-tu ?

— Maman, j'espère que M. Joly n'insistera pas au
sujet de ce mariage.

— Mais enfin, s'il insiste, et si, encore une fois, il
fait de ce mariage une condition nécessaire, indispensable pour sauver M. de Beauval ?

— Il n'en fera plus une condition, j'aime à le croire.

— J'en doute fort, chère enfant.

— Alors ce serait un misérable qui ne m'inspirerait plus que du dégoût.

— Oh ! que je suis malheureuse !... Mon Dieu ! mon Dieu !... Alors, c'est entendu, s'il en fait une condition, tu laisseras mourir M. le curé, M. de Beauval...

— Non, maman, non, mais si Marius pouvant sauver ces messieurs, et il le peut, c'est lui-même qui l'affirme, refusait cependant de le faire, parce que je refuse d'accepter sa main, ce Marius ne serait plus seulement un grand scélérat à mes yeux, ce serait un vrai démon sous une enveloppe humaine.

— Et cependant...

— Et cependant, j'accepterais ce sacrifice, plus grand, cent et cent fois, que celui de ma vie.

— Pauvre chère enfant ! quand un jour, ceux que tu vas sauver apprendront ce qui s'est passé, comme ils te béniront !... Je vais porter ta lettre à M. Marius, et je le prêcherai avec tant d'éloquence que, j'aime à le croire, il renoncera à ce mariage.

La mère Noirot trouva le président de la commission dans son lit, mais sans fièvre ; son bras ne s'était pas ressenti des efforts qu'il avait dû faire pour écrire à Laure.

— Eh bien, demanda-t-il, en apercevant sa complice, comment se sont passées les choses ?

— Hélas ! j'ai le cœur brisé, et je crains bien de ne pouvoir pas aller jusqu'au bout... J'ai honte de moi-même.

Joly lut la lettre de Laure sans laisser paraître la moindre émotion. Puis il continua :

— Savez-vous, Mme Noirot, qu'avec cette instruction, votre fille ne sera pas du tout déplacée dans une préfecture.

— Pour l'instruction comme pour tout le reste, je crois qu'il faudrait aller loin pour en trouver une pareille, mon cher monsieur. Mme de Beauval lui a fait donner toutes les leçons qu'on donnait à ses propres filles.

— ... Mais, elle semble refuser... elle me parle de cloître... l'avez-vous questionnée ?

— Oui : elle ne consentira qu'à la dernière extrémité. Et, je vous le dis franchement, je n'ai pas le courage de vous suivre jusque-là... ma fille est un ange, et je suis un démon.

— Bah ! madame Noirot, vous êtes comme Laure, vous vous faites bien plus mauvaise que vous n'êtes en réalité... est-ce que, après tout, vous n'agissez pas dans l'intérêt de votre fille ?

— C'est à dire que je vais la faire mourir de douleur... Je suis fort tentée de lui avouer que tout cela n'est qu'une abominable plaisanterie.

— A votre aise, madame, je ne serai pas du tout embarrassé pour trouver une femme. Seulement, je vous prie de vouloir bien vous décider de suite, car le facteur va venir ; et je veux savoir si je dois, oui ou non, lui remettre ce mot d'écrit.

Marius montrait à Mme Noirot une lettre sous enveloppe non cachetée.

— Est-ce que cettre lettre a trait à votre mariage ?

— Non, madame... Du reste, vous pouvez la lire.

La vieille coquette prit le papier et lut ces deux lignes :

« Mon cher notaire,

» Veuillez avoir la bonté de transporter les cent mille
» francs que j'ai remis entre vos mains, sur la tête de
» madame Colette Noirot qui devient ma belle mère. »

» Votre tout affectionné.

» M. JOLY. »

Colette saisit la main du président, et la porta à ses
lèvres en disant avec transports :

— Oh ! que vous êtes bon ! que vous êtes bon ! non,
non, je n'aurai jamais le courage de m'opposer à vos
desseins... Du reste, vous venez de le dire, c'est dans
l'intérêt de ma fille que je travaille.... commandez, mon
cher monsieur, désormais je veux vous obéir, et vous
obéir aveuglément.

— Bien... vous comprenez, madame, que si nous
laissons traîner les choses en longueur, Laure parlera
ou à M. le curé, ou à Mᵐᵉ de Beauval... Et alors...

— Oh ! alors tout serait perdu...

— Il est donc indispensable de lui arracher, dès aujourd'hui, son consentement par écrit, puis de la faire
disparaître.

— Expliquez-vous.

— Alors même que nous amènerions votre fille a un
consentement, nous n'aboutirions jamais au mariage,
si vous la laissez à Beauval.

— Je ne comprends pas.

— Il faudra écrire et publier les bans, et, par conséquent, mettre tout le monde au courant de ce qui se
passe. Or, on ne manquera pas de lui conseiller de re-

prendre sa parole, ce qu'elle se hâtera de faire, soyez-en bien sûre.

— Oh ! j'en jurerais... Mais alors !

— Voici : les garibaldiens ne sont qu'à quelques lieues. Je connais de longue main l'un des lieutenants du grand capitaine : Je vais lui écrire de venir, dès ce soir, avec une trentaine de cavaliers. C'est, je crois, tout ce qu'ils possèdent en fait de cavalerie. Ils feront du tapage, annonçant, pour demain, le gros de la colonne.

— Je comprends : Laure, épouvantée, donnera son consentement.

— Oui, mais ce n'est pas tout : dès que nous aurons le consentement par écrit, vous monterez, avec votre fille, dans une voiture fermée que je mettrai à votre disposition, et l'on vous conduira en un lieu sûr, où Laure attendra que les formalités voulues soient remplies. Quant à vous, on vous ramènera, afin que nous puissions ensemble faire écrire les bans, présenter le consentement de la future, et que vous puissiez aussi affirmer à qui voudra vous entendre que Laure n'a pas voulu se marier dans le pays, afin d'éviter les commérages des vieilles et jeunes filles, et de n'avoir pas à subir les conseils de Mᵐᵉ de Beauval et les injures du menuisier Jules Lenoir... Quand tout sera réglé, nous partirons avec la rendue des bans et les autres papiers nécessaires pour que l'on puisse à N.... procéder à notre mariage.., vous comprenez !

— Parfaitement.... Pauvre chère enfant ! comme elle va pleurer... Mais c'est pour son bien.

8.

— Ayez soin qu'elle ne communique avec personne ; ne la quittez pas un seul instant.

— J'y pensais.... Je cours la rejoindre.

La mère Noirot savait trop combien les larmes étaient éloquentes sur le cœur de sa fille, pour n'avoir pas recours de nouveau à cet expédient. Elle arriva donc en s'essuyant les yeux, et en poussant force soupirs et gémissements.

— Vous n'avez pas réussi, chère maman ? lui demanda Laure.

— Hélas ! hélas ! il est disposé à tous les sacrifices, excepté celui de renoncer à ta main. « Ma fortune et ma vie sont à la disposition de Mlle Noirot, m'a-t-il dit, quant à renoncer à ce mariage, jamais ? Je laisserais plutôt incendier Beauval et pendre tous ses habitants... »

— Quelle férocité !... Ma lettre n'a fait sur lui aucune impression ?

— Il a pleuré, en disant : « Ah ! si Laure ne me demandait que mon sang, comme volontiers je m'ouvrirais les veines immédiatement !! Mais elle demande quelque chose de plus que ma vie : elle demande que je me résigne à vivre sans espoir, et à traîner, le reste de mes jours, le boulet du forçat... Je ne le puis pas, et, dès ce soir, elle verra que je ne le veux pas.

— Dès ce soir, dites-vous !

— Il vient de m'assurer que l'avant-garde arrivera dès ce soir.

— Mon Dieu ! mon Dieu !

— Ne te désole-pas ainsi, chère enfant, M. Marius m'a également certifié qu'il ne serait fait aucun mal à M. le comte avant l'arrivée de la colonne, c'est-à-dire avant demain, vers les huit, ou neuf heures du matin...

La mère Noirot n'eut pas besoin d'insister auprès de sa fille pour l'empêcher d'aller confier aux voisins ses craintes et ses angoisses : la pauvre enfant fut obligée de se mettre au lit, et le garda jusque vers la tombée de la nuit.

Quand le soir fut venu, Laure entendit les sons de la trompette qui vint résonner comme un glas funèbre à ses oreilles. Au même instant, Mme Noirot, simulant l'effroi et la désolation, se précipitait dans la chambrette de sa fille en criant :

— O mon Dieu ! ô mon Dieu !

— Mais qu'y a-t-il donc ? demanda Laure, en se précipitant de son lit.

— Les garibaldiens !... Ils traînent un prêtre à leur suite... Leurs chevaux sont dans l'église, et eux-mêmes viennent d'entrer chez M. le curé qu'ils ont mis à la porte..... Ils brisent tout ; ils vont mettre le feu au village et massacrer tous les habitants.

— Du courage ! maman, l'heure est venue d'intervenir au prix de notre bonheur, et même de notre vie... Suivez-moi.

La jeune fille ramassa sa chevelure dans un lacet, prit, à la hâte, ses vêtements sur lesquels elle jeta sa mante et, suivie de sa mère, elle se dirigea d'un pas ferme et rapide du côté de la place. Un grand nombre d'hommes, quelques femmes et tous les enfants étaient là, formant des groupes en face de l'église, de la mairie, du presbytère et de l'hôtel du vieux marronnier. **Les portes de l'église, ouvertes à deux battants, lais-**

saient voir les chevaux qui mangeaient, les cavaliers
qui bouchonnaient leurs montures, et, plus loin, M. Mercier, en étole et en surplis transportant les saintes es-
pèces à la sacristie. Quelques-uns des brigands buvaient,
blasphémaient et chantaient dans le presbytère d'où
ils avaient chassé le curé. Un autre prêtre, celui dont
avait parlé Mme Noirot, entrait dans la mairie escorté
par quatre bandits qui ne lui ménageaient ni les injures, ni même les coups de crosses [1]. Jolivet serrait
les poings, et ne se laissait qu'à grand peine contenir
par M. de Beauval qui lui disait : « Je suis, comme
vous, indigné de ces profanations et de cette sauvage-
rie ; c'est d'autant plus infâme que nous avons des écu-
ries à la disposition de toute la bande, bêtes et gens ;
mais, mon cher Jolivet, qu'y faire ? si nous résistons à
ces voleurs à cheval, nous serons suivis de trois ou
quatre hommes, les autres fuiront, si toutefois il ne
s'en trouve pas, parmi eux, qui se mêlent aux bandits
pour nous lancer des injures, et peut-être aussi des
coups de fusil. Restons calmes, car, malheureusement,
nous ne serions pas secondés, et nous nous ferions massacrer sans profit pour personne. » En passant devant
l'hôtel Guilloux, Laure saisit ce lambeau de conversation entre deux cavaliers qui entraient en maîtres dans
la maison.

— Eh ! dites donc, tavernier du diable, faites servir
du vin, de la viande, de l'eau-de-vie, et de suite,
sinon... gare au prussien !

[1] M. le curé d'Arcy-sur-Cure. Il était accusé, par des
amis de Gambetta (?) d'avoir tenu ce propos : « J'aimerais
mieux héberger quatre Prussiens qu'un seul garibadien. »

— Tiens ! disait l'autre, mais il est gras et dodu, le particulier de l'endroit... si nous le mettions à la broche ! On dit la viande des bêtes de la montagne si bonne, qu'il n'est pas possible d'en manger sans éprouver le besoin de se lécher les doigts jusqu'au coude, et même jusqu'à l'épaule.

— Fais à ta guise, mais n'oublie pas.... **tu entends ?** Il n'a ni le bec, ni le ventre d'une bécassine.

— Sois calme, j'aurai soin de le vider et de l'accommoder à la crapaudine.

Arrivées près de la maison d'école, les deux femmes aperçurent le prêtre qu'on laissait debout au milieu de la salle des réunions, tandis que ses bourreaux, assis autour de lui, en faisaient leur passe-temps, et lui disaient avec le ricanement bête dont les garibaldiens n'ont malheureusement pas le monopole :

— Tu as besoin de grandir, citoyen de la calotte.... Prends tes dispositions pour dormir debout.

— On te donnerait bien à manger, mais... tu n'as pas faim, n'est-ce pas ?... Réponds donc, traître, ou je te démonte la machoire d'un coup de crosse.

— Faites votre acte de contrition, mon révérend père, car, quoiqu'en dise le citoyen Menotti Garibaldi, vous n'arriverez jamais à Autun.

— Tiens ! si nous le pendions tout de suite !

— Ce serait une corde perdue, mieux vaut lui briser la caboche d'un coup de talon de botte.

— Non, non, il faut, sans attendre plus long-temps, appliquer le règlement de l'Internationale, ce calottin mérite les honneurs de l'expérience... Faisons le cuire au pétrole.

Ce n'était là que de grossières et niaises plaisanteries.
Toutefois, elles étaient faites d'un ton si décidé, et
l'attitude de ces truauds vis-à-vis du prêtre, était si
révoltante que la mère Noirot, elle-même, sentit comme
un frisson de terreur. Quant à Laure, qui s'était arrêtée
une minute pour écouter la conversation des garibaldiens et tâcher de voir comment ils traitaient le véné-
rable prêtre qui se trouvait entre leurs griffes, elle
reprit sa marche sans prononcer une parole, et fit son
entrée dans la maison de Joly d'un pas ferme et la tête
haute. Le président du conseil municipal était, en
compagnie du chef garibaldien, dans la pièce que nous
avons plusieurs fois visitée, et qui donne sur le jardin.
Néanmoins, comme la porte de cette chambre était ouverte, Marius vit entrer les deux femmes, et il vint au
devant d'elles, en disant tout bas au chef des brigands :

— Attention ! voilà la particulière.

Puis, avec un sourire gracieux :

— Soyez les bienvenues, mesdames... C'est pour la
première fois, mademoiselle, que j'ai l'honneur.....

— Monsieur, interrompit Laure, vous m'avez écrit
que vous pouviez empêcher les désordres qui se com-
mettent en ce moment, et les crimes que l'on médite
pour demain. Je viens vous demander si vous avez
l'intention de faire honneur à votre parole ?

— Veuillez d'abord vous asseoir, mademoiselle.

— Je ne le puis pas, monsieur, il me tarde de rentrer, car je souffre... Veuillez, je vous prie, répondre
à ma question.

— Eh bien, oui, je puis, avec le concours de mon
ami, ici présent, empêcher les exécutions qui doivent
avoir lieu demain.

— Demain ! intervint d'une voix rauque le lieutenant, il faut de toute nécessité que nous passions par les armes les dix-huit traîtres qui sont sur ma liste : Mercier, Laurent de Beauval, Jolivet....

— Mais, mon cher ami, si je te priais de n'en rien faire ?

— Je serais assurément désolé de ne pas me rendre à ta prière, mon cher Marius. Mais... tu le sais bien, t'obéir en cette circonstance, ce serait appeler la foudre sur ma tête Or...

— Et si je *t'ordonnais* de quitter Beauval !... Et si je défendais, en ma qualité de chef de l'Internationale, à vos troupes de traverser cette commune, m'obéirais-tu ?

— Oui, assurément... Mais, toi-même, ne briserais-tu pas le brillant avenir que te promet notre association ?

— Eh bien, cet avenir sera brisé, mon cher lieutenant. .. A moins, toutefois, que Mlle Noirot refuse de souscrire aux conditions que je me vois forcé de lui dicter.

— Quelles sont ces conditions ? demanda d'une voix brève la jeune fille.

— La première condition, vous la connaissez, c'est que vous remplaciez, en acceptant ma main, les richesses et les honneurs auxquels je renonce pour vous être agréable.

— Après, monsieur, avez-vous donc d'autres conditions à m'imposer ?

— Ce sont de simples détails qui doivent assurer le **mariage que je vous propose.**

— Parlez.

— Il me faut votre consentement par écrit.

— Est-ce tout ?

— Je voudrais vous voir quitter Beauval, aujour-d'hui même... Mes ennemis pourraient trouver un moyen quelconque de faire échouer mes projets. Or, je veux que vous soyiez fidèle à votre parole, comme je suis résolu de faire honneur à la mienne, malgré toutes les difficultés et tous les sacrifices.

Laure regarda sa mère, comme pour la consulter.

— Je t'accompagnerai, répondit la vieille coquette. Du reste, il convient que tu sois absente quand on publiera tes bans.

— Soit... Avez-vous d'autres conditions à m'imposer, monsieur ?

— Non, mademoiselle, et si je vous impose celles dont nous venons de parler, veuillez croire....

— Bien. Et maintenant, écoutez les miennes.

— Parlez, mademoiselle.

— Vous vous engagez, par serment, devant Dieu et en présence de ma mère, à me laisser pratiquer la religion autant que je le voudrai, et selon que je le voudrai ?

— J'en fais le serment.

— Vous allez immédiatement faire sortir de l'église les chevaux et les mécréants qui la souillent ?

— De tout cœur.

— Vous allez veiller à ce que M. le curé soit respecté, et que sa maison soit de suite débarrassée des soldats qui la pillent.

— Dans cinq minutes vos désirs seront accomplis.

— Il y a un autre prêtre à la mairie....

— Un instant, citoyenne, intervint le lieutenant, ce prêtre-là est sous ma responsabilité personnelle ; seul j'ai le droit de prononcer sur son sort : il n'appartient ni à la commune, ni même au département de la Nièvre.

— Il serait bien, Monsieur, d'user des pouvoirs discrétionnaires que vous avez, pour rendre à la liberté un ministre de Jésus-Christ.

— Si j'avais les pouvoirs que vous me supposez, ma petite fillette, je ferais écorcher immédiatement ce prêtre, et j'allumerais moi-même le feu à sa chair en lambeaux, après l'avoir préalablement lavée dans du pétrole, afin de savoir, *de visu*, si les martyrs avaient bien le courage qu'on leur prête.

Laure fit un geste de dégoût, tourna vivement le dos au garibaldien, et dit à Marius :

— Veuillez me procurer ce qu'il faut pour écrire, afin que je vous donne mon consentement.... Toutefois, je ne vous le remettrai qu'après l'évacuation de l'église et du presbytère.

— C'est entendu.... Voilà ce qu'il vous faut pour écrire.

Puis, s'adressant au lieutenant :

— Viens avec moi, et allons exécuter les ordres de mademoiselle.

Les deux scélérats sortirent. Dès qu'ils furent dans la rue, le garibaldien dit à Joly :

— Quel diable te pousse à t'exposer à la potence, pour avoir cette péronnelle ?

— Tu la trouves mal ?

— Je la trouve hautaine, volontaire, impertinente, dédaigneuse...

— Et capricieuse, et sotte, et laide, n'est-ce-pas ?

— Je suppose que tu te *l'annexes* pour autre chose que son intelligence et ses beaux yeux !

— En effet ! répondit en ricanant Marius, la jeune fille n'a rien, ou presque rien ; sa mère n'a pas grand chose... peut-être une dizaine de mille francs... affaire d'une partie de plaisir.

— Mais, alors ?

— Alors ? mon camarade, la comtesse et même le comte de Beauval aiment Laure comme leur propre fille... Or, mes dispositions sont prises pour que tous les membres de cette famille aillent faire un tour chez les morts, dès que l'ordre de lancer le coq rouge aura paru... Je ferai en sorte que la dame trépasse la dernière... Le testament... Tu comprends ?

— Sera en faveur de ta femme... si tu ne l'as pas encore tuée, quand viendra ce cher coq rouge.

Après avoir donné des ordres pour qu'on évacuât l'église et le presbytère, les deux scélérats revinrent avec la voiture venue, sur la demande de Marius, avec le garibaldien.

— Mademoiselle, dit en entrant Joly, vous pouvez vous assurer par vous-même que vos ordres ont été exécutés.

— C'est bien, monsieur... Voici l'écrit que vous avez exigé.

Le mécanicien lut : « Prière à M. le curé de Beauval » de vouloir bien publier les bans du futur mariage en-

» tre M. Marius Joly, d'une part, et Laure Noirot, âgée
» de 24 ans, d'autre part, et de procéder à cette procla-
» mation le jour qui lui sera ultérieurement indiqué par
» M. Joly et Mme Noirot, mère de la future.

» Laure Noirot. »

En sortant de chez Joly, les deux femmes montèrent
dans la voiture qui attendait à la porte, et le cheval se
mit en route pour ne s'arrêter qu'après deux heures
de marche. La mère Noirot revenait, chaque nuit,
chercher des nouvelles et s'entendre avec son gendre
futur. Le dimanche suivant, ils allèrent ensemble trouver M. Mercier au moment, où revêtu des ornements
sacerdotaux, il allait monter à l'autel. En lisant le consentement de Laure, le prêtre pâlit, mais ne dit pas
un mot. Quand, après l'évangile, il proclama, d'une
voix émue, les bans de cet étrange mariage, un cri
suprême partit de la chapelle où se trouvait la famille
de Beauval. Il s'en suivit un désordre et une émotion
que je renonce à décrire. Mme la comtesse râlait entre
les bras de son mari et de ses deux filles. On la trans-
porta dans une voiture qui la conduisit au château,
mais sans qu'elle put prononcer une seule parole. Le
médecin appelé en toute hâte, avertit confidentielle-
ment le comte qu'il eût à s'attendre à un malheur. En
effet, au jour et à l'heure où on célébrait à N.... le
mariage de Laure Noirot et de Marius Joly, on conduisait à sa dernière demeure Mme la comtesse Laurent
de Beauval.

FIN DE LA PREMIÈRE PARTIE.

DEUXIÈME PARTIE

CHAPITRE XI

Pauvre enfant !

Six mois après les événements racontés dans la première partie de cet ouvrage, les vœux de la Prusse étaient comblés, et ceux de l'Internationale s'accomplissaient rapidement. La France était battue, déchirée, humiliée autant que puisse l'être une nation ; son empereur, après l'avoir trahie, exploitée, corrompue, avilie pendant dix-huit ans, avait fini par la livrer au plus méprisé de nos ennemis ; il en avait fait sa rançon, et avait mis sa personne à couvert en se drapant dans la fange qu'il jetait au visage de sa victime. Trop inhabile pour diriger et maîtriser une cavale fougueuse et qu'il avait lui-même rendue rétive, il avait trouvé d'une fine politique de la vendre à l'équarrisseur, avec l'espoir de venir encore sucer son sang, dès que la mutilation l'aurait rendue impuissante à se défendre et à se plaindre.

L'armée, la véritable armée française n'existait plus. Placée en face d'un ennemi huit fois supérieur en nombre, elle avait vaillamment combattu, chacun de ses soldats était tombé sur un lit de cadavres allemands, et cet héroïsme, malgré l'ineptie et la trahison de l'empereur, nous donna, pendant quelques jours, l'espoir du triomphe. Hélas ! nos braves, en tombant, léguaient leur héritage à des hommes trop amollis pour le recueillir. Nous étions vaincus, humiliés, déshonorés, et cela devait être.

Cela devait être, parce qu'on ne se moque pas en vain du Dieu des batailles ; on ne l'insulte pas, on ne le chasse pas en vain du cœur de l'individu, du foyer de la famille et du sein de la nation. La France est le soldat de Dieu ; renier ce chef c'est, pour elle, renoncer à la victoire.

Cela devait être, parce que nos intérêts sont intimement liés à ceux de l'Eglise et, par conséquent, délaisser l'Eglise, *persécuter* l'Eglise dans son chef, c'était enlever à la France ce qui fait sa force comme sa gloire. Aussi le jour où nos troupes sortaient de Rome, nous perdions la bataille de Wissembourg, et le nombre des morts était *exactement* le même que celui des soldats français qui abandonnaient le Souverain Pontife ; le jour où notre dernier soldat quittait l'Italie, nous perdions notre dernier espoir à Reischoffen ; le jour où les Italiens paraissaient devant Rome, les Prussiens se présentaient devant Paris, et l'investissement complet des **deux villes avait lieu le même jour.**

Nous devions être vaincus, parce que le *fils unique* est presque toujours gâté, toujours crétin, toujours corrompu : l'immoralité engendre la corruption; un étiolé stupide et une maigre poupée ne peuvent produire que de petits crevés qui sauront bien promener leur précoce vieillesse sur les boulevards, fumer un londrès au café, railler Dieu et sa religion, mais qui seront impuissants à tenir un fusil et à regarder en face autre chose qu'une table copieusement servie, ou quelqu'idole de chair. « Ce peuple, disait un général ennemi, est par trop *pourri* pour que nous puissions le guérir, il faut l'étouffer dans la fange. » « Je ne vous croyais que battus et malheureux, disait un autre, je m'aperçois que vous êtes avilis. »

Hélas ! ce châtiment, tout terrible qu'il est, n'a pas suffi pour nous faire ouvrir les yeux, et le Seigneur, toujours miséricordieux pour la France malgré ses crimes et ses ingratitudes, l'a visitée par un fléau plus épouvantable que celui des Prussiens, et qui devrait bien nous corriger, si notre plaie n'est pas à tout jamais incurable.

C'était le moment favorable, pour les membres de l'Internationale de marcher à la curée et de se disputer les dépouilles de la patrie expirante. Plus d'armée, plus de gouvernement, plus d'ordre. Ils n'eurent garde de laisser échapper une occasion qu'ils appelaient depuis longtemps de leurs vœux, et qu'ils avaient préparée en fournissant à l'ennemi les renseignements qui devaient leur ouvrir les portes de nos citadelles, et leur procurer la facilité de surprendre chaque jour nos recrues imprévoyantes. Dès que la barrière de fer qui entourait Paris fut brisée, on vit ces mécréants, semblables à des vautours affamés, accourir de toutes parts et se ruer sur la capitale agonisante pour lui donner le coup de grâce et frapper au cœur la nation qu'ils voulaient achever dans le feu, le sang et la boue.

Notre intention n'est pas de promener le lecteur à travers les ruines laissées par la Commune, et de le faire assister aux scènes infernales qui, du 17 mars au 27 mai, ont fait de Paris le théâtre de crimes tellement horribles que l'Europe entière en est encore dans la consternation. Nous devons nous borner à suivre quelques-uns des personnages de notre connaissance qui ont pris une part quelconque à ces scènes de honte, de sang et d'impiété.

Dans le soirée du 30 mars, c'est-à-dire le surlendemain du jour à jamais néfaste qui vit proclamer la Commune à Paris, deux femmes discutaient vivement ensemble, rue Chapon, dans un appartement du quatrième étage. La plus âgée de ces deux femmes était en proie à une violente irritation, et son regard, plein de sang, se promenait de sa compagne au chassepot appuyé contre un lit sur lequel on voyait un costume complet de garde national. Cette femme, dont tout le costume consistait en une jupe rouge allant de la ceinture aux genoux, avait les mains noircies de poudre; son visage était empourpré, et de sa bouche, bordée d'écume, sortait, comme d'une cuve, l'odeur infecte de liqueurs à moitié digérées. Elle était debout, hurlant, blasphémant, menaçant du poing et du chassepot la jeune femme qui sanglottait devant elle. La première de ces femmes avait cinquante ans passés, la seconde n'en avait pas encore vingt-cinq : la première se nommait Mme Noirot, et la seconde Mme Marius Joly, ou Laure Noirot.

— Tuez-moi, maman, disait Laure, tuez-moi de suite, mais ne me demandez pas de marcher sur vos traces, ne demandez pas de moi des infamies...

— Ah ! drôlesse, si ta mort pouvait m'être utile à quelque chose, je n'hésiterais pas un instant... C'est dans ton berceau, petite scélérate, que j'aurais dû t'étouffer, si je n'avais pas été une imbécile... Quand je pense que nous pourrions rouler dans des voitures à quatre chevaux, si cette petite morveuse valait deux liards... Vas-tu partir, oui ou non ?

— Jamais, maman, jamais !

— Tu veux donc que je t'étrangle, misérable bigote ?

— A votre aise, maman... Je vois que, depuis un certain temps, vous êtes décidée à tous les crimes, et je ne serai pas surprise de vous voir tremper vos mains dans le sang de votre fille.

— Eh bien, ton calottin la dansera quand même, et il ne la dansera que mieux : au lieu de cinquante mille, c'est cent mille francs que je vais lui faire dégorger.

— Je vous déclare et vous jure qu'à la première démarche que vous ferez à ce sujet, je cours témoigner contre vous et contre Marius devant tous les tribunaux et sur toutes les places publiques.

Laure reçut, en plein visage, un coup de poing qui la fit chanceler. Mais elle se remit bien vite. Elle était, paraît-il, accoutumée déjà à ces procédés, et les taches noires qui contrastaient avec la pâleur livide de son **visage, indiquaient assez que le gendre et la belle-**

mère n'épargnaient pas les horions à l'épouse et à la fille.

Je dois, pour l'intelligence du lambeau de conversation que nous venons d'entendre, donner de suite quelques explications indispensables.

Immédiatement après son mariage, Joly s'était rendu au Creuzot avec sa femme et sa belle-mère. Dès que les portes de la capitale s'ouvrirent, le prétendu serrurier-mécanicien vint, comme beaucoup d'autres, s'installer à Paris et se mettre à la piste des places et des trésors publics ou particuliers. Il loua, au quatrième étage d'une maison de la rue Chapon, près du Conservatoire des Arts-et-Métiers, quatre petites pièces pour lui, sa femme et sa belle-mère. Quelques jours lui suffirent pour s'aboucher avec les principaux meneurs, et quand vinrent les journées du 17 et du 18 mars, il se montra l'un des plus exaltés et des plus féroces. Bien des fois, du 17 au 28, Laure avait frémi en le voyant rentrer le soir, car ses mains étaient noires de poudre, ses habits tachés de sang, et son regard ressemblait à celui du tigre qui vient de dévorer une proie et s'apprête à faire de nouvelles victimes. Chaque jour, il avait avec la mère Noirot, de longs entretiens dont le sujet était soigneusement caché à la jeune femme.

Enfin, le 28, irrité outre mesure de n'avoir pas été nommé membre de la Commune, il brisait tout à fait la glace et apostrophait ainsi sa femme en présence de la mère Noirot avec laquelle il avait ourdi son plan :

— Dis-moi, Laure, sais-tu pourquoi je t'ai forcée à devenir ma femme ?

9

— Non, mon ami, je ne le sais pas... J'avais pensé un instant que c'était pour vous rapprocher de Dieu, mais, hélas !...

— Mille tonnerres ! Je t'ai défendu de prononcer ici le nom de Dieu.

— Vous le prononcez pour le blasphémer et le maudire, Marius, pourquoi ne me permettriez-vous pas de le prononcer pour l'adorer et le bénir ?

— Pas un mot de plus sur ton bon Dieu, ou je te fais descendre par la fenêtre, milliard de noms...

— Ne vous fâchez pas, Marius, et surtout ne blasphémez pas ainsi, je me tairai.

— Ce n'est plus le moment de te taire, l'heure est venue au contraire de parler... Ecoute et réponds catégoriquement : Penses-tu que je t'ai épousée à cause de tes beaux yeux ?

— Non, mon ami, je ne le pense pas.

— Mais alors pourrais-tu nous dire quelles devaient être mes intentions en te forçant à devenir Mᵐᵉ Joly, malgré la haine que tu me portais, et le dégoût que je t'inspirais ?

— Je l'ignore... Du reste pourquoi me demander une chose que vous êtes seul à savoir ?

— Ah ! tu l'ignores ! Eh bien, je vais te l'apprendre : Il me faut de l'or, beaucoup d'or, car je veux manger, boire, m'amuser, prendre toutes mes aises, contenter tous mes appétits, et cela sans travailler.

— Et puis ?

— Et puis, quelle fortune m'as-tu apportée ?

— Vous plaisantez, mon ami, ne saviez-vous pas, avant de me forcer au mariage, que j'étais sans fortune ?

— Ouvre les oreilles, Laure, et comprends bien ce que je vais dire : Je t'ai épousée parce que je pensais que la comtesse de Beauval mourrait la dernière de sa famille.

— Je ne comprends pas, répondit la jeune femme en pâlissant.

— Tu ne comprends pas qu'il me devient désormais impossible de la faire mourir après les autres ?

— Que voulez-vous dire ?

— Je veux dire que la vieille ayant jugé convenable de trépasser la première, mon plan se trouve... détruit.

— Mᵐᵉ de Beauval serait morte ! Oh ! dites-moi que vous mentez ; dites-moi...

Laure ne put achever sa phrase, son visage pâlit, ses yeux se fermèrent, elle tomba sur le plancher.

— La secousse est un peu forte, dit la mère Noirot, prenons quelques ménagements... C'est peut-être assez pour ce soir.

— Tout ça, c'est de la grimace,... jetez-lui de l'eau sur le minois... Il faut qu'elle avale, dès ce soir, la pilule toute entière.

— Si vous alliez la tuer ?

— Ma foi ! s'il ne nous est pas possible de la gagner, j'aime tout autant qu'elle... meure.

La mère Noirot frictionna les tempes de sa fille avec du vinaigre, lui fit avaler quelques gouttes d'eau fraîche et dès que Laure reprit ses sens, elle chercha à la consoler.

— Je t'avais caché cette mort, lui dit-elle, parce que je ne voulais pas t'affliger. Du reste, cette chère dame **de Beauval est morte depuis plusieurs mois, et la fa-**

mille en est d'autant mieux consolée que la maladie était incurable. Mlles Alix et Imelda avouent elles-mêmes que c'est un grand bonheur que la mort soit venue délivrer leur mère de souffrances qui pouvaient durer indéfiniment.

Laure, complétement revenue de son évanouissement se prit à sangloter.

— Mon Dieu ! mon Dieu, donnez-lui le repos éternel ; rendez-lui au centuple dans votre royaume, ce qu'elle fit pour moi sur la terre...

— Ce qu'elle a fait pour toi ! En voilà d'une belle !.. Eh ! qu'a-t-elle fait ?... Où est la dot qu'elle t'a fournie ?

Comme Laure ne répondait rien à ces inepties, Marius se leva, et reprit en marquant la mesure avec l'index de la main droite.

— Si Madame de Beauval n'était pas morte, mes mesures étaient prises pour la faire survivre à son mari, à son fils et à ses deux filles.

Les larmes de Laure s'arrêtèrent tout-à-coup. Elle fixa, comme pour comprendre, ses grands yeux sur son époux qui continua :

— Madame de Beauval t'aimait; elle aurait, à défaut d'héritiers directs, testé en ta faveur, et nous l'aurions ensuite expédiée dans l'autre monde, où elle aurait été toute heureuse de se trouver de nouveau au sein de sa famille.

— Il est fou ! dit Laure en regardant sa mère.

— Tu le vois maintenant, répondit la mégère, c'est un grand bonheur pour elle et pour les siens que Mme de Beauval soit morte.

— Mais, ce n'est donc pas une mauvaise plaisanterie qu'a voulu faire Marius ?

— Une plaisanterie, ma fille ! est-ce que le temps est à la plaisanterie ? Je n'ai rien à dire contre la famille de Beauval ; ce sont de braves gens, mais... est-ce qu'il est juste que les gros morceaux soient toujours pour les mêmes ?... Marius n'a-t-il pas autant de droit qu'un autre à posséder un château ?... Et toi-même, pourquoi ne t'appellerais-tu pas madame la comtesse aussi bien qu'un tas de vieilles édentées qui ne savent ni porter un châle, ni fraterniser avec le peuple ?

— Oh ! que vous me paraissez... malheureux l'un et l'autre !... Merci, mon Dieu, de l'avoir appelée à vous, puisque sa mort doit empêcher une série de crimes abominables.

— Tout doux, ma poulette : nous n'aurons pas le testament de la vieille, c'est vrai, mais je ne renonce pas aussi facilement à la propriété... Le papa de Beauval a eu l'heureuse idée d'entrer à Paris le 16 de ce mois ; les événements l'ont enfermé dans la capitale où il cherche à charmer ses loisirs près de son fils qui fait soigner, dans un hôpital, la blessure qu'il a reçue pendant le siége. Or, je te jure que nos précautions sont parfaitement prises pour que ni le père, ni le fils ne puissent quitter Paris sans que nous ayons causé ensemble.. Mais ce n'est pas là ce que je voulais te dire.

Marius réfléchit un instant, et reprit :

— J'avais pensé qu'on me nommerait membre de la commune, et qu'il me serait possible de gagner notre vie sans avoir à m'enrôler dans les soldats de trente sols... Mon nom n'est pas sorti de l'urne, et cependant il me faut de l'or... Je veux de l'or, mille tonnerres.

— Si l'on connaissait votre talent, dit Mme Noirot, avant vingt-quatre heures vous auriez l'une des premières places de la commune.

— Cette place m'est promise, répondit en se radoucissant Marius, mais elle ne me rapportera pas grand chose : Je suis chargé de former un bataillon de femmes... Heureusement que l'on met à ma disposition un magasin d'habillement et un autre de fusils. J'espère qu'il y aura là quelque chose à grapiller... Mais il y a quelque chose de plus sérieux.

— Ah ! Eh quoi donc ?

— J'ai si bien manœuvré auprès de Rigault, Ferré, Urbain, Champy, Régère, Billioray et d'autres, que j'ai enfin réussi à me faire charger d'une opération qui peut nous enrichir en moins de vingt-quatre heures.

La mère Noirot dressa l'oreille et ouvrit démesurément les yeux.

— Je suis chargé, continua Marius, de faire une saisie sur les caisses des compagnies d'assurances et des manufactures de tabac.

— Et cet argent sera...

— Pour celui qui saura se l'annexer. Or, je voudrais bien en avoir ma part.

— Si vous vous donnez la peine de faire la saisie, il est juste que vous soyez dédommagé.

— Cela dépend de vous deux.

— Que dites-vous là, Marius ?

— Voici : sur la recommandation des membres de la commune que je viens de nommer, le citoyen Lefrançais, membre de la commission exécutive, m'a délivré un **mandat de saisie, mais il y est dit que je dois être accompagné de deux gardes nationaux. Or, comment** voulez-vous que je puise dans les caisses sans être vu de ces deux témoins ? Et s'ils me voient comment voulez-vous que j'échappe à la pendaison ?

— Et alors...

— Alors, il faut absolument que vous endossiez, l'une et l'autre, l'habit de garde national, et que vous m'accompagniez dans cette saisie.

— Ce n'est pas mal trouvé, ma foi !... Et les habits !

— Je vous ai déjà dit que j'avais à ma disposition un magasin d'habillement.

— J'en suis, Marius... Et toi, Laure ?

— Jamais ! Jamais !

Joly saisit sa femme par les cheveux, et il la traînait vers la fenêtre en la secouant avec rage, quand la mère Noirot intervint en disant :

— Ne la tuez pas, oh ! je vous en prie, ne tuez pas ma fille ; ayons plutôt recours à l'autre moyen.

— C'est entendu, répondit-il d'une voix sombre. Toutefois je ne renonce pas à celui que je viens de proposer.

Et, donnant un dernier coup de pied à la jeune femme étendue sur le plancher, il sortit en grinçant des dents.

Il était minuit, et Marius n'avait pas reparu ; la mère Noirot s'était jetée sur son lit, et faisait semblant de dormir, tandis que Laure, à genoux dans la pièce qui servait de cuisine, arrosait de ses larmes, un petit christ qu'elle était parvenue à dérober aux regards de son époux. Vers minuit et demie, la vieille mégère, s'imaginant que sa fille dormait, se leva doucement, ouvrit avec de minutieuses précautions la porte de l'es-

calier, la referma de même, et Mme Joly se trouva seule
et put donner un libre cours à ses larmes, à ses sanglots et à ses prières : « Mon Dieu, disait-elle en regardant le christ à travers ses larmes, frappez et brûlez
ici-bas, pourvu que vous m'épargniez dans l'éternité...
Je ne vous demande pas d'adoucir les coups que me
porte votre main, toujours paternelle, je sais que vous
ne châtiez mon corps et que vous ne déchirez mon
cœur que dans l'intérêt de votre servante. Mais, je vous
en prie, ô mon aimable Jésus, ne permettez pas que je
succombe, préservez-moi du naufrage dont je suis me-
nacée, ne souffrez pas que ma foi et mes espérances
aillent se briser contre les écueils qui se multiplient et
grandissent chaque jour... Je vous offre mes angoisses,
ô mon Sauveur, je vous offre les tortures de mon corps,
de mon âme et de mon cœur, je vous offre ma vie.. Je
vous l'offre pour le repos de l'âme de ma bienfaitrice ;
je vous l'offre pour la conversion de mon malheureux
époux et de ma plus malheureuse mère.... »

Laure s'arrêta court. On venait de sonner. Elle cacha
vivement le petit christ, essuya ses yeux, et, s'approchant de la porte, elle demanda :

— Qui est là !

— Veuillez ouvrir, Mme Joly, c'est le curé de la paroisse de *** qui aurait besoin de vous parler.

Laure, véritable colombe par l'innocence, la douceur
et la simplicité, n'hésita pas à se rendre à l'invitation
qui lui était faite ; il ne lui vint pas même à la pensée
qu'on pouvait la tromper. Elle ouvrit, et se trouva en
présence d'un homme encore jeune, portant au complet, le **costume ecclésiastique**, et de plus une barbe

blonde assez bien fournie et très-soigneusement peignée.

— Pardon, Madame, de venir vous déranger à une heure aussi avancée de la nuit, mais, vous le savez, les prêtres ne peuvent pas choisir leurs heures en ce temps de malédictions et de crimes.

— Entrez, M. le curé, et soyez le bienvenu ; aucune visite ne pouvait m'être plus agréable... Si je puis vous être utile à quelque chose, veuillez compter sur ma bonne volonté.

Comme Laure, en prononçant ces derniers mots, regardait cependant avec une certaine crainte la forte barbe du visiteur, celui-ci reprit en avançant :

— Les esprits des ténèbres semblent s'être déchaînés sur notre malheureuse et criminelle Babylone ; pour épargner à nos misérables communards quelques crimes sacrilèges, nous sommes obligés de prendre, durant le jour, des vêtements laïcs, et voilà pourquoi vous me voyez avec une longue barbe *postiche* que je vous demande à garder pendant les quelques minutes que je dois passer près de vous.

Laure introduisit cet homme dans la pièce principale en se disant : « C'est Dieu qui me l'envoie ; qu'il soit mille fois béni !.. Mais.. si Marius le trouvait ici...! Oh ! il le tuerait !.. Mon Dieu ! pitié du prêtre, pitié de moi ! pitié de mon mari ! »

Toutefois, dès que le visiteur se fut assis, et que Laure eut porté les yeux sur lui, elle sentit comme un frisson de crainte parcourir ses membres. Cet homme était trop jeune pour être curé de l'une des principales paroisses de Paris ; il se donnait à peine trente ans ; sa pose arrogante, sa barbe blonde et trop bien soignée. ses cheveux relevés en arrière avec une coquetterie de jeune fille, le regard impertinent de ses grands yeux, tout semblait indiquer que cet homme ne pouvait être ni curé de Paris, ni même un ecclésiastique quelconque.

Laure, malgré son trouble, comprit qu'elle ne devait pas se fier à cet individu.

— Vous avez été élevée en province, Madame ?

— Oui, Monsieur.

— Votre mari, m'a-t-on dit, vous rend bien malheureuse.

— Je ne m'en suis jamais plaint à personne.

— Vous ne devez en souffrir que davantage... Vous auriez besoin d'un confident, d'un ami qui reçût vos secrets et vous aidât à porter vos peines.

— Jusqu'ici, Monsieur, Dieu m'a suffi : je trouve près de lui toutes les consolations qui me sont nécessaires.

— Mais ne sentez-vous donc pas le besoin d'être aimée?

— Je sais que Dieu m'aime d'un amour infini, et, sans condamner les affections qui sont vraiment saintes, j'ai appris à m'en passer.

— Je voudrais pourtant bien vous prouver qu'il existe, même en notre malheureux temps, des hommes qui ont du cœur... Votre mari a tout fait pour vous donner des doutes à ce sujet.

— Voudriez-vous me dire, Monsieur, ce qui vous amène, à cette heure, chez une femme que vous ne connaissez pas?

— C'est l'intérêt que je lui porte, répondit en se levant l'inconnu.

Et il saisit la main de Laure en ajoutant :

— Nous sommes seuls, je le sais, et....

— Arrière, infâme !

Au même instant, une clé grinça dans la serrure, la porte s'ouvrit avec fracas, et Marius parut. Aussitôt l'étranger laissa libre la main de Laure, et recula de quelques pas en disant :

— Nous sommes perdus ! voilà votre mari.

Joly s'élança sur cet homme, et le saisit à la gorge en râlant des blasphèmes.

— Qui es-tu, misérable ? Ton nom, infâme calottin ?

— Grâce ! grâce ! mon cher Monsieur.

— Ton nom, te dis-je, ou je t'étrangle ?

— Le curé de ***.

— Tu vas mourir, infâme scélérat.

— Grâce ! grâce !... je vous donnerai de l'or, beaucoup d'or ; je suis immensément riche.

— Combien me donneras-tu ?

— Vingt mille francs.

— Cinquante mille, ou je t'étrangle.

— Soit. Venez les chercher demain.

— Demain ! maître scélérat, tu pourrais me les refuser, si je n'avais pas ta signature... Tu vas me faire un billet.

— De grand cœur, mon cher Monsieur, puisque j'ai fait une faute, il est juste que j'accepte les conséquences. Veuillez me procurer ce qui est nécessaire pour écrire.

Marius lâcha la gorge du prêtre, ou du prétendu prêtre, et tandis qu'il passait dans la pièce voisine pour chercher une plume, du papier et de l'encre, l'étranger fit un bond vers la porte et s'élança dans l'escalier en disant :

— A bientôt, Laure chérie ?

Marius courut à la poursuite du fugitif, mais revint bientôt en lançant contre le ciel et le clergé tous les blasphèmes que renfermait son volumineux répertoire.

— Ce n'est pas un prêtre, mon ami, hasarda la jeune femme, c'est un misérable qui s'est affublé d'une soutane.

Pour toute réponse Joly saisit sa femme par la chevelure, et il la traînait une seconde fois vers la fenêtre en disant :

— Ah ! c'est ainsi que tu me trompais, vile hypocrite... Tu profitais des moments où j'allais exposer ma vie, afin de te donner du pain et des nippes, pour introduire tes amants chez moi... Ta dernière heure est venue, petite scélérate ; tu vas mourir.

— Mais qu'y a-t-il donc ? demanda la mère Noirot en arrivant à son tour.

— Je viens de trouver votre pieuse fille... en tête à tête avec un calottin.

— Est-ce possible ?

— Je l'ai vu de mes yeux.

— Et quel est ce prêtre ?

— Le curé de ***.

— L'infâme ! Et vous ne l'avez pas tué !

Marius raconta, avec force blasphèmes, ce qui venait de se passer. Et il ajouta :

— Je retrouverai bientôt le calottin, mais, en attendant, sa complice va recevoir de suite le châtiment que mérite son crime... Préparez-vous à gémir, et surtout à raconter, au milieu de vos sanglots, que votre fille, atteinte d'une fièvre chaude, a pris la fenêtre pour la porte.

Et Marius ouvrait la croisée d'une main, tandis que de l'autre il tenait sa femme éperdue par les cheveux.

— Arrêtez! oh! arrêtez! dit la mère Noirot en saisissant Laure dans ses bras, je ne veux pas que ma fille meure... Du reste, les choses peuvent s'arranger à notre profit.

— Parlez, mais parlez vite et clairement.

— Laure ira demain trouver le curé de ***, et lui réclamer les cinquante mille francs.

— Tu t'y engages, demanda le monstre en secouant sa victime.

Laure ne répondit pas.

— Oui, elle s'y engage, intervint la mère, et le curé s'exécutera d'autant plus volontiers, que Laure ne manquera pas de lui dire qu'en sortant de chez lui, elle doit passer chez le citoyen Raoul Rigault.

— Soit. Mais si le 30 de ce mois les 50,000 francs ne sont pas ici, j'en jure par tous les diables, je leur briserai le crâne à l'un et à l'autre.

— Voilà qui est réglé... Et maintenant, à quand la saisie des caisses?

— Après-demain, le 30. Serez-vous prêtes?

— Je me suis exercée pendant plusieurs heures, et je porte assez bien un chassepot. Toutefois, mes robes gênent mes mouvements... Quand distribuerez-vous les habillements destinés au bataillon des femmes?

— Demain... Nous partirons ensemble, et vous pourrez choisir... N'allez pas charger votre conscience, surtout, en prenant un double, ou même quadruple fourniment. Le diable pourrait vous donner la tentation de les vendre, et... le bien mal acquis ne profite pas.

Le 30 mars, Laure, malgré les menaces de Marius et les supplications de Mme Noirot, n'était pas encore allé trouver M. le curé de ***, et voilà la cause de la scène dont nous avons donné un aperçu au début de ce chapitre. La misérable mégère allait sans doute insister, et frapper encore sa fille quand arrivèrent, en compagnie de Joly, trois étrangers qui ne parurent pas étonnés le moins du monde de la trouver en jupon court, et lui tendirent familièrement la main.

CHAPITRE XII

Entre loups

Laure, après avoir rendu, sans mot dire, le salut des trois compagnons de son mari, se retira dans la chambre à coucher. Elle savait que sa présence ne serait pas tolérée. Du reste le lecteur le comprendra sans peine, ce n'était pas, pour la pauvre enfant, un sacrifice de ne point assister à ces conseils iniques où chacun indiquait le moyen qui lui paraissait le plus efficace, ou le plus diabolique pour détruire l'armée de Versailles, égorger les prêtres et les bourgeois, s'emparer de leurs dépouilles et se mettre en sûreté. Mais ce qui pourra surprendre le lecteur, c'est la conduite de la jeune femme en arrivant dans sa chambre. En effet, à peine eut-elle refermé la porte, que Laure se mit à genoux, non plus devant un Christ, mais devant cette porte. Là, l'œil dans le trou de la serrure, elle regardait, regardait encore l'un des nouveaux arrivés. « C'est lui, se disait-elle... Ah ! c'est bien lui... Merci, mon Dieu ! .. C'est bien cela : pose altière et ridicule, nez aquilin, yeux

démesurement ouverts, mains blanches dont il tire vanité et pour lesquelles il pose, comme du reste, il pose
pour chacun de ses membres ; les mêmes cheveux longs
relevés par derrière, la même barbe blonde soigneusement peignée... Oui, c'est bien là le prétendu curé
de ***. Le misérable ! si Dieu ne me soutenait en ce
moment, il me semble que je ne pourrais, malgré les
conséquences terribles qui devraient en résulter pour
moi, m'empêcher de courir lui cracher au visage...
Oh ! il faut que Marius soit bien infâme pour avoir de
pareils amis, pour tramer avec eux de semblables
complots !.. Et ma mère !!.. ô mon Dieu ! mon
Dieu ! »

Ce personnage vaniteux et froidement infâme dont
Laure reconnut aussi la voix, était né en 1840 ; soldat
au 101ᵉ régiment, il avait déserté en passant en Angleterre où il reçut les leçons de Karl Marx, chef de l'internationale ; rentré en France après l'amnistie du quinze
août 1869, il avait organisé ces réunions du Creusot
qui aboutirent à une grève formidable. Il sut échapper
aux poursuites dirigées contre lui, en passant de nouveau en Angleterre où il resta jusqu'à l'amnistie du
4 septembre. Nommé membre du comité central, il
s'était opposé à la reddition des canons, et avait présidé ce comité, du 19 au 26 mars. Il se nommait
Assi.

Le second personnage, de petite taille, à la barbe
longue et épaisse, au regard inquisiteur voilé par un
binocle, à la voix de tonnerre, était presque un gamin,
il n'avait pas encore vingt-et-un ans. Après avoir fait
ses études au collège de Versailles, il était venu suivre

le cours de médecine à Paris. Poursuivi à cause de ses attaques violentes contre la religion, notamment dans les réunions du Pré-aux-Clercs, l'avocat général demanda l'indulgence des juges pour cet enfant de vingt ans :

« Messieurs, dit le gamin, de sa voix de stentor, je ne veux pas de votre indulgence ; le jour où nous serons au pouvoir, nous ne vous en accorderons pas. » Ce petit monstre ne cessait de répéter que la terreur de 93 n'était qu'enfantillage. Il était préfet de police depuis le 18 mars, et se faisait appeler Raoul Rigault.

Le troisième personnage tournait le dos à Laure. Vous trouverez son portrait au physique et au moral dans *le Doigt du commissaire*. Il répondait au nom de Jean Legris.

— Je vous demande pardon, citoyens, dit la mère Noirot, de vous recevoir avec cette misérable toilette... Je me suis exercée tout le jour à tirer à la cible... Il n'y a qu'un instant que j'ai déposé l'habit militaire..

— Je vous aime dans cette tenue, citoyenne, répondit Rigault, et tout sans-culotte, homme ou femme, a droit à mon respect, à mon estime et à mon amour.... Mais, voyons, ne perdons pas de temps ; nous sommes ici pour délibérer... Commençons par le maître du logis : eh bien, Marius, à quel plan vous êtes-vous arrêté ?

— A celui-ci : lancer tous les hommes armés sur Versailles.

— Tous ?

— Sauf le bataillon de femmes que je forme, et dont

la citoyenne Noirot, ma belle mère, prendra, d'après vos désirs, le commandement.

— Que pourrait faire ce bataillon s'il prenait fantaisie aux hommes paisibles de se révolter ?

— Eh ! contre qui se révolteraient vos hommes paisibles ?.. Dès que les gardes nationaux seraient partis, notre bataillon féminin forcerait la Banque ; nous remplirions nos poches de notre mieux ; la citoyenne Noirot livrerait le reste au pillage, et pendant que nos amazones se disputeraient entre elles, ou se battraient avec les gens d'ordre, nous autres, munis d'excellents certificats et de passeports non moins excellents, nous prendrions les routes de Londres, de Bruxelles ou de Genève. Voilà mon plan.

— Il y a du bon, répondit Raoul, toutefois, il nous fait jouer un rôle bien court.... J'ai besoin de gloire, et surtout j'ai besoin de sang.

— Vos discours du Pré-aux-Clercs, dit Legris, me faisaient, en effet, penser que la calotte se sentirait de votre passage au pouvoir.

— Les gardes nationaux ne sont pas encore partis pour Versailles, ami Legris, et d'ici là je veux faire des cardinaux de tous les curés de Paris.

— Des cardinaux !

— De noire ou de violette leur soutane deviendra rouge. J'en jure par le diable...! Mais vous-même, citoyen Legris, quel plan avez-vous formé ?

— Mon plan est simple comme bonjour : nous sommes ici quatre personnes, sans vous compter, citoyen Rigault. L'un de ces jours, demain, ou bien encore samedi, premier avril, nous prenons des voitures à l'heure... elles sont rares, mais....

— Bon, après.

— Après nous parcourons les divers quartiers de la ville, et partout où nous apercevons quelques personnes réunies, nous descendons de voiture, nous approchons du groupe avec une figure patibulaire et laissons tomber gravement de nos bouches ces paroles à effet : « On vient de découvrir, dans un cabinet secret de l'église de N. le cadavre d'une jeune fille victime de la brutalité des prêtres.. Elle venait de rendre le dernier soupir... On frémit en songeant aux souffrances qu'a dû endurer cette pauvre enfant !.. son corps est couvert d'horribles plaies. »

— Pas mal trouvé, cent tonnerres ! dit Raoul en daignant sourire.

— On peut encore, ajouta le cytoyen Jean, jeter, par ci, par là, cette parole : « Je viens de voir, dans le couvent des Religieuses... les cadavres de petits enfants étouffés avant d'avoir vécu une heure... On les compte par douzaines.. J'ai vu également les instruments de supplice qui servaient à ces harpies pour torturer ces petits êtres, fruits de leur dévergondage. » Et le reste.

— Pas mal imaginé ! dit encore Rigault.

— J'en conviens de tout mon cœur, intervint Marius, mais je ne vois pas que le plan de mon ami Jean Legris puisse nous fournir les moyens d'aller vivre sans travail en Suisse, ou en Angleterre.

— D'abord, mon cher Joly, laissez-moi vous dire que je crois être dans le vrai en affirmant que vous n'avez pas plus que moi l'intention de quitter la France. Nos forêts morvandelles ont bien, après tout, leur agré-

ment et leur avantage. Il est si facile d'y jouer à cache-
cache... Où trouverez-vous ailleurs une eau limpide
comme celle qui descend de nos montagnes, et s'en va
en bondissant de cascade en cascades, abreuver nos
vertes prairies et alimenter les rivières de l'Yonne et de
Nièvre?

— Quant à l'eau, j'avoue qu'on peut en boire à go-
go dans le Morvand. Mais, comme je me suis habitué
au vin, et qu'il ne descend pas de nos montagnes, en
bondissant ou sans bondir, je voudrais bien ne pas y
retourner le gousset vide.

— Ni moi non plus, ami Marius.

— Oh! pour vous, on sait à quoi s'en tenir... vous
avez eu la chance de mettre la main sur une vieille marquise assez bien élevée pour n'avoir pas déguerpi sans
votre permission... tandis que moi...

— Arrivons au fait, intervint Rigault. Continuez, citoyen Legris, à nous développer votre plan.

— Eh bien donc, avant vingt-quatre heures, tout Paris saura que les églises, les couvents et les presbytères sont le théâtre de crimes épouvantables, et que
l'on peut y trouver...

— Vous pensez que l'on vous croira sur parole?

— Je connais mon monde, et j'ose affirmer que sur
cent personnes, il y en aura dix qui n'en croiront pas
un traître mot ; vingt qui douteront, et soixante-dix
qui seront assez stupides pour jurer, sur leurs têtes et
la tête de leurs enfants, que la chose est parfaitement
exacte.

— Après? nous perdons du temps, dit Raoul sur un
ton à désespérer les pédales d'un orgue.

— Après, la foule se précipitera vers les églises dé-
signées ; nos journaux viendront à la rescousse, et le
citoyen Rigault, en sa qualité de préfet de police et de
procureur de la Commune, devra intervenir et ordon-
ner une enquête.

— Avant toutes choses, j'ordonnerai l'arrestation des
curés, des aumôniers....

— A moins qu'on ne les massacre avant l'arrivée
de vos émissaires.

— Cela vaudrait tout autant, hazarda Mme Noirot.

— Non, dit Raoul : je veux voir ces hommes ram-
per à mes pieds.... Avant de répandre leur sang, je
veux les couvrir de boue, je veux les rassasier d'op-
probres... Est-ce là tout votre plan, Legris ?

— Ce qui me reste à dire est facile à deviner : le citoyen préfet de police nous fera nommer présidents de
ces enquêtes... Pendant que l'on fouillera d'un coté,
l'un de nous passera de l'autre, et enlèvera les vases
d'or et d'argent... Dans l'arrestation des prêtres, la
chose sera plus simple encore : le chef, qui sera toujours l'un de nous, laissera le curé et les autres habitants du presbytère entre les mains des gardes nationaux, tandis qu'il fera lui-même, assisté d'un seul
garde national, une perquisition sévère dans chacun
des appartements.

— Très-bien ! mille tonnerres ! mais pourtant....
— Quoi ?

— Ce garde national saura-t-il toujours se taire ?
Pourrez-vous lui fermer la bouche avec un peu d'or,
ou même avec beaucoup d'or ?

— Ce garde national sera discret nécessairement,

car ce sera l'un de nous. Si vous me nommez pour présider l'expédition, j'aurai soin de choisir, pour m'accompagner dans les appartements, ou Joly ou la citoyenne Noirot qui a le cœur de deux hommes, ou Assi...

— Moi, dit vivement le gréviste, moi, descendre au niveau d'un filou vulgaire ! vous vous méprenez, citoyen Legris... J'ai juré de faire triompher les plans de l'Internationale, c'est-à-dire d'anéantir prêtres, nobles et bourgeois... d'anéantir toute religion, d'anéantir Dieu lui-même, s'il est possible, ou tout au moins, de le chasser du cœur de l'homme... Mais, devenir un voleur de bas étage ! Fi donc ! Je garderai mon serment, et, pour assurer notre triomphe, j'emploierai tous les moyens imaginables : le mensonge, la ruse, la trahison, le fer, le feu, le poison...

— Et tout cela pour la plus grande gloire de Karl Marx... Ah ! si vous employiez le quart de cette énergie pour la gloire du Dieu de votre pieuse mère, quelle rude canonisation vous accorderait le vieux Pape Pie IX.

Cette gentille raillerie de M. Jean dérida tous les fronts, excepté celui du fameux gréviste qui continua :

— Nous avions pris *tous* l'engagement de mourir au besoin pour le triomphe de notre cause, et quand le moment favorable est venu, au lieu de trouver des hommes de dévouement et d'énergie qui consentent à oublier, pour un instant, leurs intérêts personnels, je rencontre des voleurs vulgaires qui veulent bien répandre le sang des prêtres et des riches, mais à la condition que ce sang ira fumer leurs terres.....

— Est-ce une insulte ? tonna Rigault.

— C'est un reproche, citoyen préfet de police.

— Vous êtes jaloux de mon autorité.

— Je suis indigné de votre conduite... Quoi ! vous pouvez, si vous le voulez, faire disparaître toute trace de tyrannie, renverser tous les trônes, briser tous les sceptres, noyer les riches dans leur sang, les étouffer dans la boue, ou les faire griller dans leurs cages, et vous ne voulez vous servir de la position que nous vous avons faite, que pour remplir vos poches et déserter, comme un lâche, le champ de bataille !

— N'as-tu pas dit : lâche ? hurla Raoul en bondissant.

— J'ai dit : lâche ! citoyen Rigault.

— Tu vas, et de suite, retirer ce mot.

— Quand tu auras renoncé à tirer ton épingle du jeu... Jamais avant.

— Tu veux la guerre ?

— Comme il te plaira.

— Je t'écraserai comme un ver de terre.

— Je t'avertis que la perquisition de tes émissaires ne t'enrichera que médiocrement : il n'y a, chez moi, ni vases d'or, ni vases d'argent ; c'est à peine s'ils pourront trouver de quoi te payer une bouteille de champagne et un londrès.

— Assez ! Je ne me laisserai pas railler par un méchant ouvrier que l'ambition dévore.

— Et moi je ne me laisserai pas dévorer par un gamin de bourgeois, qui trahit ses frères pour arrondir ses mollets.

— L'un de nous deux est de trop dans cette réunion.

— Sur ce point, je suis parfaitement de ton avis.

— Tu n'y reparaîtras plus.

— Je ne sais, toutefois, sois assuré que ta défense ne sera pour rien dans ma détermination.

— Trêve de plaisanteries ! Il faut que l'un de nous deux disparaisse à tout jamais... Quelle est ton heure ?

— Celle qui te conviendra.

— Demain, au coucher du soleil..... Tes armes ?

— Toutes, à partir du canon, ou de la mitrailleuse, jusqu'au canif, ou à l'épingle inclusivement... Choisis.

— Je choisis le poignard.

— Va pour le poignard... Le lieu ?

— Cette chambre.

— Non, car l'un de nous deux ne doit pas y rentrer.

— C'est juste... Chez moi, alors.

— Pas davantage, car je ne veux pas être assassiné.

— Misérable coquin !... Choisis toi-même.

— Aux buttes Chaumont, près des abattoirs généraux.

— Soit, le sang des veaux purifiera celui de l'âne.

— J'y avais pensé. C'est à mort, bien entendu, petit gamin.

— Cela va de soi... Tes témoins ?

— Urbain et Billioray... Les tiens ?

— Verdure et Ferré.

— C'est entendu... Sur ce, je vous tire à tous ma révérence.

Dès que la porte se fut refermée sur Assi, le procureur de la commune reprit, comme si de rien n'était, la conversation, un moment interrompue par cet incident, qui semblait, du reste, le laisser à peu près calme.

— Que pensez-vous, demanda-t-il à Marius, du plan du citoyen Legris ?

— Il me paraît maintenant admirable.

— Et vous, citoyenne Noirot, quel est votre avis ?

— Le plan est bon, mais.....

— Mais, quoi ?

— Si l'on pouvait prendre l'or et l'argent des curés sans les tuer, ou même les arrêter...

Marius s'agitait sur sa chaise, comme pris d'une colique subite.

— Auriez-vous des amis parmi les calottins, citoyenne ? demanda Raoul en fixant la femme-soldat dans le blanc des yeux.

— Moi ! s'empressa de répondre la mégère, si j'étais l'amie des curés, vous ne me verriez pas dans cet accoutrement... Du reste, je ne serais pas ici.

— Mais, alors ?

— Que voulez-vous, mon cher citoyen ?... On est femme, on a du cœur... Vous le croirez, si vous voulez, mais c'est une vérité toute pure que, pendant plusieurs années, je me suis sentie incapable de saigner un poulet : la vue du sang me faisait tomber en pamoison... J'ai le cœur d'une sensibilité...

— Comme Robespierre.

— Absolument, répondit Marius : ma belle-mère a connu les deux extrêmes ; elle se pâmait autrefois à la vue du sang d'une carpe, elle mangerait aujourd'hui le cœur d'un prêtre ou d'un riche à la croque-au-sel. Je l'ai vue, tout à l'heure, s'exercer, non pas seulement à faire le coup de feu, mais aussi à faire de l'escrime et à crever adroitement une bedaine sans endommager la montre ou le porte-monnaie... Tenez pour certain qu'elle est des nôtres, et, comme vous et moi, citoyen

10

préfet de police, elle approuve et admire le plan de l'ami et compatriote Jean Legris.

— N'insistez pas. Je me connais en femmes, et je crois ne pas me tromper, en pensant que la citoyenne Noirot saura, sans sourciller, embrocher les ennemis du peuple.

La mégère sourit en faisant à Rigault une petite révérence de remerciement.

— Vous êtes tous les trois des Morvandeaux ? reprit Raoul. Ne connaîtriez-vous pas deux *quidam* qui viennent se mettre à ma disposition : l'un pour les écritures et les places les mieux rétribuées, l'autre pour le poignard et les écus, comme il dit.

— Vous les appelez ?

— Le premier : Loison ; le second : Gouthiérat.

— Je les connais assez pour vous renseigner sur leur compte, répondit Marius... Mais, avant tout, je dois vous dire qu'il serait bon de leur taire ma présence à Paris.

— Coquin ! vous avez fait là-bas des fredaines qui vous mettent mal à l'aise en présence de ceux qui en furent les témoins ?

— Je ne redoute rien pour le passé, mais... Je me dispose à faire, en votre compagnie, des choses qu'il serait bon de cacher aux indiscrets qui vont retourner à Beauval.

— Je comprends : ces hommes ne sont pas *sûrs*.

— Loison est un maître d'école qui pourrait peut-être vous rendre des services dans les bureaux. Toutefois si vous pouvez vous en débarrasser honnêtement...

— Honnêtement ! Je vais lui faire dire que s'il se représente devant moi, je lui fais laver la cervelle avec du plomb.

— Ce n'est pas un mauvais homme. Mais...

— Mais, vous l'aimeriez autant au diable qu'à Paris, car vous avez l'intention d'aller manger à Beauval le poisson que nous allons pêcher ensemble, et vous ne voudriez pas qu'on vienne troubler votre digestion en vous parlant de la rivière où s'est faite la pêche miraculeuse.

— Vous avez deviné, mon cher procureur.

— Et l'autre ?

— Nicaise Gouthiérat est une sorte de brute qui frappera à tort et à travers, sans demander pourquoi, et sans savoir si ses coups doivent avoir d'autres résultats que de faire couler du sang.

— Il est hardi ?

— Comme tout brigand qui ne soupçonne de danger nulle part.

— Combien vend-il ses coups de poignard ?

— Il vous en donnera une douzaine pour une bouteille de vin, et il en mettra quinze à la douzaine.

— Diable ! c'est précieux.

— Voyez si vous pouvez en tirer parti... Mais, je vous en prie, ne lui parlez pas de moi, et surtout ne lui donnez pas mon adresse.

— Je vous le promets... Eh bien, essayons-nous du plan de Legris ?... Pour mon compte, j'avoue qu'il a mon approbation, et je le crois très-facile à réaliser.

— Parlez, maître, nous sommes à vos ordres.

— Eh bien, parcourez demain les principaux quartiers de la capitale, et faites savoir à ces imbéciles.... A propos, il faut bien vous donner garde de dénoncer tout le monde à la fois, car vous ne pourrez pas vous trouver partout à la même heure, et il importe que vous présidiez à toutes les perquisitions... Si vous commenciez par l'archevêché ?

— Il doit y avoir gras de ce côté-là, répondit Marius.

— Et puis, je voudrais tenir un instant le citoyen Darboy sous ma coupe.

— Il mérite cet honneur, dit Jean Legris.

— C'est arrêté. Après ?

— Après, répondit le progressiste, j'ai entendu affirmer que l'église St-Laurent renfermait des trésors immenses.

— Et moi, dit la mère Noirot, je sais de source très-certaine que les caves de Picpus regorgent de louis et de napoléons d'or.

— Eh bien, mes amis, commençons par l'archevêché, Saint-Laurent et Picpus... Nous verrons ensuite.

— A quand l'expédition ?

— Faites courir les bruits demain et après-demain... Je vais voir Rochefort qui ne me refusera ni la publicité de son journal, ni l'aide de sa plume. Lundi, 3 avril, je vous délivrerai un mandat d'amener contre Georges Darboy, soi-disant archevêque de Paris ; et, le mardi 4, vous irez lui présenter vos hommages..... Est-ce entendu ?

— Parfaitement.

— Eh bien, à revoir.

Il ne restait plus que Jean Legris.

— Laure n'aurait-elle pas écouté notre conversation ? demanda Marius à sa belle-mère.

— Je le crains, répondit la Noirot, mais, après tout, qu'importe ?... Elle ne peut pas nous être utile, c'est vrai, mais elle est incapable de chercher à nous nuire. Je vais voir si elle dort.

La mégère trouva sa fille étendue, tout habillée, sur son lit.

— Elle dort les poings serrés, dit-elle en revenant; au lieu de chercher à écouter, comme nous aurions fait vous et moi, elle s'est bouché les oreilles, afin de ne pas entendre des conversations qui lui portent sur les nerfs. Il faut tenir compte de l'éducation que lui ont donnée les Laurent de Beauval.

— Les misérables ! Ils paieront cher leur infamie.

— Vous paraissez soucieux, mon cher Joly.

— Mon cher Legris, je suis vivement contrarié de l'altercation qui vient d'avoir lieu entre Rigault et Assi... Assi est un homme de cœur qui ferait notre fortune à tous, si les événements réussissaient, et ils réussiraient sûrement si tous avaient son intelligence et son énergie.

— Et vous croyez que Rigault va lui faire passer l'arme à gauche ?

— Ah ! ah ! ah ! mon pauvre Jean, que vous connaissez peu votre monde ! Raoul Rigault qui voudrait, nous disait-il ce matin, manger un cœur d'évêque ou de curé à chacun de ses repas, et il le ferait comme il le dit, Raoul Rigaul ne s'est jamais battu qu'avec sa langue, et il ne se battra jamais autrement.

—Mais, le duel de demain ?

— Ce duel n'aura pas lieu, tenez-le pour certain.

—Ce sont deux lâches !

— Non, il n'y en a qu'un. Assi a fait ses preuves.

— Mais alors...

— Alors, Rigault, en sortant d'ici est allé trouver quelques intimes comme Urbain, Champy, Jourde, Grousset, Ferrat, Régère ou d'autres... Ils signeront un mandat d'écrou contre leur confrère, et, demain, Assi, tout membre de la Commune qu'il est, sera bel et bien mis en prison.

— Rigault est vraiment un habile homme, malgré sa jeunesse.

— Je le connais, et je ne crois pas que le soleil puisse éclairer deux scélérats de cette espèce dans un même siècle.

— Il faudra veiller au grain avec ce particulier.

— Il peut, en quelques jours, nous rendre riches à millions... Mais, il peut aussi, si son caprice l'y pousse, nous faire larder à coups de poignard avant vingt-quatre heures.

— Et vous hasardez...

— Je tente la chance. Jusqu'ici, nous avons ses faveurs; profitons-en de notre mieux. Si, plus tard, ce petit Jupiter fronce les sourcils, nous transporterons nos pénates ailleurs.

— Que pensez-vous de mon plan?

—Admirable !

— Pourvu que les magots n'aient pas encore été mis en sûreté.

— Il faut bien l'espérer... Vos poches ont-elles un **double fond?**

— Malin ! Et les vôtres ?

— Ma foi, mon cher, il me semble qu'alors même que Rigault n'aurait que la petite part, il n'y aurait rien à dire... Il a tant d'autres moyens de se graisser les pattes.

— C'est juste... Et puis, il s'expose moins que nous.

— Vous pensez qu'il y aura quelque résistance ?

— Qui sait ? On a vu des calottins assez infâmes pour décharger leur révolver sur les pauvres diables qui allaient fureter dans les presbytères.

— C'est vrai qu'ils sont capables de tout.

— Nous prendrons nos précautions, intervint la mère Noirot.

— Il vous faudra de fameuses poches, dit Marius à Legris, pour dérober aux regards de Raoul les ostensoirs et les calices.

— J'ai une fonderie à ma disposition, et cette fonderie se trouvera toujours sur le chemin de l'église, ou du presbytère dévalisé à l'Hôtel-de-Ville.

— C'est un vrai miracle. Bravo !

— A demain, car ma femme n'aime pas à attendre. Citoyenne Noirot, si vous ne venez pas sous peu voir ma petite moitié, mous ne serons pas longtemps de bons amis.

— J'irai dès que mon costume sera au complet.

— Et il y manque encore...

— Les bottes, citoyen.

Le lendemain matin, quand Marius fut sorti, la vieille mégère, s'approchant de sa fille, lui dit en minaudant :

— Eh bien, Laure, j'espère que la nuit et la réflexion

t'auront rendue sage... Tu vas aller trouver M. le curé de ***, n'est-ce pas, mignonne?

—Oui, maman, répondit Mme Joly, je pars de suite.

Et la jeune femme sortit en effet, suivit la rue Chapon jusqu'à la rue St-Martin, et se prit à marcher rapidement du côté de la Seine.

CHAPITRE XIII

En omnibus.

Dès que la mère Noirot, placée à la fenêtre, eut aperçu sa fille tournant à gauche, dans la rue Saint-Martin, elle referma la croisée, ouvrit un buffet, en retira une bouteille d'eau-de-vie, l'éleva à la hauteur de l'œil pour inspecter le contenu, approcha le goulot de ses lèvres, fit faire la bascule au contenant, pompa en fixant les yeux au plafond, laissa retomber brusquement le gros bout de la fiole, essuya, avec la main gauche, quelques gouttes de liqueur qui coulaient sous le menton, et deux larmes qui perlaient dans les yeux ; éleva de nouveau le contenant, constata que le contenu avait sensiblement diminué, replaça le tout dans le buffet, et se prit à réfléchir tout haut :

« Ça marche, se dit-elle en regardant dans la glace, ça marche, ça marche.... La petite elle-même se décide enfin à nous aider... Marius, c'est vrai, m'a tiré une fameuse carotte avec sa donation de cent mille francs,.. L'animal ! il n'a jamais eu cent mille liards en sa posses-

10.

sion...Mais à tout péché miséricorde... Puis, il est aimable, intelligent, audacieux... Ce n'est pas lui qui me marchandera les parties de plaisir, dès que nous aurons de l'or... Ça marche ! Ça marche !... Si l'on me laisse, comme depuis deux jours, la surveillance du magasin d'habillement, j'aurai, en moins de trois semaines, un petit magot que je ne pourrais pas troquer, sans perte, avec la meilleure ferme de Beauval... La petite va nous apporter cinquante mille francs... Pauvre diable de curé ! Comme il va se trouver surpris d'une semblable demande... C'est un peu fort tout de même.... Mais, bah ! Puisqu'il est décidé qu'ils doivent tous mourir par le fer, ou par le feu et que leurs biens doivent revenir à l'Etat, nous ne lui faisons aucun tort à ce cher M. le curé... Que son argent, s'il en a, tombe entre les mains de Pierre ou de Paul, il n'en sera ni plus riche, ni plus pauvre.... La saisie des caisses de tabac et d'assurances que nous allons faire ce soir, nous rapportera, si la chose réussit, dix à quinze mille livres de rente.... C'est Marius qui le dit, et, ma foi ! il sait compter celui-là.... L'arrestation de l'archevêque, des curés et de quelques richards.... Ah ! j'ai bien peur que cette vilaine fouine de Jean Legris ne s'annexe ce qu'il y aura de plus précieux... Il est si peu délicat... Et sa femme donc !... Si je n'avais pas reçu une éducation un peu chouette, il y a du temps que j'aurai posé mon poing sur sa... bouche... C'est égal j'aurai l'œil ouvert, et nous verrons les plus malins.... Ça marche ! Ça marche !... Laure ne voudra pas nous accompagner, ce soir, aux caisses d'assurances... Mais ce n'est pas dommage, elle n'aurait par la force de tenir un fusil, et puis, elle danserait, dans un habit de garde national, comme un petit verre de rikiki dans une futaille de Bordeaux... Du reste, avec les cinquante mille francs qu'elle va nous apporter, nous ne serons pas en peine de trouver quelqu'imbécile qui, moyennant un napoléon, sera tout heureux et tout fier de tenir la chandelle pendant que nous trierons les billets de banque... Ça marche ! Ça marche !... Tout irait pour le mieux, sans ces diables de scrupules que je ne puis chasser entièrement... Les larmes de Laure m'émeuvent encore. Je devrais pourtant y être habituée : elle en a versé, depuis six mois, à faire tourner deux ou trois moulins... Ce que c'est que la première éducation... Les suites en sont toujours très-durables... Il sera difficile de faire oublier à cette pauvre enfant les leçons de Mme de Beauval... Et moi-même, comme je commençais à me plaire dans mon esclavage.... Ils ont des paroles si mielleuses ces nobles et ces riches !... Heureusement que Marius s'est trouvé sur mon chemin pour m'ouvrir les yeux, et me démontrer que les biens et les plaisirs de ce monde appartiennent aux plus forts et aux plus rusés.... Et pourtant... ce que c'est que d'être trop sensible... J'ai bien peur de ne pas avoir assez de courage pour l'aider dans son dessein de détruire la famille de Beauval... Malgré tout le mal qu'ils ont fait à Laure en lui donnant une éducation qui la rend insoumise, je me sens encore un faible pour ces gens-là... J'ai décidément le cœur beaucoup trop sensible. »

Et pour fortifier ce cœur trop sensible, la mère Noirot revint au buffet, et... finit par s'étendre à côté de son chassepot.

Pendant que sa mère pompait et MONOLOGUAIT, Laure descendait d'un pas rapide, la rue Saint-Martin. Arrivée près de l'église Saint-Méry, elle s'arrêta quelques secondes, semblant hésiter ; puis elle entra résolûment, fit une courte prière et vint au suisse auquel elle demanda :

— Voudriez-vous me dire où se trouve l'archevêché ?

— Vous ne connaissez pas Paris ?

— Non, Monsieur.

— Ah ! ma petite dame, c'est que l'archevêché n'est pas près d'ici, et je ne sais trop si vous pourrez le trouver avec les renseignements que je vais vous donner.

— Soyez assez bon, Monsieur, pour m'indiquer à peu près ; plus loin je prendrai de nouveaux renseignements.

— Ayez soin, madame, de ne pas vous adresser au premier venu : les amis de l'archevêché sont suspects.

— Je prendrai des précautions.

— Du reste, je vais vous indiquer un chemin qui n'est pas tout à fait le plus court, mais qui est très-facile et vous dispensera d'avoir recours à des gens inconnus : vous allez descendre jusqu'à la Seine.

— Très-bien.

— Vous descendrez encore la rive droite jusqu'au Pont-neuf.

— Bien.

— Vous passerez sur la rive gauche ; là, vous prendrez à droite, suivant toujours le quai jusqu'à la rue du Bac

— Je comprends.

— Vous suivrez cette rue jusqu'à celle de Grenelle-St-Germain.

— Bon.

— Vous suivrez, à droite, cette nouvelle rue jusqu'au bout.

— Et puis ?

— Et puis vous serez arrivée : la dernière maison, c'est précisément l'archevéché.

Laure remercia le suisse, s'agenouilla de nouveau devant le St-Sacrement, jeta les yeux sur l'image de Marie en lui recommandant sa démarche, et se disposait à sortir quand le suisse revint à elle et lui dit :

— Tenez, Madame, croyez-moi, n'allez pas vous fatiguer et vous exposer à des accidents, alors que vous pouvez éviter l'un et l'autre moyennant quelques sous : prenez l'omnibus des Invalides ; il vous descendra à la porte même de l'archevêché.

— C'est là une bonne pensée dont je vous suis très-reconnaissante.. Priez pour moi, je vous prie.

— Oh ! bien volontiers, madame, car vous me paraissez inquiète et souffrante.

Laure suivit le conseil du suisse de St-Merry ; elle prit l'omnibus où elle fut à la fois surprise et quelque peu effrayée en reconnaissant Jean Legris, en compagnie d'une femme qu'elle pensa être la sienne. M. Legris, heureusement ne reconnut pas M\u1d50\u1d49 Joly qui se garda bien de lier une conversation qui aurait pu réveiller les souvenirs de l'ami de son époux, car, nous l'avons dit, Laure était avec sa mère quand, la veille, étaient arrivés chez elle Assi, Rigault et Jean Legris.

La jeune femme ferma les yeux, ou à peu près, mais elle laissa ses oreilles ouvertes, et prit un intérêt véritable à la conversation que tenaient, à demi-voix, les Legris.

— Sais-tu bien, Jean, que si j'étais à la *Grangerie*, je ne chercherais pas à rentrer dans la capitale.

— Tu es une poltronne.. tu me fais honte.

— Je comprends ça pour ceux qui n'ont rien... mais nous, Jean, pourquoi nous exposer ? Nous sommes riches.

— J'ai juré de laisser, en mourant, un million pour élever des statues à tous les assassins des rois et des prêtres, et je n'ai encore que la moitié de cette somme.

— C'est pas ça qui te tient, mon Jean rusé...

— Qu'est-ce que tu vas dire ?

— Je vas dire que tu voudrais bien avoir des affaires d'or sur tes manches et ton képi, et une affaire rouge tout autour de ton ventre.

— Est-ce que tu serais fâché de me voir quelque chose ?

— Oh ! non, va, mon Jean, il y a si longtemps que je te vois rien du tout... Et moi, est-ce que je pourrai devenir quelque chose ?

— Difficilement. On n'arrive, sous le règne de la Commune, que par l'audace et la ruse. Or, ma bonne amie, tu es bête comme deux cornichons, et tu trembles comme trois ou quatre fiévreux.

— Pardienne ! tu voudrais que je m'allasse habiller en garde national pour tirer des coups de fusils... Est-ce que c'est fait pour les dames, ces affaires-là ?

— J'étais hier au soir chez Joly... Tu sais ?

— Marius ?.. Le Beauvalois qui vient chez nous ?

— Oui.

— Eh ben ?

— Eh bien, ma petite, je veux que tu fasses connais-

sance avec sa belle-mère... Tu verras qu'une femme
de cœur peut manier un fusil tout aussi bien qu'un
homme... La mère Noirot, c'est son gendre qui me l'a dit,
joue déjà de la bayonnette comme un vieux troupier,
et il lui tarde, dit-elle, d'embrocher les curés et les
bourgeois.

— Et tu crois qu'il y en aura beaucoup comme elle ?

— Je viens de voir Marius, il n'y a qu'une demi-
heure. Il m'a affirmé que plusieurs milliers de femmes
s'étaient fait inscrire en quelques heures, et que toutes,
sans exception, demandaient à courir au combat...
Marius vient de commander, pour elles, dix mille paires
de bottes.... C'est pour lui un bénéfice de cent mille
francs.

— Bah ! Jean... comment ça ?

— Il n'en livrera que cinq mille... a vingt francs
par paire, c'est cent mille francs pour le bottier.

— Eh ben

— Eh bien, comme il a reçu deux cent mille francs
pour dix mille paires, il lui restera juste la moitié de
la somme. C'est, ma foi, un joli denier pour le citoyen
Joly... Et ce n'est pas tout : Il va se présenter des
femmes de plus en plus, et les bénéfices de Marius vont
grossir de jour en jour... Voilà ce que c'est d'avoir
une belle-mère qui...

— C'est donc-z-elle qui lui a valu cette place ?

— Elle est nommmée commandant, et, ma foi, tu
penses bien qu'on lui accorde tout ce qu'elle demande.

— Ce sont surtout des filles et des veuves qui s'en-
rôlent dans son bataillon ?

— La plupart sont mariées ; il y a plus : quelques

unes sont enceintes, et beaucoup ont des enfants à la mamelle.

— Mais, les mioches, Jean, qu'est-ce qu'elles en font ?

— Tu sais bien ce que dit la chanson :

> « Ma femme me dit, en colère :
> « J'ai quatre enfants sur les bras.
> « Je lui dis : *mets*-les par terre,
> « Ils ne te fatigueront pas. »

— C'est vrai que ça doit-z-être furieusement embêtant d'avoir des marmots.... J'aime mieux un petit chien.

On arrivait près de l'hôtel de la Monnaie. L'omnibus fit une halte de trois minutes, pendant laquelle quelques personnes descendirent et d'autres prirent place. Legris et sa grise firent tout à coup et simultanément un soubresaut qui ne put échapper aux regards de Laure. Les yeux de ses deux voisins étaient fixés sur un jeune homme de quinze à seize ans qui venait de s'asseoir en face d'elle. Ce nouvel arrivé n'était ni gros, ni grand, mais il paraissait vif et dégagé, et son œil révélait une grande intelligence et une rare énergie.

— Tiens ! dit Legris en s'adressant à sa femme, c'est ce polisson de Cadet Lachique.

— Tiens ! répondit vivement le jeune homme, c'est ce scélérat de Jean Legris en compagnie de sa guenon.

— Aurais-tu envie de faire connaissance avec ma canne, petit drôle ?

— Je sais, par expérience, que vous en êtes très-capable, grand drôle.

— Je vais le soigner ton Gaston... attends seulement quelques jours

— N'en jurez pas ; je vous crois sur parole : vous avez fait vos preuves.

— Tu n'as rien vu jusqu'ici, mon petit ramoneur... Ce qui s'est passé là-bas n'était que jeu d'enfants.

— Je vous sais capable de vouloir toutes les infâmies... mais je crois que vous exagérez votre puissance.

— Si tu retournes à Marigny, ce qui n'est pas probable, tu pourras dire aux habitants du *Villars* qu'ils me doivent une grosse chandelle, car j'ai fait arriver Gaston dans le paradis par le chemin le plus court... ah ! ah ! ah !

— Oh ! ne ricanez pas tant, et ne vous frottez pas si vite les mains ; M. Gaston Bernard, Dieu merci, n'est pas encore livré à votre rage.

— Ah ! tu crois !

— J'en suis sûr.

— Tu l'as vu ?

— Ça ne vous regarde pas.

— Je l'écraserai, et toi avec lui, petit polisson.

— C'est ce que nous verrons, grand scélérat.

— Ah ! tu veux le voir. Eh bien..., Voyons : demain, c'est samedi, et je serai occupé... lundi et mardi je serai retenu... Eh bien, oui, car il faut en finir : Viens après-demain, dimanche des Rameaux, à la Roquette, et je te montrerai comment, sous la Commune, on fait baiser la terre aux amis de la calotte.

— A quelle heure ?

— Six heures du matin.

— J'y serai.

— N'oublie pas d'apporter des rameaux... c'est moi qui donnerai la bénédiction.

— C'est, en effet, après-demain, le dimanche des Rameaux. Vous ne m'en verrez probablement pas à la prison, mais vous pourrez m'en voir à l'église, s'il vous prend envie d'y aller.

— A l'église! ricana Mme Legris.

— Oui, sans doute, à l'église, et si vous n'aviez pas oublié de prendre ce chemin, vous seriez peut-être un peu moins habile à fabriquer le poison, mais l'Anglaise serait encore de ce monde [1].

Jean Legris portait, avec rage, la pomme de sa canne dans la figure de Cadet Lachique, quand Laure, se dressant vivement pour protéger le jeune homme, reçut le coup dans le bras droit. La douleur fut si vive que la jeune femme ne put contenir cette exclamation : Vous êtes un misérable, Monsieur, de vous attaquer ainsi à un enfant.

Le jeune homme était pâle d'émotion et de colère....

— Oh ! Madame, dit-il en fermant les poings, vous ne seriez pas la première femme qu'ils auraient assassinée.

Comme le contrôleur intervenait, Legris lui ferma aussitôt la bouche en exhibant un tout petit bout de papier où se trouvait la signature de Raoul Rigault. Et le couple sortit pour se mêler aux nombreux désœuvrés qui faisaient de la politique devant le palais d'Orsay, et leur débiter les fables qui devaient aboutir au pillage des églises et à l'arrestation des prêtres.

[1] Voir *Doigt du Commissaire.*

— Je suis désolé, Madame, dit tout aussitôt Cadet, que vous ayiez reçu le coup que me destinait ce malandrin. Je serais bien heureux s'il m'était un jour permis de vous donner des preuves de ma reconnaissance.

— Ce n'est rien... Et je suis bien contente de vous avoir épargné le coup que vous portait cet homme.... Vous semblez le connaître tout particulièrement ?

— Il y a trois ans que je le connais, Madame, et depuis ce temps, je l'ai toujours vu le même, c'est à dire tout ce qu'il peut y avoir de plus scélérat sous la calotte des cieux.

— Pourquoi avez-vous donc quitté votre pays, pour venir dans la capitale en un temps si mauvais ?

— Par reconnaissance, Madame.

— Comment cela ?

— Voici : Ce Legris, que vous venez de voir, sous prétexte de travailler au bonheur des ouvriers et des laboureurs de Marigny, a fait un grand nombre de malheureux en ruinant les uns, pervertissant les autres, semant la discorde dans les familles, irritant l'ouvrier contre le cultivateur et le bourgeois, calomniant les prêtres, les religieux et tout ce qu'il y a d'honnête dans le pays, empoisonnant même une certaine dame et conduisant à la folie et à la mort une famille tout entière.

— Quel homme, mon Dieu !

— Ah ! Madame, ces méfaits ne sont que peu de chose en comparaison de ce qu'ils auraient été sans l'intelligence et le dévouement de M. Gaston Bernard, commissaire de police de Marigny...

— Vous me disiez que la reconnaissance vous avait amené à Paris.

— Voici, Madame : M. Gaston m'avait pris en affection, et il me donna le meilleur des pères dans la personne de M. le curé de Marigny, alors que je me trouvais, à douze ans, sans parents, sans asile, sans vêtements et sans pain.

— C'était bien de sa part, et c'est pour vous un devoir de ne pas oublier ce bienfait.

— Oublier ! oh ! jamais, Madame... si je suis à Paris c'est précisément pour prouver à M. Gaston et à sa famille que je n'oublie pas.

— Comment cela ?

— Quand les Prussiens se sont avancés vers Paris, M. Gaston Bernard a quitté son poste de commissaire de police pour se faire soldat. Blessé au Bourget, il dut entrer à l'hôpital. Dès que les troubles du 18 sont survenus, il a voulu, malgré sa faiblesse, retourner dans sa famille. Hélas ! il avait compté sans Legris qui accourut bien vite pour pêcher en eau trouble, et obtint des chefs, qui sont ses amis, un mandat d'arrêt contre M. Gaston... Je n'avais pas encore pu découvrir sa prison. Dieu, merci ! le monstre vient de me la nommer lui-même : C'est la Rouquette.

— Non pas Rouquette, mais Roquette.

— Roquette... Merci, Madame, je n'oublierai pas ce nom.

— Et quelle est votre intention ?

— C'est de délivrer mon bienfaiteur, Madame.

— Mais, pauvre enfant, vous n'y songez pas : Une compagnie, ou même un bataillon de soldats aguerris n'oserait pas entreprendre de forcer la Roquette.

— Je pense bien que la chose doit être difficile... Mais, il y va de la vie de mon bienfaiteur. Vous venez de l'entendre, ce misérable assassin veut en finir après-demain avec M. Gaston... Dieu m'aidera, Madame.

— Pauvre enfant ! vous allez, sans aucun profit pour votre bienfaiteur, vous exposer vous-même.

— Oh! je sais parfaitement que je suis destiné à mourir comme M. Bernard.. Jean Legris ne m'a parlé de la Roquette que pour m'engager à m'y rendre ce soir ou demain, et me faire tomber entre les mains de quelques hommes auxquels il va donner de suite l'ordre de m'arrêter, ou de me tordre le cou.

— Et cette crainte ne suffit pas pour vous décourager?

— Rien au monde, Madame, ne saurait me décourager. Sans M. Gaston je serais peut-être mort de faim ; il a sauvé ma vie, je sauverai la sienne, ou je mourrai avec lui.

Laure était dans l'admiration. Il y avait si longtemps qu'elle n'avait trouvé de nobles cœurs.

— Où êtes-vous logé? demanda-t-elle, avec intérêt, à Cadet Lachique.

— Il n'y a encore que deux jours que j'ai réussi à pénétrer dans Paris. J'en ai passé une grande partie à surveiller les démarches de Legris que j'ai découvert dès le premier jour, et à chercher dans quelle prison se trouvait mon bienfaiteur.

— Et vos nuits?

— Je n'ai quitté les traces du progressiste que lorsqu'il était rentré chez lui et que la lumière de sa chambre à coucher était éteinte. Je passe le reste de la nuit sous un pont qui est tout près de Notre-Dame-C'est, je crois, le moins éloigné de la maison qu'habitent les Legris.

— Dans quelle rue demeurent-ils?

— Rue de la Verrerie.

— Mais, pauvre enfant, pourquoi n'allez-vous pas coucher dans un hôtel? Est-ce que vous n'avez pas d'argent?

— Dieu merci! Madame, j'ai ce qui m'est nécessaire pour aller à l'hôtel, mais je crains que l'on me suspecte et que l'on m'arrête pour une raison, ou sous un prétexte quelconque. Or, je ne voudrais pas être arrêté avant d'avoir délivré M. Gaston Bernard.

— Ne regrettez-vous pas d'avoir fait la rencontre de ce Legris et de sa femme?

— Je le regrette d'autant moins que je ne suis monté en omnibus que parce que je l'avais vu monter lui-même. Il ne me restait que ce moyen à employer pour connaître la prison de mon bienfaiteur... Je n'ai plus que faire ici; je vais donc descendre et retourner en arrière pour surveiller le malandrin... Je vous remercie de nouveau, Madame, de l'intérêt que vous me portez, et, une fois encore, je regrette que vous ayez reçu le coup de canne qui m'était destiné. Si vous avez besoin de Cadet Lachique...

— Merci! merci!.. Je vous souhaite une heureuse réussite, et je vous promets de prier la Sainte-Vierge pour vous et pour votre bienfaiteur.

Trois minutes après le départ de Cadet Lachique, Laure entrait à l'archevêché.

— Je voudrais voir Monseigneur, dit-elle, au concierge.

— Mgr Surat?

— Mgr l'archevêque.

— Il ne reçoit pas à cette heure... Du reste, il est très-occupé en ce moment.

— Oh! je vous en prie, Monsieur, veuillez lui dire que j'ai besoin, grand besoin de lui parler.

— Je vous répète.....

— Il y va de sa vie, et aussi de la vôtre.

— ... Attendez un instant, Madame, je vais voir s'il n'y aurait pas possibilité de vous introduire.

Le bonhomme revint immédiatement avec une décision favorable. Laure entra.

— Vous avez à me parler, mon enfant? lui dit le prélat.

— Oui, Monseigneur... Je viens... Mon Dieu! comme je suis saisie!

— Remettez-vous, ma fille, et ne craignez pas.

— Monseigneur, on va venir vous arrêter.... pour vous mettre en prison..... Et peut-être....

— Et peut-être me fusiller, voulez-vous dire?

— Oui, Monseig.....

— Dieu merci! chère enfant, nous n'en sommes pas encore là.... Comment savez-vous qu'on doit venir m'arrêter?

— La chose est conclue d'hier au soir.

— Par qui cette chose a-t-elle été conclue? Quel est l'homme qui a décidé mon arrestation?

— C'est Raoul Rigault, Monseigneur, et trois autres personnes qui m'ont tout l'air de ne pas le valoir.

— C'est par ouï-dire que vous connaissez cette décision?

— J'ai entendu porter l'arrêt de mes propres oreilles.

L'archevêque regardait Laure sans répondre. Elle continua :

— Raoul Rigault délivrera le mandat d'arrêt lundi prochain, et le lendemain, mardi saint, Votre Grandeur sera conduite, avec tout le personnel de l'archevêché, devant le tribunal du procureur de la Commune, et de là, à la Roquette.... ou, peut-être.....

— Oui, oui, je comprends.... On sait que vous êtes dévouée à la religion, et l'on aura voulu vous effrayer.

— Monseigneur, personne ne sait que je suis au courant de l'arrêt porté, hier soir, dans ma propre maison, et sous mes yeux....., les coupables ne me savaient pas présente.

— C'est bien, mon enfant; votre promptitude à nous mettre au courant de ce que vous avez entendu, me prouve que vous avez un excellent cœur, et le bon Maître que nous avons au Ciel, et sans la permission duquel un seul cheveu ne saurait tomber de nos têtes, vous récompensera de votre bonne volonté et de votre sainte démarche... Je ne crois pas les hommes de la Commune aussi méchants qu'on le dit.

— Oh ! Monseigneur, je vous en prie, ne vous y fiez pas, ils sont méchants, bien méchants.

— Les enfants intrépides qui jouent au soldat, se laissent effrayer au seul bruit que fait en courant une petite souris.

— Ils parlent d'assassiner, de fusiller, de saigner, ou même de faire rotir les prêtres comme d'une chose très-ordinaire, et à laquelle ils sont habitués.

— C'est pour vous effrayer et rire à vos dépens, qu'ils parlent ainsi, croyez-moi, ma fille.

— Monseigneur...

— Je ne pense pas qu'on vienne m'arrêter, mais alors même que la chose aurait lieu, je ne m'en inquiéterais que médiocrement, car il me suffira de quelques paroles pour ramener au devoir ces pauvres égarés.

— Monseigneur, permettez-moi d'insister....

— C'est bien, mon enfant, c'est bien.... Je vous remercie de l'intérêt que vous portez à votre archevêque... Du reste, vous devez savoir qu'un bon pasteur doit rester toujours à la tête de son troupeau pour le garder, le défendre, et au besoin, mourir pour lui.

— Oui, Monseigneur, mais quand le troupeau se compose de loups....

— C'est bien, ma fille, je vous bénis : *Benedictio Dei omnipotentis*, etc.

Laure baisa l'anneau que lui présentait Mgr Darboy, et sortit, toute triste, de l'archevêché, pour reprendre l'omnibus des Invalides à l'Hôtel-de-Ville.

En passant sur le quai Voltaire, le conducteur fut obligé d'arrêter un instant ses chevaux : une foule nombreuse se pressait autour d'un frère des écoles chrétiennes que des hommes traînaient dans la boue, tandis que des femmes lui crachaient au visage en hurlant :

— Tuez-le ! tuez-le !

— Qu'est-ce qu'il a fait ? demande un curieux.

— Ce qu'il a fait ! répondit un bourgeois, il a, durant tout l'hiver, affronté le froid, la faim, la fatigue et les boulets prussiens pour soigner nos fils et nos frères.

— C'est un versaillais ! c'est un calottin ! hurlaient les femmes, tuez-le ! tuez-le !

Et ces furies s'approchaient du patient, lui donnaient un coup de pied, lui crachaient au visage et lui montraient le poing.

— Mon Dieu ! disait Laure, sont-ce des femmes que je vois s'acharner ainsi après le martyr de la charité, et que j'entends hurler des cris de mort ? Ne seraient-ce pas des diables incarnés, ou tout au moins des échappés de galères déguisés en femmes ?... Oh ! sans doute, ma mère, ma malheureuse mère est descendue bien bas, elle est bien criminelle... Et, toutefois, Dieu merci ! elle ne pourrait, sans horreur, voir cette hideuse scène, ni entendre ces cris sauvages sans être émue.

Pauvre enfant ! Elle ne savait pas encore que la femme n'ayant pas d'autre boussole que son cœur, si celui-ci vient à se corrompre, cette femme n'a plus aucune retenue, ne reconnait plus aucun frein, et se laisse aller à tous les crimes que peut rêver la malice de l'enfer.

En rentrant chez elle Mme Joly trouva sa mère ronflant, la bouche ouverte et les poings serrés, près de son chassepot. Elle ouvrit la croisée pour renouveler l'air qu'avait infecté l'ivrognesse, et aperçut, sortant de la porte cochère par laquelle elle venait elle-même d'entrer, un jeune homme, qu'elle crut reconnaître pour Cadet Lachique. Laure descendit auprès de la concierge qui lui dit :

— Ce jeune homme est entré sur vos pas, et m'a demandé votre nom et votre étage.

— Et vous lui avez donné ces renseignements ?

— Oui, madame.....

— Il n'a rien ajouté ?

— Si, je l'ai entendu se disant à lui-même : Je n'y comprends rien, car c'est bien là que ce malandrin a passé la soirée d'hier.

CHAPITRE XIV

La reconnaissance

La mère Noirot, en se réveillant, porta de suite les yeux vers le buffet qui renfermait la bouteille, et devant ce buffet, elle vit Laure s'occupant du déjeuner.

— Déjà ! chère petite, dit-elle en s'appuyant sur le chassepot pour se mettre debout... Et puis !

—Essuyez votre menton et vos lèvres, maman.

— Et les cinquante mille francs ? continue la vieille en passant et repassant sa main poudreuse sur la partie basse de son intéressant visage.

— Je n'ai pas vu M. le curé de ***.

— Que le tonner... que le bon Dieu te bénisse !... Il n'était pas chez lui ?

— Les occupations d'un curé de Paris sont si nombreuses ?

— Je suis désolée, pour toi, de ce contre-temps.

— Et pourquoi cette désolation ?

— Marius va te tuer.

— J'espère qu'il ne commettra pas ce nouveau crime.

Mais, après tout... Croyez-vous, mère, que la mort ne serait pas pour moi un véritable gain ?

— Si tu étais une femme comme une autre, nous nagerions dans les plaisirs.

— Et que faudrait-il faire pour vous procurer toutes ces félicités ?... Renier la pudeur la plus vulgaire en m'affublant d'un habit de garde *national*?.. Aller forcer les caisses des assurances et du tabac ?

— Non, petite... Je crois que, sur ce point, Marius a tort : tu ne serais pas assez forte pour manœuvrer un fusil convenablement, et tu n'as pas assez de cœur pour jouer de la bayonnette, en cas de besoin...

— Eh bien, alors, que voulez-vous de moi?

— Ah ! si tu n'étais pas une sotte... avec un visage comme le tien.... Les membres de la Commune nous donneraient des millions.

Laure devint pourpre. Mais ce ne fut que pour quelques secondes, car tout le sang reflua bientôt vers le cœur, et la pauvre enfant dût s'appuyer à la cheminée pour ne pas tomber par terre. La mère Noirot s'approcha en disant :

— Encore tes grimaces, drôlesse !

— Ne me touchez pas ! dit Laure vivement en essayant de reculer.

— Ne pas te toucher ! Et pourquoi donc que je ne te toucherais pas?

— Parce que vos mains doivent être souillées comme vos lèvres, comme votre cœur... O mon Dieu ! mon Dieu !

Ces paroles n'étaient pas entièrement prononcées que déjà Laure avait reçu un violent soufflet sur la face.

— Je vais te recommander à Marius, petite hypo-

crite. Et, puisque tu ne veux nous être utile à rien...
ma foi ! Marius à raison... Ma tendresse pour cette ver-
mine a toujours fait notre malheur... J'aurai désormais
du cœur, drôlesse ; et tu t'en apercevras avant peu...
Je voulais sauver la famille de Beauval, et te sauver
toi-même, petite ingrate... A partir de ce moment, j'en
jure sur ma tête, je ne dirai pas un mot, je ne ferai pas
un geste qui puisse empêcher la mort de Laurent de
Beauval, et qui puisse t'empêcher toi-même de descendre par la fenêtre.

Au nom de Laurent de Beauval la jeune femme se
ranima, espérant que sa mère prononcerait le nom de
l'hôpital où se trouvait Alfred de Beauval. Elle fit même
un effort pour renouer la conversation, malgré le trouble de son esprit et les angoisses de son cœur.

— Eh ! à quoi servirait à Marius, dit-elle, de faire
mourir nos bienfaiteurs ?

— Nos bienfaiteurs ! nos bienfaiteurs !... Ah ! tu me
la... donnes belle, pour le coup... Nos bienfaiteurs !

— Qui donc a payé vos dettes ?... qui donc nous a
fourni le logement, la nourriture ?... qui donc...

— Ta, ta, ta,... qu'on me donne leur château et leur
revenu, et j'en ferai tout autant, et même davantage
pour le premier ou le dernier venu...

— Et voilà toute votre reconnaissance ?

— Silence ! petite effrontée... A chacun son tour...
Du reste, madame de Beauval était seule notre bienfaitrice... Elle est morte, heureusement... Peut-être
n'aurais-je pas osé, de son vivant... Pour le quart d'heure, je suis décidée à n'agir que selon la volonté de Marius... Et tes de Beauval... et toi-même... suffit !

— **Pauvre mère ! comme Marius et l'eau-de-vie vous**

ont changée depuis six mois !... Oh ! quand je pense que vous consentiriez à l'assassinat de vos bienfaiteurs pour arriver à la richesse... Mon Dieu ! mon Dieu !

— Pas de grimaces, petite hypocrite ! fit la mégère en frappant durement le carrelage de la crosse de son chassepot... Du reste, qu'ils meurent en avril ou en mai ; de la main d'une femme ou de la main d'un homme ; d'un coup de poignard ou d'une balle ; par le *pétrole* ou l'empoisonnement, qu'importe ? Il faut que tous les riches y passent, et les Beauval n'échapperont pas plus que les autres à notre juste indignation.

— L'eau-de-vie et la colère vous aveuglent évidemment... Que vient faire ici le pétrole, à propos d'assassinat ?

— Ah ! ah ! ah ! l'eau-de-vie m'aveugle... Eh bien, le pétrole m'éclairera... Attends quelques jours, et je te montrerai, si tu es encore de ce monde, comment on graisse un gigot avant de le mettre à la broche.

Laure ouvrait de grands yeux. Sa mère lui apparaissait chaque jour plus misérable, plus criminelle même, néanmoins elle n'avait jamais pensé que la mégère qui la nommait sa fille put, en si peu de temps, se corrompre au point de devenir assassin, et de rêver le meurtre ou l'empoisonnement de ses bienfaiteurs. Les dernières paroles de cette femme perverse pénétrèrent son cœur comme le dard d'une vipère, son visage devint livide, ses traits se contractèrent d'une manière étrange, et ce fut avec le dégoût sur les lèvres et dans le cœur qu'elle répondit, cherchant toujours à provoquer un renseignement :

— Dieu merci ! mes bienfaiteurs sont à l'abri de votre poison et de vos poignards.

— Pauvre innocente !... Tu nous crois donc bien sots... nos mesures sont prises... mais j'entends Marius qui monte. Il pourra te raconter la chose lui-même, à moins qu'il ne juge convenable de te faire danser une petite polka... Ce n'est pas moi, pour le coup, qui l'en empêcherai... Il faut enfin que je me défasse d'une sensibilité qui n'est que de la bêtise.

Laissons la victime entre ses deux bourreaux, et revenons à Cadet Lachique.

En descendant de l'omnibus où il avait fait connaissance avec Mme Joly, |Cadet était revenu sur ses pas, avait suivi les démarches de Legris, vu, les poings serrés, les mauvais traitements que l'on faisait subir au frère des écoles chrétiennes, et, un coup d'œil donné dans l'omnibus arrêté par la foule lui avait fait reconnaître la dame qui venait de lui épargner un coup de canne dans le visage, et lui montrer quelques sympathies. Dès que l'omnibus reprit sa course, le jeune homme se mit à courir à sa suite, de manière à ne pas le perdre de vue, et quand Laure en descendit pour remonter la rue Saint-Martin, puis la rue Chapon, l'ami de Gaston Bernard la suivit pas à pas, prit chez la concierge, Mme Moreau, les renseignements dont nous avons parlé et revint quai Voltaire en se disant : « C'est bien dans cette maison que j'ai vu entrer Legris en compagnie de trois autres individus... C'est bien au quatrième étage qu'ils ont passé la soirée... Cette petite dame a cependant les allures d'une excellente femme... Et puis, comment se fait-il qu'ils ne se soient pas adressé la parole en omnibus ?... Elle lui a même dit une parole peu aimable... Et lui, le malandrin, il n'a pas même songé à lui faire des excuses pour le coup de canne qu'elle a reçu... Il y a là un mystère qu'il faut que je pénètre... Mais avant tout, essayons d'arracher M. Gaston aux griffes de ce scélérat. »

Quand Lachique arriva quai Voltaire, le religieux qu'il avait vu aux mains de la populace excitée par le progressiste, n'était plus là, mais la foule avait grossi et notre ami se sentit frisonner à la vue de ces figures sinistres, et aux cris des nombreuses furies qui demandaient qu'on se ruât de suite sur les églises et les couvents, sur les prêtres et les religieuses. Tout à coup, ses regards se fixèrent sur un personnage qui, comme lui, regardait et écoutait cette foule en délire, et dont les allures accusaient le provincial pur sang.

Lachique connaissait cet homme, et il le connaissait ivrogne, débauché, batailleur et sot outre mesure. Toutefois, comme il se trouvait seul dans la grande ville et qu'il avait besoin d'un aide quelconque pour la délivrance de Gaston, il s'approcha de ce personnage le sourire sur les lèvres et lui tendit la main en disant :

— Oh ! quelle heureuse rencontre !... Est-ce bien vous, M. Gouthiérat ?

— Tiens ! ce petit Cadet Lachique ! Eh ! que fais-tu dans ce pays, mon garçon ?

— Je vous raconterai la chose, M. Nicaise... Mais, vous-même ?... comme il y a longtemps qu'on ne vous a vu... Avez-vous donc quitté Marigny pour toujours ?... Et Mme Gouthiérat, comment va-t-elle, cette chère dame ?

— Ma foi, mon cher Cadet, je suppose que ma bonne femme de mère se porte beaucoup mieux que son fils, et je voudrais bien me trouver auprès d'elle.

11.

— Vous n'êtes pas malade?

— Je suis mourant de faim, mon très-cher, et je n'ai pas un rouge liard pour acheter un morceau de pain... Ne pourrais-tu pas me prêter quelques sous?

— Je ne suis pas riche, mon cher monsieur, mais nous partagerons le peu que j'ai... Entrons toujours dans un restaurant, et nous parlerons du pays en mangeant un morceau et en buvant un coup.

Nicaise ne se fit pas prier, et il conduisit Lachique au coin de la rue du Bac en se disant à lui-même : « Bon! bon! le curé de Marigny n'a pas encore parlé, pas même dans sa maison... Et son petit protégé, si peu qu'il ressemble à ce vieux calottin, ne manquera pas de vider son porte-monnaie dans ma poche. »

— Eh bien, demanda-t-il après un premier et très-brillant coup de fourchette, comment vont les affaires, dans ce cher pays de Marigny?

— Pas trop bien... la famille Bernard que vous connaissez....

— Je crois bien que je la connais... et qu'est-ce qui ne connaît pas le père Bernard du Villars, et son fils Gaston, et sa fille Mlle Angèle... Eh bien?

— Eh bien, ils sont dans la désolation.

— Bah! je les croyais très-riches... Quelque banqueroute, sans doute....

— Vous n'y êtes pas, M. Nicaise : ils sont plus riches que jamais.... Ils sont embarrassés de leur or.

— Je suis homme à les débarrasser, s'ils n'y voient pas d'inconvénients.

— Mon cher monsieur, vous croyez évidemment plaisanter... Et, cependant, je vous affirme qu'il ne tient qu'à vous de puiser, à pleines mains, dans leur coffre-fort?

Le borgne regarda Cadet, et comme celui-ci était d'un sérieux à faire tomber tout soupçon de plaisanterie, Nicaise ouvrit démesurément son œil.

— Je ne te comprends pas, dit-il.

— Le père Bernard aime son fils Gaston... et mademoiselle Angèle donnerait une fameuse pile d'or pour sauver son frère.

— M. Gaston est exposé?

— Il doit être fusillé le dimanche des Rameaux.

— Après-demain?

— Juste.

— Il a commis quelque crime?

— Non. Il va mourir parce qu'il a trop bien fait son devoir, alors qu'il était commissaire de police.

— Que faudrait-il faire pour le sauver?... L'expédier en Angleterre?

— Non : le faire retourner à Marigny.

— Il est donc ici?

— Oui... à la Roquette.

— Bon! je comprends : il est en prison, et il faudrait le faire échapper avant dimanche.

— C'est bien ça, mon cher M. Gouthiérat.

Le borgne mit son menton dans ses mains, cligna de l'œil, se frappa le front, et finit par dire :

— Diable! diable! il doit y avoir là des gardes nationaux en assez grand nombre pour m'empêcher de faire un chemin à coups de tranchet.

— Il ne faut pas y penser... Nous ne réussirons jamais par la force.

— Mais, alors?

— Il y a la ruse, M. Nicaise.

— C'est vrai que tu as la réputation d'un rude dé-
gourdi et d'un fameux matois.... Eh bien ! voyons !
comment t'y prendras-tu?

— Vous connaissez M. Legris?

— Chacrrrre! Jean Legris, de la Grangerie?

— Oui : celui qui vous avait promis, comme à beaucoup d'autres, la gloire et les richesses; celui qui
a fait mourir toute la famille Marcel après l'avoir
ruinée.

— Chacrrrre! celui qui nous a tous mis dedans, en
nous contant des balivernes; l'empoisonneur de Mme
Retor; celui qui mangeait et buvait à nos dépens;
celui qui qui....

— Précisément ! il est ici.

— Je n'en suis pas surpris : on peut empoisonner
tout à son aise, sous le gouvernement actuel.

— C'est lui qui va faire fusiller M. Gaston.

— Ah !... Et pour prévenir le *fusillement*, il faudrait
escofier ce Jean.... Legris?... Oh ! de grand cœur? mon
petit Cadet.

— Il faudrait tout simplement délivrer M. Bernard.

— Quand j'aurai donné cinq à six pouces de fer sous
le bras gauche de Jean, M. Gaston n'aura pas grand
chose à craindre de lui.

— Je voudrais que nous pussions délivrer M. le
commissaire de police, sans faire de mal au maître de
la *Grangerie*... votre récompense n'en sera que plus
belle.

— Ah ! Eh bien, parle, mon petit Cadet.

— Legris doit aller, dimanche matin, à la Roquette.

— Pour fusiller Gaston ?

— Oui, M. Nicaise.

— Et alors ?

— Il ne pourra se faire livrer le prisonnier qu'avec un mandat signé de l'un, ou de plusieurs des membres du comité. Et ce mandat, s'il ne l'a déjà, Jean Legris devra le prendre demain à l'Hôtel-de-Ville, car c'est à six heures du matin qu'il doit faire fusiller Gaston.

— Eh bien ?

— Eh bien, mon cher monsieur, il faudrait nous emparer de ce mandat.

— A l'Hôtel-de-Ville ?

— Non : chez Jean Legris lui-même.

— A la bonne heure !... Tu sais où il reste ?

— Oui, rue de la Verrerie.

— Et quand irons-nous ?

— Demain soir.

— Et tu dis que les Bernard sont plus riches...

— Plus riches et plus généreux que jamais.

— Je suis ton homme, mon petit Cadet Lachique, tu n'as qu'à commander.

Lachique se donna bien de garde d'offrir de l'argent à son nouvel associé. Il le savait enclin à vider des petits verres, et le croyait capable de lui échapper au moment même le plus décisif, s'il avait en poche quelque monnaie. Il loua donc pour quarante-huit heures, une chambre dans laquelle il installa Nicaise, lui promettant de ne le laisser manquer de rien, en attendant la récompense qu'il devait recevoir du Villars. Il donna également, avant de sortir, cette petite leçon au trai-

teur du coin : « Mon compagnon est atteint d'une maladie de cerveau (!) qui le porte à manger, et surtout
à boire à toute heure, chose mortelle pour le pauvre
malade... C'est la raison pour laquelle nous le laissons
toujours sans le sou... Je dois vous avertir que toute
consommation faite en mon absence, ne sera pas
payée. »

Ces précautions prises, Lachique revint à la rue Chapon, et se présenta de nouveau dans la loge de la concierge, pour avoir d'autres renseignements sur le compte
de Mme Joly.

— Madame, dit-il la casquette à la main, je viens
vous prier de vouloir bien me renseigner au sujet de la
personne dont je vous ai demandé, il y a quelques
heures, le nom et l'adresse.

— Mon jeune ami, répondit Mme Moreau, prenez
garde; vous m'avez tout l'air d'un provincial sans expérience... M. Marius Joly vient de rentrer, et, ou je me
trompe fort, ou avant peu vous allez recevoir une verte
leçon.

— Eh ! pourquoi me donnerait-on une leçon, madame ? Je ne veux faire de mal à personne.

Ces paroles furent prononcées avec tant de candeur
que l'interlocutrice de Cadet se prit à sourire en disant:

— Eh bien, mon enfant, asseyez-vous ; nous allons
causer :

— Merci, madame.

— Savez-vous mon jeune ami, que Mme Joly est un
modèle de toutes les vertus, et que...

— Oh ! que cette parole me fait plaisir.. J'avais craint
que ce fut une hypocrite.

— Vous avez craint que ce fut une hypocrite... Et pourquoi cette crainte ?

— Cette dame, que j'ai rencontrée en omnibus, m'a paru bien bonne... Elle m'a aussi rendu un service...

— Cela ne me surprend pas. Et puis ?

— Et puis, quand vous m'avez dit qu'elle habitait le quatrième étage, mon cœur s'est serré.

— Et pourquoi votre cœur...

— J'ai craint que cette femme ne fut qu'une hypocrite, car, hier au soir, elle a reçu chez elle quatre hommes.

— Et pourquoi Mme Joly ne recevrait-elle pas des hommes chez elle ? dit en riant la bonne et grosse concierge.

— Oh ! madame, de ces quatre hommes je n'en connais qu'un seul, mais celui-là est une véritable canaille.

— Hum ! les autres le valent sans doute.. Comment nommez-vous cet homme ?

— M. Jean Legris.

— Je ne le connais pas, mais ça ne peut-être en effet, qu'un homme de rien, puisqu'il fréquente M. Marius Joly.

— Joly ! serait-ce le mari de la petite dame !

— Hélas ! oui.

— Et il est l'ami de Jean Legris ! Pauvre chère dame ! c'est une colombe entre les serres d'un vautour.

— C'est un ange livré aux fureurs d'un démon.

— Il ne vaut rien ?

— C'est un scélérat de la pire espèce. Mais... chut ! enfant, il nous égorgerait l'un et l'autre comme des moutons.

— Oh ! comme les parents de cette dame doivent

être affligés d'avoir ainsi donné leur fille à cet homme !

— Mme Joly n'a plus que sa mère... Mme Noirot reste avec sa fille et son gendre.

— Ah ! tant mieux !

— Tant pis ! tant pis ! mon enfant.

— Que dites-vous là ?

— La mère Noirot ne vaut pas son gendre.

— Est-ce possible !

— C'est à celui, de Joly ou de sa belle mère, qui fera plus de misère à cette pauvre petite dame... Elle est battue chaque jour... Il n'y a qu'un moment, elle recevait encore un rude soufflet de sa mère, et cela parce que cette chère enfant rejetait, avec dégoût et énergie, des propositions infâmes.

— Et son mari ne prend pas sa défense !

— Joly n'était pas là quand la Noirot a donné ce soufflet, et c'est tant mieux, car il aurait frappé lui-même sa jeune femme, et peut-être l'aurait-il frappée jusqu'à lui donner la mort... Ce qui ne peut manquer d'arriver dans un avenir plus ou moins rapproché.

— C'est Mme Joly qui vous a mise au courant...

— Non, je ne l'ai pas vue depuis sa rentrée.

— Alors, c'est cette misérable Noiraude, comme vous l'appelez ?

— Pas davantage... Mais pourquoi tenez-vous à savoir comment je me suis mise au courant de ce qui se passe au quatrième ?

— Madame, je voudrais pouvoir me persuader qu'on vous a exagéré les choses.

— Hélas ? mon ami, j'ai tout vu et tout entendu de mes yeux et de mes oreilles.

— Pauvre petite-dame ! se contenta de dire Cadet, sans oser demander comment on pouvait sans être aperçu, voir et entendre ce qui se passait et se disait au quatrième étage.

— Je vous remercie, dit-il encore en saluant, des renseignements que vous venez de me donner... Peut-être...

— Peut-être ?

— Je voulais dire que je dois de la reconnaissance à madame Joly... Mais, mon devoir m'appelle ailleurs en ce moment.

— Oh ! surtout, pas un mot de ce que je viens de vous confier. Nous serions sûrs, l'un et l'autre, de recevoir un coup de poignard avant la nuit.

— Comptez sur ma discrétion, Madame, je n'ai jamais trahi un seul des secrets que l'on m'a confiés.

— C'est bien, mon enfant... Nous nous reverrons ?

— Si je ne suis pas mort, je viendrai vous présenter mes civilités dimanche soir.

CHAPITRE XV

L'expédition

Le lendemain, samedi, vers les sept heures du soir, Cadet Lachique s'installait, en compagnie de Nicaise Gouthiérat, dans un petit restaurant de la rue du Temple, et se faisait apporter une bouteille de Bourgogne, deux livres de pains et une demi-livre de fromage de Hollande.

— Ma foi, mon petit Cadet, dit Gouthiérat en se frottant les mains et léchant les lèvres, il faut convenir que tu traites convenablement ton monde.. Sans toi, j'allais me décider...

— Et à quoi alliez-vous vous décider, M. Nicaise ?

— A jouer du poignard, mon petit.

— A jouer du poignard !

— Ma foi ! mon garçon, je ne voyais pas d'autre moyen de pouvoir jouer de la fourchette... C'est tout-à-fait désagréable d'avoir faim.

— Il y a long-temps que vous êtes à Paris ?

— Quinze jours seulement.

— Et que veniez-vous faire dans ce coupe-gorge ?

— Je venais chercher un homme de Beauval, qui m'avait promis une place où je pourrais m'enrichir sans travailler... Comme une sous-préfecture.

— Et cet homme.....

— Cet homme est introuvable.

— Et vous n'avez pas cherché à vous caser d'une manière quelconque ? .. Vous êtes très-adroit dans la chaussure..

— Quant à la chaussure, mon Cadet, des hommes qui s'y entendent un *pso*, comme on dit dans le Morvand, m'ont parfaitement prouvé qu'il fallait être trois fois bête pour travailler... La France est assez riche pour nourrir ses enfants sans rien faire... Quant au reste, je suis allé, avec un nommé Loison, le savant de Beauval, trouver Raoul Rigault, et lui demander une place. Mais...

— Mais ?

— Mais, la première fois que nous nous sommes présentés il nous a répondu : « Je n'ai pas le temps de m'occuper de vous en ce moment ; on m'attend pour dîner, si le cœur vous en dit, vous pourrez repasser. »

— Eh bien ?

— Eh bien, mon Cadet, j'ai repassé ce matin, et, dès qu'il m'a aperçu, ton Raoul du diable, me montrant du doigt aux gardes nationaux qui étaient là, leur a dit : « Je ne veux pas de borgnes sous la république : fusillez-moi cet animal, et *illicò*. ... chacrrrre !»

— Dieu merci ? Ils n'en ont rien fait.

— Ce n'est pas la bonne volonté qui leur manquait, chacrrrrre ! Heureusement que l'on sait encore jouer des *quilles*. Les scélérats n'ont pas osé me poursuivre.

— Vous trouverez peut-être l'homme qui a promis de faire votre fortune.

— Ça me deviendra difficile maintenant, puisque je suis chassé de l'Hôtel-de-Ville.

— Je ne comprends pas.

— Mon homme est un rusé numéro un, et il doit avoir une bonne place dans la Commune... Marius Joly doit aller quelquefois à l'Hôtel-de-Ville, et j'aurais pu le rencontrer là... Tiens! Qu'est-ce qui te prend, Cadet? tu viens de sauter comme une grenouille.

— C'est tout à fait involontairement... Je ne me rends pas compte, moi-même, de ce soubresaut... Ces diables de nerfs... Continuez.

— Ma foi, mon petit Lachique, en fait de continuation, je ne vois pas trop ce que je pourrais te dire, sinon que je suis très-content de t'avoir rencontré.

Cadet regardait Nicaise sans l'écouter, et il se demandait : dois-je lui donner l'adresse de Marius Joly? Son hésitation, toutefois, ne fut pas de longue durée, car il se fit ce petit raisonnement : « Si je dis à Nicaise que Joly demeure rue Chapon, il va s'y rendre immédiatement. Les deux brigands ont sans doute bien des choses à se dire... Il est bientôt huit heures. Legris ne rentrera, c'est vrai, que vers neuf heures et demie, ou dix heures ; mais enfin Gouthiérat sera-t-il de retour? Ah! mais, j'y pense; Marius et Jean sont intimes; Nicaise et Joly se connaissent particulièrement; Legris et Gouthiérat ne peuvent manquer de fraterniser ensemble, si l'on parle de Jean à la rue Chapon... Or, le borgne ne manquera pas de faire allusion à ce qui doit se passer ce soir... Donc, attendons, c'est plus sage. »

— Tu es soucieux, Cadet, aurais-tu peur de Jean ?

— J'avoue, mon cher Gouthiérat, que je ne suis pas sans une certaine inquiétude.

— Tu crois qu'il résistera ?

— Non, l'expédition de ce soir n'a rien de difficile.

— Mais alors pourquoi ton inquiétude ?

— C'est l'expédition de demain qui me tracasse.

— Ah ! nous aurons une nouvelle expédition demain ?

— Celle-là me regardera tout seul... Il faudra bien que j'aille délivrer M. Gaston.

— C'est juste.

— Et je ne sais pas si nous allons trouver, chez Legris, les papiers indispensables pour faire rendre à la liberté ce cher M. Bernard.

— Chacrrrrre ! Et si la chose ne réussit pas, c'est moi qui serai le dindon de la farce.

— Que la chose réussisse ou non, mon cher Nicaise, vous serez récompensé comme si tout avait parfaitement réussi.

— A la bonne heure, mon petit Lachique, voilà qui est fièrement parler.

Vers neuf heures, Cadet fit apporter une nouvelle bouteille de Bourgogne, et sortit en disant à Nicaise :

— Je vais faire faction ; ne bougez pas d'ici tant que je ne vous ferai pas signe.

— C'est entendu, mon garçon... Du reste tu me laisses en bonne compagnie.

A dix heures et demie Lachique revenait, payait la dépense, et les deux associés enfilaient, au pas redoublé, la rue de la Verrerie.

— Votre bonnet de caoutchouc est prêt? demanda Cadet à demi-voix.

— Je le tiens à la main.

— Les cordes, votre tranchet...

— Tout est disposé comme il a été convenu.

— C'est bien entendu que vous ne frapperez pas.

— Oui, oui, mon petit Cadet, c'est bien entendu.

— Eh bien, entrons! et à la grâce de Dieu!

Lachique tira le cordon, et la porte cochère s'ouvrit.

— Refermez cette porte, et suivez-moi, dit encore le jeune homme.

Ils firent douze à quinze pas en avant, tournèrent à gauche, prirent l'escalier et arrivèrent au deuxième étage.

— C'est ici, mon cher M. Gouthiérat.

— Bon! Et puis ne vas pas en avoir peur, chacrrrrre!

— Si c'est lui qui vient ouvrir...

— Oui, oui, si c'est Jean, c'est moi qui le coiffe; si c'est la grise, tu te charges de la commission.

Cadet tira le cordon de la sonnette d'une main, tandis que de l'autre il tenait un bonnet en caoutchouc.

— Qui est là? demanda la voix d'une femme.

— Le planton du citoyen Raoul Rigault.

La porte s'ouvrit, et Lachique, avec une adresse et une rapidité qui tenaient de la prestidigitation, posa le susdit bonnet sur la tête de Mme Legris, l'enfonça jusqu'au dessous du menton, et se mit à lier ses mains, tandis que Nicaise, entrant d'une enjambée dans la chambre, se trouvait en présence de Jean qui accourait vers la porte.

— Si tu dis un mot, si tu fais un seul geste, je t'éventre comme un crapaud, dit le borgne en montrant son tranchet.

— C'est vous, Nicaise Gouthiérat...

— Chacrrrrre ! fit le cordonnier.

Legris était livide.

— Où est ma femme ? demanda-t-il d'une voix éteinte.

— La voici, répondit Cadet en achevant de ficeler Mme Jean.

— La vue de Lachique rendit l'espoir au progressiste : « Celui-là est chrétien, se dit-il, c'est l'élève du curé de Marigny. Il est, par conséquent, incapable de m'assassiner, ou même de me voler...

— Que signifie...

— Pas un mot ! charrrrrre ! ou je te fends comm...

— Mais enfin, que voulez-vous ?

— Mets ce bonnet, répondit Nicaise, en présentant le casque élastique de la main gauche, tandis que de la main droite il dirigeait le tranchet vers la poitrine du progressiste.

— Qu'est-ce...

— Mets ce bonnet, chacrrrrre !

Legris prit le bonnet, et il le tournait et retournait dans ses mains, sans trop avoir conscience de ce qu'il faisait, car son regard effrayé allait du tranchet à l'œil de Nicaise, et de cet œil vraiment farouche au tranchet tout fraîchement aiguisé.

— Viens l'aider, mon petit Lachique... Mets-lui son bonnet, et s'il bronche... tu vas voir.

Cadet mit le bonnet sur la tête de Legris, et l'enfonça jusqu'aux épaules, sans que le progressiste fît un seul geste de mécontentement.

— Ça va ! dit Nicaise, nous en ferons quelque chose...
Il est, ma foi, plus sage que je ne pensais... attache-
lui les mains derrière le dos, Cadet.

Legris ayant fait un mouvement qui ressemblait à
une résistance, Nicaise enfonça le bout de son tranchet
dans le gras de la cuisse droite en disant :

— Ce tranchet vaut son pesant d'or, chacrrrrre ! ça
entre comme dans du beurre frais.

Quand les époux, ficelés par Lachique, eurent subi
l'inspection de Gouthiérat qui ne manqua pas de ser-
rer les cordes de manière à provoquer les gémissements
des Legris et les observations de Cadet, celui-ci com-
mença l'inspection des vêtements, tandis que le cordonnier veillait sur la porte.

La perquisition ne fut pas longue. Dans la poche du
paletot de Jean, Cadet trouva un portefeuille, et, dans
ce portefeuille, un grand nombre de billets de banque
qu'il laissa où ils étaient; mais il trouva également
trois autres papiers dont il s'empara en disant : « Merci ?
mon Dieu ! »

— J'ai ce qui nous est nécessaire, dit-il à Nicaise.

— Nous partons ?

— Un instant... Il faut prendre nos mesures, afin
qu'on ne puisse pas délivrer ces deux misérables sans
notre permission.

— Ah !... Et pourquoi ?

— Parce que le premier usage que ferait Legris de
sa liberté, serait de nous faire pendre, ou de nous faire
fusiller.

— Merci !... Et alors ?

— Alors nous allons mettre Monsieur et Madame

dans l'impossibilité de faire un mouvement avant demain, à huit heures du matin.

— Et puis ?

— Et puis, Nicaise, à huit heures on viendra les délivrer.

— Tu viendras toi-même ?

— Non, j'enverrai le concierge... M. Legris éprouverait peut-être quelque honte à se trouver en ma présence.

— Je ne comprends pas, mais c'est égal... Eh bien, que faut-il faire ?

— Ficeler les jambes, attacher les bonnets de telle sorte qu'ils ne puissent pas être enlevés par le frottement contre le parquet ou la muraille... puis les placer sur des matelas, l'un dans cette chambre, et l'autre dans la pièce voisine.

— Des matelas ! des matelas ! je vais leur en... donner des matelas au bout d'une perche... canailles !

— Attachez-les solidement, mais ne leur faites aucun mal. Pendant ce temps, je vais faire la lettre qui doit leur rendre la liberté, car demain je n'aurai peut-être pas les choses nécessaires pour écrire.

Pendant qu'il composait sa lettre, Lachique entendit, venant de la chambre voisine, un bruit rauque et continu qui ressemblait assez à un grognement saccadé. Il se leva et courut à la chambre, croyant que Gouthiérat étranglait ou saignait le malheureux Jean. Mais, non : c'était tout simplement le cordonnier qui, par un rire contenu, manifestait la joie qu'il éprouvait d'avoir mis la main sur les billets de banque que Lachique avait replacés dans le portefeuille.

12

—Nous sommes riches ! dit le cordonnier, regarde ! regarde !

— Ces billets ne sont pas à nous, monsieur Nicaise, et ce serait un crime de les prendre.

— Un crime ! un crime de voler Legris ! cet empoisonneur, cet assassin, ce brigand, ce, ce, ce chacrrrrre ?

— Ses crimes ne justifieraient pas notre vol... du reste, je vous promets que votre récompense sera d'autant plus belle que vous vous serez montré plus délicat et plus honnête.

— Mais, toi, Cadet, n'as-tu pas pris des papiers ?

— Oui, monsieur Gouthiérat, mais c'est pour empêcher un nouveau crime, et faire triompher l'innocence.

— C'est juste..... Eh bien, ma foi, puisque tu m'as ensorcelé, fais à ta guise, voilà les billets... Pourtant... chacrrrrre !

La lettre de Lachique était terminée ; les Legris, très-soigneusement ficelés, étaient incapables de prononcer une parole, ou de faire un geste, et, par conséquent, tout-à-fait impuissants à briser leurs liens, sans le secours d'une main étrangère. Nos jeunes gens, ayant éteint les lumières, sortirent donc en fermant la porte dont Cadet prit la clef dans sa poche. Deux minutes après, ils étaient dans la rue. L'expédition avait duré vingt minutes.

— Es-tu content ? demanda Nicaise.

— Très-content, monsieur Gouthiérat.

— Eh bien, mon garçon, allons boire un coup.

— Vous l'avez bien gagné.

Quand ils furent rentrés dans leur chambre, Lachique examina de nouveau les pièces qu'il venait de *sou-*

braser à Legris, selon l'expression morvandelle de Nicaise. La plus importante était ainsi conçue :

« Commune de Paris.

» Ordre au citoyen directeur de la Roquette de re-
» mettre le détenu Gaston Bernard aux mains du ci-
» toyen Jean Legris, porteur du présent.

» Le délégué de la Commission exécutive,

» BERGERET. »

Cachet rouge avec ces mots : *Commune de Paris.*

La deuxième pièce portait :

« Permis au citoyen Jean Legris de circuler libre-
» ment dans les prisons, les hôpitaux et tous autres
» lieux publics.

» Le préfet de police,

» RAOUL-RIGAULT. »

Cachet rouge comme ci-dessus.

La troisième pièce était ainsi conçue :

République française.

« Permettons au nommé Legris (Jean) de passer en
» Angleterre, et le recommandons à la bienveillance
» de notre chargé d'affaire près de Sa Majesté la Reine
» de la Grande-Bretagne...

» Le président de la République,

» A. THIERS. »

— Qu'est-ce que tu vas faire de ces chiffons? demanda Nicaise... Un seul des papiers que nous avons laissés dans le paletot de Jean valait mieux que tout cela.

— Vous pensez, M. Gouthiérat ?

—Ma foi, mon garçon, je sais que tu es un fin matois, mais pourtant... Je ne vois pas quel parti tu pourras tirer de ces trois chiffons... Legris ne fera pas fusiller Gaston à six heures du matin, c'est vrai, attendu qu'il y a les empêchements de la ficelle ; mais, puisque tu veux le débarrasser de ses liens vers huit heures, il ira chercher un autre chiffon de papier, et ton Gaston sera fusillé à midi.

— M. Gouthiérat, dit Cadet sans répondre au cordonnier, je pensais n'avoir plus besoin de votre aide ; mais...

— M...
d'e... mais, mon tranchet ne demande pas mieux que ...xécuter tes ordres, mon garçon... Veux-tu que j'aille leur couper le sifflet... Il y a dans le paletot de quoi nous faire traîner en calèche avec domestiques et chevaux dorés sur tranches.

— L'ordre du citoyen Bergeret est conçu en des termes qui me forcent de recourir, une fois encore, à votre obligeance.

— Parle donc, Cadet, mon ami.

— Il faut que vous veniez avec moi à la Roquette.

— Demain?

— Oui, à cinq heures, au plus tard.

— C'est entendu... Et qu'est-ce que nous ferons à la Roquette?

— Vous présenterez cet ordre au directeur de la prison.

— Et puis?

— Et puis il vous confiera M. Gaston que vous aurez le plaisir de rendre vous-même à la liberté.

— Tu viendras avec moi?

— Oui, mais je veux, entendez-le bien, que vous ayez l'honneur de sauver M. Bernard.

— C'est bien de ta part, Lachique, et je t'accorde mon estime et mon amitié, chacrrrrre !

Cadet Lachique, le lecteur l'a compris, craignait que son âge n'excita les soupçons du directeur, car il paraissait, en effet, peu vraisemblable que la Commission exécutive pût confier de telles missions à un enfant de 15 à 16 ans. Et voilà pourquoi l'ami de Gaston laissait agir Nicaise, tout en le suivant de près pour diriger chacun de ses pas, et lui souffler chacune de ses paroles.

Pendant que le cordonnier prenait un peu de repos, Cadet sortit, et revint, vers minuit, avec un costume complet de garde national qui lui allait à ravir. Il tenait aussi à la main un second képi orné de cinq galons plus ou moins dorés, et qui semblait avoir été fait tout exprès pour la tête du borgne.

— Chacrrrrre ! dit-il en l'essayant, c'est vraiment trop beau pour moi... Et les habits?

— Sous la Commune, M. Nicaise, les colonels ne portent presque jamais le costume complet, si ce n'est lorsqu'ils vont au feu contre les Versaillais... Avec un costume moitié chien, moitié chat, ils appartiennent tout à la fois et à la garde nationale et à la *voyouserie*.

— Très-bien, mon garçon... Et là-dessus, dormons un tantinet, avant de nous mettre en route.

A cinq heures précises, nos deux jeunes gens, habillés ainsi que nous venons de dire, se présentaient à la Roquette. Nicaise, qui avait appris sa leçon par cœur, fut vraiment admirable de sang-froid.

— Qui vive ! cria la sentinelle.

— Ordre de la Commune ! répondit le cordonnier en continuant à marcher droit comme un cèdre et fier comme Artaban.

—Envoyés de la Commune ! hurla la sentinelle.

Le chef de poste parut, courba de son mieux sa longue échine devant le borgne, et lui dit, le sourire sur les lèvres :

— A vos ordres, citoyen colonel.

—Amenez-moi le directeur, et n'oubliez pas que je suis pressé.

— Autres salutations, demi-tour, et pas très-accéléré du capitaine qui revint, au bout de cinq minutes, en compagnie du directeur auquel Nicaise montra négligemment l'ordre du citoyen Bergeret, en disant :

— Veuillez dire au détenu Bernard de venir de suite ; il faut que nous soyions à l'Hôtel-de-Ville à cinq heures et demie.

— Je vous l'amène immédiatement, colonel.

Cadet qui, jusque-là, avait sautillé de droite et de gauche, comme l'enfant gâté de tous les membres de la Commune, se plaça en arrière de Gouthiérat, et dès que Gaston parut, en compagnie du directeur, il posa le pouce de sa main droite sur ses lèvres, feignant de chatouiller le menton avec les autres doigts. M. Bernard était pâle, et quand il reconnut Nicaise Gouthiérat, il se recommanda mentalement à Dieu, pensant que

sa dernière heure était venue... Le borgne, se dit-il, est
envoyé par Legris... Mon Dieu ! je vous offre ma vie...
Prenez pitié de mon âme... consolez mes parents, et...
pardonnez à mes bourreaux ! Tout à coup ses yeux
lancèrent un éclair : il venait de reconnaître Cadet et de
voir son signe. « Merci, mon Dieu ! dit-il tout bas, si je
puis être sauvé, je le serai sûrement par cet enfant
admirable. »

— Qu'y a-t-il pour votre service, citoyen ? demanda-
t-il à Gouthiérat, sans regarder Lachique.

— Vous allez nous suivre à l'Hôtel-de-Ville où le citoyen Raoul-Rigault veut vous parler.

— Je suis à vos ordres et aux ordres du citoyen procureur de la Commune.

— Quatre hommes et un caporal ! fit le directeur en
regardant le chef du poste.

— C'est parfaitement inutile, citoyen directeur, dit
Lachique d'un ton dégagé. Le citoyen Bernard n'était
ici que par erreur... Je suis chargé de lui dire qu'un
déjeûner en son honneur aura lieu à l'Hôtel-de-Ville,
vers les onze heures et demie ; et voilà pourquoi vous
me voyez en compagnie du citoyen colonel Legris...
Du reste, le citoyen Bernard voudra bien nous pro-
mettre de se conformer en tout à nos désirs, et sa parole, nous le savons depuis longtemps, nous vaudra
mieux qu'un bataillon tout entier.

— Je jure de vous suivre pas à pas, dit Gaston d'une
voix ferme.

— Bon voyage, dit le directeur en saluant.
Nos trois hommes passèrent gravement devant la
sentinelle qui leur présenta les armes, et se dirigèrent,
au pas accéléré, vers la gare de Lyon.

— J'ai promis, de votre part, une belle récompense à M. Nicaise, disait Cadet en marchant.

— Je lui donnerai le double de ce que tu as promis.

— Chaerrrre! quelle bonne journée! disait Gouthiérat en frottant son œil.

— Je ne puis pas vous suivre immédiatement à Marigny, dit encore Lachique. Veuillez dire à M. le curé que je me porte bien, et de prier pour moi.

— Que dis-tu là! Comment! tu restes à Paris? je ne le souffrirai pas.

— Il le faut, M. Gaston, il le faut absolument.

Gaston, après des insistances inutiles, défit sa ceinture, en tira les quinze cents francs en billets de banque qui s'y trouvaient, et les remit à son jeune bienfaiteur en disant :

— Quant à Nicaise, il va me suivre au Villars, et il recevra là-bas sa récompense.

Gouthiérat regardait les billets de banque, et son œil s'ouvrait démesurément. Lachique s'en aperçut.

— Si M. Nicaise, dit-il, préfère rester à Paris, nous partagerons ensemble ces billets, et vous lui donnerez encore une petite récompense à notre retour à Marigny.

— La récompense lui sera donnée tout entière.

— Je reste, mon cher monsieur, je reste, car j'ai beaucoup à faire dans ce pays-ci.

Quand Gaston fut parti, Nicaise dit à Cadet :

— Que vas-tu faire maintenant?

— Je cours rue de la Verrerie porter la lettre que vous savez, et puis j'irai à la messe, car c'est aujourd'hui dimanche.

— Chaerrrre! j'avais pourtant bien envie de passer

chez Legris avant l'arrivée de ta lettre.... Enfin.... Je vais dormir.... A revoir.

La lettre que Cadet remit au concierge de la rue de la Verrerie était ainsi conçue :

« Monsieur,

» Soyez assez bon pour monter *de suite* au deuxième » étage. L'homme et la femme qui l'habitent sont en » danger de perdre la vie, s'ils ne sont immédiatement » secourus.. . Prenez des ciseaux, et fendez les caout- » choucs qui couvrent leurs visages.... La clef que je » vous ai remise avec cette lettre est précisément » celle du deuxième.

» Recevez mes salutations, et croyez à ma recon- » naissance.

» Le protégé de M. Gaston qui se promène sur la » route de Marigny,

» CADET LACHIQUE. »

» *P. S.* Vous pouvez communiquer cette lettre aux ha- » bitants du deuxième en leur présentant mes civilités. »

CHAPITRE XVI

Ce qu'entendit madame Moreau

Nous avons vu que Mme Moreau s'intéressait au sort de Laure, et qu'elle avait un moyen de savoir ce qui se passait et se disait au quatrième. La bonne femme ne s'était pas entièrement ouverte avec Cadet, par la raison qu'elle n'était pas assez sûre de cette nouvelle connaissance, et que la moindre indiscrétion pouvait lui coûter la vie. Toutefois, elle avait besoin de confier ses secrets à quelqu'un, et il lui tardait que le jeune homme revînt, afin de l'étudier encore et d'en faire son confident s'il en était trouvé digne.

Le samedi, quelques heures après la visite qu'elle avait reçue de Lachique, elle avait vu sortir ensemble Joly, en tenue de commandant, et la mère Noirot, en habit de garde national. La bonne concierge les avait fait suivre, moyennant cinq sous et une tartine de confitures, à livrer au retour, par un gamin, qui lui rapporta que Joly s'était mis à la tête d'un peloton, et qu'ils avaient filé tous ensemble, il ne savait trop dans quelle direction. Elle fut aux aguets tout le jour, et quand, vers cinq heures, le gendre et la belle-mère revinrent, Mme Moreau remarqua qu'ils étaient, l'un et l'autre, rayonnants de joie. Elle courut aussitôt s'installer dans une chambre qu'avait quitté, depuis huit jours, le locataire pour fuir en province. De cette chambre au petit salon des Joly il y avait autrefois une porte de communication que le propriétaire avait convertie en deux placards, séparés l'un de l'autre par de faibles planches de sapin, dont quelques-unes ne joignaient pas, et pouvaient très-facilement s'enlever à la main. Les Joly et le voisin s'étaient également aperçus du mauvais état des planches, et ils avaient, les uns et les autres, fermé à clef leur placard respectif, renonçant à s'en servir. Mme Moreau, dans une visite à Laure, avait adroitement pris la clef inutile. En sorte qu'elle put, tout à son aise, enlever les planches de sapin sans crainte d'être surprise par les voisins de la chambre déserte.

C'est là, dans ces deux placards qui n'en faisaient plus qu'un seul, que la bonne femme se mettait pour entendre la conversation des Joly dont elle n'était séparée que par une porte à serrure sans clef, et par où l'œil pouvait explorer une partie du petit salon.

Ce soir-là, la curiosité de la concierge était surexcitée par l'expédition et la joie inaccoutumée du gendre et de la belle-mère. Elle était donc tout oreilles.

— Tiens! Laure, disait la mère Noirot, mets cette bouteille de vieux Bordeaux sur la cheminée.... Le marchand du coin m'a dit qu'elle avait son âge, et le particulier finit de grisonner.... Nous allons la souffler au dessert, car, ce soir, il faut nous réjouir un peu.

— Nous allons, dit à son tour Marius en fredonnant :

Faire sauter le bouchon
La fari dondaine, la fari dondon.

— Oui, dit la vieille en chantant :

Et boire du rikiki
Biribi,
A la façon de Barbarie
Mon amie.

« Seraient-ils saouls ? » se demandait Mme Moreau.

— Sers chaud, Laure, et, si tu es sage, ton petit mari te donnera une cuisinière pour préparer tes repas, une femme de chambre pour te peigner et te servir, une...

— Chut ! fit Marius.

— Quoi ! vous vous imaginez que je vais encore désormais aller me promener à pattes comme le chien à Thierselet !

— Quand nous serons à Beauval nous verrons.. Pour le quart d'heure, il faut continuer à vous promener sur vos deux jambes, ma belle-mère adorée... Nous sommes, c'est vrai, sur le chemin qui conduit à la fortune et à une voiture à deux chevaux, mais nous ne sommes pas encore au bout de ce chemin.

— Vous n'avez pas encore la somme nécessaire pour faire l'acquisition du château ?

— J'espère que nous pourrons l'avoir pour rien, mais...

— Mais ce n'est pas sûr. Alors même que le comte et Alfred passeraient l'arme à gauche, il resterait encore Imelda et Alix... C'est vrai qu'on pourrait facilement..

— Chut ! parlons d'autre chose... Es-tu enfin allée trouver le curé de ***, Laure ?

— Non, mon ami, je n'y suis pas allée.

— Scélérate ! dit Joly en prononçant un blasphème et en donnant un coup de poing sur la table.

— A quoi es-tu bonne, petite hypocrite ? dit à son tour la mère Noirot, nous nous épuisons, Marius et moi, nous nous exposons même à passer par les armes pour faire ta fortune, et toi, petite paresseuse, tu ne voudras pas t'imposer le moindre effort pour venir à notre aide !... Ah ! si je pensais que c'est *ta* religion qui t'empêche d'aller trouver ce curé, je maudirais le prêtre qui t'a baptisée et enseigné le catéchisme, et je maudirais surtout Mᵐᵉ de Beauval qui t'a gâté le cœur et corrompu l'esprit... Je te soupçonne fort d'aller trouver le curé de ***, pour tout autre chose que pour lui demander cinquante mille francs.

— La boisson et l'impiété vous font prononcer des paroles infâmes que vous savez...

— Ce que je sais, petite coquine, c'est que si tu ne te confessais plus, si tu n'allais plus à la messe, si tu ne voyais plus tes calottins infâmes, tu marcherais sur les traces de ta mère et tu écouterais les conseils de ton mari... Où es-tu allée ce matin ?... On t'a vue sortir de l'église Merry... Ah ! si je te trouvais au confessionnal, j'en jure sur mon chassepot, j'éventrerais le prêtre d'un coup de baïonnette, et je crois que je t'assommerais toi-même d'un coup de crosse.

— Êtes-vous bien sûre, mère Noirot, que Laure est allée se confesser ! qu'elle est allée à la messe ?

— Je n'en suis pas sûre, mais j'ai des soupçons....

— Pourquoi ?

— 1° Parce que je le lui ai défendu ; 2° parce que sa conduite nous rendrait tous suspects et nous ferait fusiller ; 3° parce que, à la rigueur, nous pouvons désormais avoir le château sans son aide ; 4° parce que c'est pour nous une bouche inutile, et que ce sont aussi des oreilles compromettantes ; 5° parce que je puis, d'un coup de poignard, ou même d'un coup de poing, me débarrasser de bien des soucis... Vous savez bien que je n'ai pris votre fille que pour avoir le château.

— Et vous croyez qu'on vous le cèdera pour deux cent mille francs ?

— Deux cent mille francs !... Vous n'avez pas compris ce que je vous disais dans la rue...

— Vous parliez si bas !

— Il le fallait...

— Eh bien ?

— Eh bien, il y avait dans les caisses, m'a-t-on dit, de trois à quatre millions... J'ai pensé que ce devait être quatre. Or, cent mille francs par chaque million, était-ce trop pour mes peines et pour les vôtres ?

— Quatre cent mille francs ! ah ! ah ! ah !

— Comprenez-vous que je n'ai plus besoin de votre fille ?

— Je suis prête à vous débarrasser de ma présence, répondit la jeune femme d'une voix faible, mais assurée.

— Pour aller nous dénoncer !... Oh ! ce n'est pas ainsi que je l'entends... Si tu sors de nouveau sans ma permission...

— Eh bien ! demanda la Noirot.

— Eh bien ! à son retour, chère belle-mère, je saignerai votre fille absolument comme on saigne un porc à Beauval. Si vous aimez le boudin nous pourrons nous régaler ensemble... Votre Laure, non plus que les rossignols à glands, ne peut nous être utile de son vivant.

— Tu entends, mauvaise plante !... Pourquoi ai-je donc le cœur si sensible !.. Et puis, allez-vous entrer en marché avec le comte de Beauval ?

— Oui, mais il ne faudra plus le perdre de vue à partir de ce moment.

— Pourquoi ?

— Parce que les quarante ou cinquante mille francs que je vais le forcer d'accepter pour sa propriété de six cent mille francs, seraient... perdus si l'oiseau sortait de la cage.

— Je ne comprends pas.

— La Commune aura le dessous, tenez-le pour certain.

— Bon. Après ?

— Si le comte ou son fils retournent à Beauval, ils feront annuler un marché conclu le poignard sur la gorge.

— C'est vrai... Alors il faut de toute nécessité...

— Que les de Beauval ne survivent pas à la vente de leur château.

— Il y a des nécessités terribles... Enfin, il faut savoir se résigner.

— Laure va écrire, dès ce soir, à M. de Beauval de venir la voir.

— Où demeure-t-il ? demanda vivement la jeune femme.

— Tu vas lui écrire que ta mère et moi sommes absents pour quarante-huit heures, et le prier de vouloir bien se trouver ici demain, vers les neuf heures du soir... Je me charge de faire parvenir, moi-même, la lettre à destination.

— Je comprends : vous voudriez l'assassiner sous mes yeux.

— Là n'est pas la question... Tu vas écrire, et écrire immédiatement :

— Jamais ! jamais ! Et si, un jour, Dieu permet que je connaisse son adresse...

— Tu l'avertiras que nous voulons l'assassiner ?

— Oui, Monsieur, et je jure devant Dieu qui va, sans doute, me juger avant une heure, que j'emploierai tous les moyens possibles pour mettre mes bienfaiteurs à l'abri de vos poignards et de vos ruses... Et maintenant, vous pouvez me tuer, je me crois suffisamment préparée à paraître devant un Dieu plein de miséricorde... Je ne demande qu'une grâce à ma mère...

— Et cette grâce ?

— Maman, c'est de ne pas aider Marius à égorger votre fille... Du reste, je ne me défendrai pas.

— Non ! non ! râla Joly, je ne te tuerai pas ce soir... Cette mort serait trop douce... M. de Beauval viendra te voir prochainement... Je trouverai quelque moyen de l'amener... Et c'est toi, entends-tu ? c'est toi, toi-même qui plongera ce poignard dans son cœur...

Marius jeta son poignard sur la table.

— Mère Noirot, reprit-il, avez-vous, dans votre bataillon, une ou deux dégourdies capables de jouer le rôle de religieuse durant une heure ?

— J'en trouverai deux cents.

— Bon ! Nous en dépêcherons deux ou trois, de la

part de Laure, pour inviter M. de Beauval à venir la voir... Sur ce, allons nous coucher.

Madame Moreau, tremblante d'émotion, se retira en disant : « Si le jeune Cadet Lachique ne vient pas à son aide, cette pauvre petite dame est perdue... Et encore... que pourrait faire, pour une femme qu'il connaît à peine, un enfant de quinze à seize ans ? Je pourrais bien, moi-même, aller dénoncer ces deux misérables... Mais à qui ? Marius est au mieux avec tous les membres de la Commune... Inévitablement je subirais le sort qu'il réserve à sa femme et à M. le comte de Beauval...

Le lendemain, dimanche, Mᵐᵉ Moreau et Cadet passèrent une partie de la soirée à converser à voix basse, dans la petite chambre qui se trouve en arrière de la loge.

Quelques jours plus tard, le jeune homme, fidèlement renseigné sur les sorties de Joly et de la Noirot, avait une entrevue avec Laure, et lui donnait des nouvelles de M. de Beauval et de son fils Alfred qui allait beaucoup mieux.

— Votre mariage avec Joly, lui dit-il, a brisé pour toujours leur bonheur.

— Eh ! comment cela ?

— Ils vous ont jugée ingrate... De plus, ce mariage, vous devez le savoir, a tué Mᵐᵉ la comtesse que l'on conduisait à sa dernière demeure à l'instant même où vous déposiez votre main dans celle de Marius... Ils vous pardonnent cependant, et ils vous aiment encore... Mais ils ne se sentent pas la force de vous revoir.... La plaie que vous avez faite à leurs cœurs ne se fermera jamais complétement, m'ont-ils dit...

Cadet s'arrêta court : il venait de s'apercevoir que Mme Joly ne l'écoutait plus, la pauvre enfant avait perdu connaissance.

Lachique, effrayé, courut chercher Mme Moreau, e quand Laure fut remise, la concierge et le jeune homme écoutèrent en pleurant le récit de ce qui s'était passé à Beauval.

— Je croyais les avoir sauvés, dit-elle en finissant, et c'est moi, moi, pauvre infortunée, qui ai fait mourir ma bienfaitrice et empoisonné la vie entière de cette famille admirable qui m'a fait tant de bien... Oh ! si mon sang...

— Je cours au Val-de-Grâce, interrompit Cadet, il me tarde de raconter à M. de Beauval ce que je viens d'entendre... N'oubliez pas, madame, que c'est entre vous et moi, à la vie et à la mort... Nous nous reverrons bientôt.

— Quel noble cœur ! dit Mme Moreau quand Lachique fut sorti.

— Que Dieu est bon, répondit Laure, de ne pas nous laisser sans amis, au milieu des épreuves que nous envoie sa main paternelle !

Revenons à la rue de la Verrerie.

CHAPITRE XVII

Le quart d'heure de Jean Legris

Le concierge, aussitôt après avoir pris connaissance de la lettre de Cadet, courut au deuxième où il trouva le progressiste sans connaissance, dans une mare de sang coagulé. Toutefois les soins que lui donna le médecin le rappelèrent à la vie. Quant à la femme, sauf la tuméfaction des bras et des jambes qui avaient tout l'aspect de vieilles andouilles, elle avait relativement peu souffert. C'est que, heureusement, sa cuisse droite n'avait pas reçu, comme celle de son mari, trois pouces d'acier en guise de clous de girofle.

Legris fut obligé d'écrire à Rigault pour le prévenir qu'il lui était impossible d'aller le lendemain, 3 avril, chercher à l'Hôtel-de-Ville le mandat d'arrestation du sieur Darboy (Georges), et le prier de vouloir bien confier cette mission *glorieuse* et lucrative à leur ami commun Marius Joly, se réservant d'aller, le plus promptement possible, lui donner, de vive voix, les raisons de son refus.

Le procureur de la Commune se rendit aux désirs de Jean, et ce fut Marius qui traîna l'archevêque de Paris devant le gamin monstre qui voulait cracher au visage du premier pasteur de la Capitale, avant de l'envoyer à Mazas et à la mort.

La maladie du progressiste fut plus longue qu'il ne l'avait pensé. Je ne chercherai pas à donner, même une idée, de la rage qui le mordillait au cœur durant six semaines qu'il fut obligé de garder le lit. On venait, chaque jour, lui apporter des nouvelles qui ne faisaient qu'aggraver ses angoisses. C'était le pillage des églises, l'arrestation des prêtres, l'assassinat librement exercé contre quiconque était suspect à l'assassin ; c'était l'organisation des amazones, des femmes *Marins*, des pétroleuses... Chacune de ces nouvelles était comme un coup de poignard ou de tranchet que le progressiste recevait dans le cœur ou dans la cuisse.

Enfin, Legris se trouva debout, et il voulut, autant que cela lui serait possible, réparer le temps perdu.

— Jean, lui disait sa femme, crois-moi, partons pour la Grangerie... les affaires vont mal, les Versaillais avancent. Assi est en liberté de nouveau. Or, tu sais qu'il a une dent contre toi, Rigault et Marius, car, il s'imagine que c'est dans votre réunion du trente mars que son arrestation a été décidée...... Nous sommes assez riches comme ça.... Partons !

— Il est trop tard, ma belle, personne ne peut sortir désormais de Paris.... Du reste, il faut que je me venge de ce petit scélérat de Cadet Lachique.

— Eh ! ne te rappelles-tu pas sa lettre ?... Crois-tu qu'il est resté dans Paris, alors que son Gaston s'en allait au Villars ?

— Je sais que je ne puis l'atteindre lui-même, au moins pour le quart d'heure, mais je connais un moyen de le blesser au cœur, c'est de faire un massacre général des prêtres et des religieuses.

— Mais, ça ne va pas trop mal comme ça, Jean.

— Peuh ! de l'enfantillage... Il y a plus de trois cents calottins dans Paris, et c'est à peine s'ils ont su en arrêter une cinquantaine. Et sur ces cinquante, pas un seul n'est encore fusillé ou pétrolé...

— Eh bien, que vas-tu faire ?

— J'ai mon idée, viens avec moi.

Le couple se dirigea vers l'Hôtel-de-Ville, et fut introduit immédiatement dans le cabinet de Raoul Rigault.

— Je suis heureux de vous voir ressuscité, dit le petit Jupiter en tendant ses deux mains aux deux Legris.

— La cuisse est guérie, mais le cœur est plus malade que jamais.

— Bah ! Expliquez-vous.

— Je ne suis pas content de vous.

— Bon ! après ?

— Quoi ! vous avez entre vos mains un archevêque et des prêtres depuis le quatre avril.... Nous sommes au dix-neuf mai, et ils vivent encore !

— Nous aurons le vingt-deux un conseil où il sera statué sur leur sort.

— Vous prononcerez, malgré vous, leur élargissement, car vous êtes entouré d'hommes faibles.

— Je vous promets que l'archevêque et les prêtres seront tous condamnés à mort, et condamnés à l'unanimité.

— Les membres de ce conseil seront?

— Ferré, Lefrançais, Protot, Vallès, Vermorel et moi.

— Six bons.... zigues, ma foi !

— Vous êtes content?

— Sur ce point, oui... Mais ce n'est pas tout.

— Qu'y a-t-il encore?

— A quoi vous servira d'avoir fait fusiller ces cinquante prêtres, s'il en reste encore trois cents pour vous faire des pieds de nez ?

— Mon cher Legris, je désire plus que vous, croyez-moi, le massacre de tous les prêtres... Mais, malheureusement, ils ont encore, même parmi nos gardes nationaux, de très-nombreux partisans, et si j'ordonne, en ce moment, l'arrestation générale du clergé (arrestation décidée en principe), je crains bien qu'on ne vienne me massacrer moi-même.

— Vous êtes.donc pour la destruction complète des prêtres ?

— Evidemment !... Ce que je discute, c'est l'opportunité.

— Et si je rendais, dès demain, la mesure opportune.

— Vous auriez bien mérité de la Commune, et je ne crois pas m'avancer trop en vous promettant, le cas échéant, la gloire et les richesses.

— Ecoutez-moi.

— Je suis tout oreilles.

— Dès demain je m'affublerai du costume ecclésiastique, et ma femme prendra la cornette religieuse avec les accessoires.

— Après?

— Nous irons nous promener dans les groupes, surtout les groupes de femmes qui me paraissent plus zélées...

— Pas trop mal!.... Après?

— Nous dévoilerons les crimes dont nous avons été les témoins dans les églises, les séminaires et communautés religieuses ; nous dévoilerons cent mystères d'iniquité.... Nous montrerons les plaies que nous ont valu nos sympathies pour la Commune... Qui donc refusera de nous croire ?.... Qui donc ne donnera quelques larmes à nos longues angoisses, et des éloges à notre dévouement à la Commune... Et qui donc refusera de courir sus aux prêtres et aux religieuses !

— Mon cher Legris, vous méritez la première place dans nos conseils, et vous l'aurez très-prochainement... Votre idée est excellente, et je l'approuve de tout cœur.

— Elle me vient d'un livre intitulé *le Maudit*.

— Eh bien, mettez-vous à l'œuvre, et comptez sur moi, comptez sur la patrie.

Dès le soir du même jour, Legris se procurait les deux costumes ; et, le lendemain, il endossait la soutane après avoir fait raser sa barbiche et ses moustaches. Mme Jean ne céda qu'après des objections :

— Je t'en prie, mon chéri, vas y seul.... Je ne pourrai que t'embarrasser.

— Tu m'embarrasseras d'autant moins que nous ne prendrons pas le même chemin... Dès que la voiture nous aura déposés devant l'église Elisabeth, tu te mêleras au curieux, et tu parleras, en pleurnichant, des souffrances dont tu as été rassasiée depuis quinze ans que tu es religieuse... N'oublie pas de montrer tes bras et tes jambes...., la trace des cordes de Lachique parlera plus éloquemment que tu ne saurais le faire toi-même.

— Et toi Jean ?

— Et moi j'irai jusqu'à l'enclos Laurent où la Noirot fait manœuvrer son bataillon.

Les deux époux montèrent en voiture et arrivèrent bientôt devant l'église Sainte-Elisabeth. Il était onze heures du matin.

Depuis le 18 mars aucune soutane ne s'était montré dans les rues. La vue d'un prêtre jeta les habitants dans une stupéfaction dont Jean profita pour se diriger rapidement vers le château d'Eau, et de là vers l'enclos St-Laurent...

Quant à Mme Legris, en descendant de voiture, elle fut de suite entourée de voyous, d'un grand nombre de femmes et de quelques rares bourgeois.

— Qu'est-ce que c'est que ce carnaval? demanda un espèce de virago qui portait un chassepot en bandoulière.

— Qu'est-ce que tu faisais dans la voiture, en compagnie de ce traître? demandait une autre en tirant la fausse religieuse par le bout du nez.

— Enlevez-là ! crièrent tout à coup ces harpies, c'est une versaillaise.

Et, s'approchant de Mme Legris, ces femmes la poussaient et la repoussaient, s'en faisant une espèce de ballon.

— Je suis t'une martyre ! criait la patiente, regardez mes bras, regardez mes jambes.

On se décida à regarder ses bras et ses jambes ; on se décida même à l'écouter et à la traîner dans l'église, où la mère Noirot, laissant à des subalternes le soin d'exercer son bataillon, présidait un club de femmes.

— Citoyenne présidente, dit la virago, nous amenons devant ton tribunal une sœur de Vincent de Paul, qui affirme être convertie à la Commune, vient s'engager dans le bataillon des pétroleuses, et demande vengeance contre les religieuses qui l'ont mise à la torture, parce qu'elle ne voulait pas tirer sur nous... Montre tes bras et tes jambes, sœur Vincente.

— Ta, ta, ta, fit la Noirot, connue ! connue la ritournelle !

— Je te dis...

— Et moi je te redis de tenir ta... langue... Je connais ces oiseaux-là, moi, et je vous avertis, citoyennes, qu'on vient espionner nos mouvements, nous arracher les vers du nez, et puis que, sous peu, on nous enverra des prunes... Donnez-moi une rude dégelée à cette particulière, et nous la jugerons ensuite.

— Bravo ! bravo ! hurlèrent trois à quatre cents voix, vive la citoyenne Noirot ! vive notre présidente !

Aussitôt dix bras se levèrent pour saisir la fausse sœur de Saint-Vincent de Paul, et les plus fortes de ces guenons se la disputaient en tirant, chacune de son côté. La virago l'emporta, car elle avait saisi la chevelure qui tenait beaucoup mieux que les vêtements, bien qu'ils fussent neufs.

— Grâce ! grâce ! je ne suis pas religieuse ! se prit à crier Mme Legris.

— Arrêtez ! ordonna la présidente.

13

Puis s'adressant à la coupable :

— Approche ici... Tu viens de dire ?

— Non, non, citoyenne, je ne suis pas une religieuse... Je n'ai jamais pu sentir les religieuses... Je déteste les prêtres.

— Tu étais en voiture avec un prêtre ! hurlèrent cent voix.

— C'était mon mari.

— Ce sont deux traîtres ! Tuez-la ! Tuez-la !

— Silence ! cria la Noirot, et procédons avec ordre. Voyons ! es-tu religieuse, oui ou non ?

— Non, non ! J'en jure.

— Pourquoi portes-tu le costume des Vincentes ?

— Pour les compromettre.

— Tu as donc menti en disant qu'elles t'avaient mise à la torture ?

— Oui, citoyenne, j'ai menti.

— Si tu nous as trompées une première fois, tu es bien capable de nous tromper une seconde... On va te juger.

— Je vous jure que je ne suis pas une Vincente de Paul : Je suis Mme Legris, de *la Grangerie*.

— C'est une bourgeoise ! Enlevez-la !

— C'est une noble ! Qu'on la tue !

— C'est une Versaillaise ! Qu'on la *pétrole!*

— C'est une aristocrate ! A mort ! A mort la traîtresse !

C'était un vacarme indescriptible, et quand la Noirot réussit enfin à obtenir le silence, Mme Legris qu'on avait traînée sur le seuil du grand portail, gisait sans vie, percée de vingt-sept coups de bayonnettes ou de poignards.

— Justice est faite ! hurla la présidente... Veillons au grain, citoyennes, car les Versaillais surveillent nos mouvements.

— Et le prêtre ! Et le prêtre ! Courons, courons à sa poursuite.

— La séance est levée ! dit la Noirot en mettant son fusil en bandoulière.

Et ce troupeau immonde et sanguinaire se mit en marche pour l'enclos Saint-Laurent où Dombrowski devait passer, à une heure, la revue de ces harpies souillées de sang et de boue, ivres de haine et de liqueurs fortes, vêtues d'habits militaires, ou seulement de quelques haillons rouges, et armées de griffes et de chassepots.

— Ça ne ressemble à aucun animal carnassier connu, disait un bourgeois en les voyant passer.

— Silence ! répondait un autre, et respect au plus beau, au plus aimable et au plus vertueux des sexes.

M. Jean Legris, nous l'avons dit, avait profité de l'ébahissement des curieux pour suivre la rue du Temple, traverser le boulevard Saint-Martin, longer le château d'Eau et déboucher sur l'enclos Saint-Laurent. Déjà, à sa grande satisfaction, il était suivi d'une foule immense de voyous et de femmes avinées qui hurlaient sur tous les tons et à tue-tête :

— A mort le calottin ! A mort le traître !

Quand le faux prêtre arriva sur l'enclos, le bataillon féminin suspendit ses manœuvres, et vint entourer Legris pour opérer son arrestation.

— Tuez-le ! Tuez-le ! hurlaient plus fort les voyous et les femmes avinées.

Jean Legris, craignant la balle ou le coup de poignard de quelque zélé, pensa qu'il était temps de porter son grand coup contre le clergé. Il suspendit sa course, et fit signe, de la main, qu'il voulait parler.

— Eventrez-le ! criait plus fort la foule, c'est un traître ! Il vient de traverser les rues de la capitale pour soulever les ennemis de la Commune.... Il a mérité mille fois la mort ! Tuez-le ! Eventrez-le !

Jean comprit que sa position se gâtait et que son jeu devenait vilain.

— Vive la Commune ! cria-t-il en jetant son tricorne en l'air. Vive la Commune ! Vivent les amazones !

Par ordre d'une espèce de capitaine féminin dont le costume se composait de bottes à l'écuyère, jupons rouges, caraco noir bordé d'argent, et képi avec trois liserets d'or, quatre femmes et une caporale s'approchèrent du prétendu prêtre, et lui ordonnèrent d'avancer au centre du bataillon où la capitaine faisait former le carré.

—Mais, disait Jean, je suis des vôtres, chères citoyennes, et c'est pour sympathiser avec vous que j'ai quitté le séminaire.... Je vais vous raconter les abominations qui se passent dans les églises, les couvents, les....

— Avance..., cré calottin ! ou je te larde avec ma bayonnette.

— Prenez garde, citoyennes ! j'en appellerais....

Jean ne put finir sa phrase ; un coup de crosse qu'il reçut dans les reins, lui apprit qu'il n'y a pas à raisonner avec des femmes qui ont renié leur Dieu, prostitué leurs cœurs et bu du sang, et il dut regretter son escapade. Toutefois, il se rassura en voyant qu'on le conduisait devant une sorte de conseil établi au centre du carré. Ce conseil, composé de sept femmes, était présidé par la capitaine qui remplissait les fonctions de commandant en l'absence de la Noirot

— Qui es-tu? demanda-t-elle à Legris.

— Un prêtre renégat qui vient vous dévoiler les crimes de ses confrères d'autrefois.

— Pourquoi, puisque tu as renoncé au métier de prêtre, portes-tu la soutane ?

— Afin de faire accourir tout le monde, et de dévoiler devant tout Paris les abominations qui se passent dans les églises, les communautés et les presbytères.

Quelques personnes, touchées de ce dévouement, laissèrent échapper un bravo !

— Silence au parterre! dit la capitaine d'une voix rauque qui sentait son rogomme à quinze pas ; nous avons entre les mains un traître adroit et dangereux.... N'allez pas entraver la marche de la procédure, et influencer les décisions du tribunal.

— Je vous affirme, dit Legris, que je....

— Silence! Tu n'es pas ici pour affirmer, mais pour répondre.... Où étais-tu curé, avant de devenir renégat?

Jean, qui n'avait pas prévu cette question, demeura bouche close.

— Quelles étaient tes intentions, en traversant ainsi Paris, avec un costume qui est l'emblème de la révolte ?

— Mais, je n'y comprends plus rien, se prit à crier en se fâchant le faux prêtre. C'est une véritable comédie... Je crois vraiment que je rêve....

— En tous cas, ton rêve doit être un cauchemar, mon petit curé.... Tu pensais que ta soutane serait un drapeau près duquel viendrait se ranger les ennemis de la Commune.... Pauvre sot! Tu ne sais donc pas que les bourgeois, et tous ceux que vous appelez les honnêtes gens, ne sont que des lâches?

— Mais, je jure....

— Silence! les curés ne doivent pas jurer.... La justice va prononcer.

S'adressant alors à son conseil, la capitaine demanda :

— Cet homme est-il un traître? Répondez : oui ou non.

— Oui! répondirent d'une seule voix les sept juges.

— Bravo! hurla le bataillon.

— Silence! cria la capitaine avec un terrible blasphème, n'allez pas influencer la décision du tribunal.

Puis, elle continua :

— Cet homme est un traître, je suis de votre avis... Et, maintenant : quel châtiment mérite ce traître?

— La mort! disent encore les juges.

— La mort! la mort! hurla tout le bataillon.

— Lieutenant Bardot, continua la capitaine, prenez vingt femmes, et conduisez ce prêtre rue Grange-aux-Belles, n°.... Vous comprenez?

— A vos ordres, ma capitaine, répondit la Bardot, en lançant sur Legris un regard de tigre.

— Pendant ce temps nous allons nous mettre en ordre pour passer la revue du général Dombrowski.

Pendant que la lieutenant Bardot conduit Legris rue Grange-aux-Belles, et que la Noirot et ses capitaines

alignent les bataillons de jupons rouges, *marines* et
gardes nationales, c'est-à-dire les pétroleuses[7], les
femmes à costume de marins et les femmes en habit
de garde national, et nommées les amazones, nous allons ouvrir une large parenthèse, pour nous justifier
d'avance aux yeux des lecteurs qui pourraient croire
exagérés les faits que nous allons raconter.

Voici comment le *Journal de Paris*, puisque c'est celui-là que nous avons en ce moment sous la main, ra-
conte la fin du commandant de Sigoyer, mort cinq
jours après M. et Mme Legris. « Le commandant de Si-
» goyer, du 26e bataillon des chasseurs à pied, avait,
» le 21 et le 22 mai, vaillamment concouru à la prise
» des portes de Saint-Cloud et d'Auteuil, à l'enlèvement
» du Trocadéro et du Palais de l'Industrie.

» Le 24 au matin, il pénétrait, le premier, dans le
» jardin des Tuileries, où il avait reçu l'ordre de s'ar-
» rêter. Mais, à la vue des flammes qui consumaient le
» palais, il comprend le danger qui menace nos inap-
» préciables collections, et, cédant à une inspiration
» à laquelle ses chefs ont applaudi, il s'élance, suivi de
» ses chasseurs, à travers les bâtiments en feu, dans
» la cour du Carroussel, dont il s'empare. Il chasse les
» incendiaires.... Et la galerie des Antiques qui com-
» mençaient à s'embraser, est sauvée, ainsi que tout le
» vieux Louvre....

» Dans la nuit du 25 au 26, pendant qu'il faisait une
» reconnaissance des barricades de la Bastille, qu'on
» devait enlever le lendemain, il est saisi par une ban-
» de d'insurgés. Traîné sur la place par ces monstres,
» il a les mains coupées, puis il est enduit de pétrole et
» brûlé vif ».

Et maintenant revenons au peloton de la lieutenant
Bardot.

Arrivée au n° désigné par la capitaine, l'escorte tra-
versa une première cour assez spacieuse et assez belle,
mais ne s'y arrêta pas. Derrière l'aile principale de la
maison se trouve une seconde cour plus petite et moins
propre qui a dû servir et qui sert encore aujourd'hui,
c'est probable, de basse-cour. Mais, le 19 mai, il ne s'y
trouvait ni poules, ni canards, ni autres volailles quel-
conques. Il y avait des arrosoirs, beaucoup d'arrosoirs,
mais rien que des arrosoirs. C'est là que la Bardot conduisit Jean Legris.

— Halte ! dit-elle quand toutes ses femmes furent
entrées, reposez vos... armes !

Puis, piquant Legris avec sa bayonnette, elle l'accula
contre la muraille, déposa son fusil, se plaça en face
du faux prêtre, appuya ses mains sur ses hanches, et
partit d'un éclat de rire strident et diabolique.

— Me reconnais-tu ? lui dit-elle en dardant sur le
prisonnier son regard chargé de haine et de joie féroces.
Dis donc, Jean le progressiste, Jean le voleur, l'assassin, me reconnais-tu ? Reconnais-tu la femme Bardot,
l'amie de l'infâme Javelle, la liseuse de romans, l'épouse
du perruquier coiffeur que tu as fait mourir après l'a-
voir ruiné ?...

Jean était livide.

— L'heure de la vengeance a sonné, vil empoisonneur, et cette vengeance sera terrible, épouvantable,
infernale... Tu m'as enlevé mon petit avoir... Tu m'as
enlevé mon mari... Tu m'as enlevé quelque chose de
plus précieux que cela : Tu m'as enlevé la foi de ma
mère, Jean le progressiste, et une femme qui n'a plus

la foi, sais-tu ce que c'est?... Ah! ce n'est pas seulement l'inconduite, la honte, la fange, l'abjection... Ce n'est pas seulement l'hyène, la tigresse, le vautour... C'est bien tout cela, mais c'est quelque chose de plus que tout cela... Sais-tu ce que c'est qu'une femme à qui on a volé sa foi, dis, Jean le scélérat?... Eh bien, c'est la fureur, c'est la malice, c'est la haine, c'est la vengeance, c'est la rage des démons, rendues visibles sous la forme d'une femme avilie.... Ah! ah! ah! l'heure est venue, Jean le progressiste.

— Mais, dit d'une voix chevrotante le pauvre Legris, puisque vous me connaissez, Mᵐᵉ Bardot, vous pouvez attester que je ne suis pas un prêtre....

La Bardot, se penchant à l'oreille de Jean lui dit en raillant :

— Je viens de te dire qu'une femme à qui on a volé ses espérances, sa religion, son Dieu, est un démon. Tu n'as pas compris?

Puis tout haut :

— Ah! tu n'es pas un prêtre! En voilà de l'impudence!... Mais tu as donc oublié que, durant trois longues années, je me suis confessée à toi?... Que tu as baptisé mon enfant en me disant à l'oreille : tout cela fait sur l'âme l'effet d'un cataplasme sur une jambe de bois?... Mais nous perdons du temps, et il me tarde de m'acquitter de la dette que tu m'as imposée en m'initiant au progrès.

— J'ai de l'or, citoyenne Bardot.

— J'en suis bien aise, Jean Legris.

— J'ai un véritable trésor, du bien...

— Je le sais, tu as celui de la marquise, celui de

13.

l'anglaise peut-être, celui de Marcel certainement, celui de Goby, le mien... Du reste, j'espère retourner là-bas, et nous aviserons au moyen de rentrer dans nos fonds.

— Je suis l'ami de Raoul-Rigault.

— Tu n'as qu'un seul ami, infâme scélérat, et c'est le diable.

— Je vous assure...

— Et moi, je te certifie que tu vas aller enfin trouver ton associé le pied fourchu, et que tu vas y aller par un chemin qui n'est pas doux.

Puis, s'adressant à ses femmes qui se tenaient sur deux rangs et l'arme aux pieds.

— Attention ! trois files de droite, deux pas en avant... Marche !... Bien ! Au plus petit mouvement que fera ce prêtre, clouez-le contre la muraille avec vos bayonnettes..

— Vous serez ponctuellement obéie, citoyenne lieutenant.

— Quant à vous, ajouta la Bardot, en s'adressant au reste du peloton, formez les faisceaux et allez me chercher une pioche, une échelle, un madrier et des cordes.

Quelques minutes suffirent aux subalternes de la lieutenant pour trouver les objets demandés.

— Et maintenant dit-elle, en désignant un endroit distant de trois mètres environ de la muraille, faites ici un trou d'un demi-pied de profondeur.... Bien ! c'est assez. .. Attachez l'un des bouts du madrier au petit bout de l'échelle... très-bien !.. Mettons tout cela debout.... Ça y est... Maintenant, écartez les deux bases, mettez le pied de l'échelle contre la muraille et le pied du madrier dans le trou, afin qu'il n'y ait pas d'écartement... Très-bien ! ça suffit... Vous avez encore des cordes ?

— En voilà dix, ou quinze mètres, citoyenne lieutenant.

— C'est plus qu'il n'en faut.... Saisissez-moi ce prêtre, et attachez-lui solidement les mains derrière le dos.

— Au secours ! au secours ! hurla Legris.

— Apprêtez... armes !

Jean jugea prudent de se taire.

— Allez me chercher un fer rouge.

— Gros ?... petit ?

— Peu importe... un tisonnier, par exemple.... Le maréchal voisin vous fournira la chose.... Courez et apportez chaud... rouge blanc.

Quand le fer rouge fut arrivé, la Bardot dit à ses femmes :

— Je ne veux pas que ce calottin mette le quartier en émoi par ses cris de paon.... Vous allez le brider.

— Bravo ! bravo ! quelle partie de plaisir ! hurlèrent ces furies. Mais comment le brider ?

— Mettez un petit bâton dans sa.... bouche, et aux deux extrémités de ce bâton attachez deux cordes que vous nouerez derrière la tête.... serrez fort, et ne craignez pas de fendre la.... bouche jusqu'aux oreilles.

Legris se laissa saisir, se laissa même attacher les mains derrière le dos, sans opposer la moindre résistance, mais quand les harpies voulurent passer le mors dans sa bouche, le progressiste refusa de desserrer les dents. La Bardot prit alors le fer rouge et s'en servit comme d'un lévier pour séparer les deux mâchoires ; un crépitement se fit entendre et Jean ouvrit la bouche en poussant un hurlement de douleur.

— Ce ne sont là que les premières vêpres, dit froidement la Bardot.

On passa sous les bras de Jean, ainsi ficelé et bridé, une corde à nœud coulant ; on le fit avancer entre l'échelle et le madrier ; l'une des femmes monta sur l'échelle, et, tandis que les autres soulevaient le patient, elle attacha fortement le bout de la corde au dernier des échelons. Quand on lâcha le progressiste, il se trouva suspendu à quatre pouces de terre.

— Bravo ! bravo ! tirons à la cible ! criaient toutes ces misérables.

— Non, répondit la Bardot, cet homme mérite une mort choisie... Il faut du reste que nous débutions par quelqu'un... car vous savez que le moment approche... Pourquoi n'essayerions-nous pas nos nouvelles armes ?... Prenez l'un des arrosoirs, et allez le remplir à la cave.

La Noirot fut obligée d'intervenir pour faire cesser les cris de joie et les battements de mains de ses subordonnées.

— Quelle bonne pensée ! criaient-elles, oui, oui, nous allons débuter par ce calottin !... Houra ! bravo !

L'arrosoir arriva ; une des femmes monta sur l'échelle et vida lentement le pétrole sur Legris qui en fut imprégné de la tête aux pieds.

— Un ouèc ! un ouèc ! fit alors le malheureux en fixant sur la Bardot ses yeux hagards.

— Parle plus clairement, je ne comprends pas.

— Un ouèc ! un ouèc !

Les harpies riaient aux larmes.

— Débridèz-le ! je veux entendre sa dernière parole, comme je veux jouir de sa dernière angoisse.

On enleva le bâton qui lui servait de mors.

— Un prêtre ! s'écria-t-il aussitôt, un prêtre ! oh ! je vous en prie, Madame Bardot, laissez-moi parler à un prêtre avant de m'allumer.

— Ah ! ah ! ah ! un prêtre ! Eh que veux-tu lui dire !... Te confesser, peut-être ?

— Oui, oui, me confesser... Oh ! de grâce...

— Te confesser ! te confesser !... Mais tu crois donc à l'enfer ?

— Oui, oui, Madame Bardot, je crois à l'enfer, je jure qu'il y a un enfer !

— Ah ! ah ! ah ! tu as juré assez de fois qu'il n'y en avait pas.... Et puis, mon petit Jean,... alors même qu'il y aurait un enfer....

— Je puis encore l'éviter....

— Fi donc, vil animal !... On comprend tes ruses maintenant... Tu m'as *prouvé* autrefois qu'il ne pouvait pas y avoir d'enfer, afin de me décider à te livrer mon âme, et tu voudrais aujourd'hui me donner la crainte de cet enfer, afin d'échapper à ma vengeance... Tu perds ton temps, Jean le scélérat ; les leçons et les exemples que tu m'as donnés pour me démontrer que Dieu, le ciel et l'enfer n'étaient que des chimères, n'ont pas été perdus pour moi... Je ne crois plus à rien, et je pense, comme on le disait hier au dîner de la préfecture, que si Dieu existait il faudrait immédiatement le fusiller [1]... Ainsi donc...

[1] Mme Eudes, femme du général de ce nom, assistait à ce repas.

— Il y a un Dieu ! il y a un enfer ! il y a une éternité ! criait le malheureux.

— Ah ! c'est depuis cinq minutes seulement que tu t'en aperçois ?

— Je l'ai toujours cru. Mais...

— Mais !

— J'espérais me repentir dans ma vieillesse, apaiser la colère de Dieu, éviter l'enfer...

— Ah ! Jean l'empoisonneur, tu es un coquin fieffé, c'est très-vrai, mais tu n'es pas un imbécile, et si tu avais pensé qu'il existe un enfer, c'est-à-dire un étang de soufre et de feu où l'on se tord un jour... un an... des siècles... des milliards de siècles... toujours ! toujours ! toujours ! Tu n'es pas assez bête, assez ennemi de toi-même pour avoir voulu braver le Dieu qui condamne à ces supplices affreux.

— Je comptais sur sa miséricorde.

— Nigaud ! A ton avis, il suffirait donc, pour échapper à l'enfer de terminer la vie la plus infâme en disant : « Mon Dieu, puisque je ne puis plus vous maudire, je vous adore ; puisque je ne puis plus commettre de crimes, j'y renonce... Ah ! par hasard, si vous m'accordiez encore quelques jours de vie, j'en profiterais bien vite pour continuer mon petit train-train, et je vous enverrais lestement promener, vous, et votre religion et vos calottins... Mais, comme, à ma grande désolation, je ne puis plus jouir de la terre qui m'échappe, et qu'il faut enfin choisir entre le ciel et l'enfer, eh bien, mon Dieu je choisis le ciel ; et vous devez être tout fier que je veuille bien vous faire l'honneur d'habiter en votre compagnie pendant l'éternité. » N'est-il pas vrai, Jean l'infâme, que tu agirais comme par le passé, si on te laissait la vie?... Mais, tu ne vois donc pas, nigaud, que si les scélérats qui ont vécu toute leur vie dans le crime, ne vont pas en enfer, cet enfer devient inutile ?

— Il y a un enfer ! Il y a un enfer ! Oh ! je vous en supplie, un prêtre ! un prêtre !

— Tu as fait tant de mensonges en ta vie, que tu es bien capable d'en faire un dernier à ta mort... Je ne crois pas un mot de ce que tu dis... Du reste, qu'il y ait un enfer, ou non, je m'en... moque. Quant à toi, assassin de mon âme, si j'en ai une, tu vas être fixé sur ce point, car tu n'as plus qu'une minute à vivre.

Et, ce disant, la lieutenante Bardot frotta l'allumette contre le couvercle de la boîte.

— Je suis damné ! Damné ! Malédiction ! Malédiction !

La pétroleuse approcha l'allumette de la soutane, et la flamme, rapide comme l'éclair, enveloppa, en un clin d'œil, le malheureux qui poussa un dernier et affreux rugissement.

Quelques minutes après, le corps de Jean Legris n'était plus qu'un charbon ardent que pénétraient et consumaient les flammes.

CHAPITRE XVIII

L'inquiétude.

Le lecteur se demande, sans doute, ce que devenaient nos amis, au milieu de ces scènes de mascarades, de sang et d'orgie. Nous allons le renseigner en quelques mots.

Cadet Lachique, ainsi que nous l'avons vu, avait découvert M. le comte de Beauval et son fils Alfred. Il avait écouté leurs plaintes, les avait rapportées à Laure, et avait rétabli les faits auprès des seigneurs de Beauval. Le comte en apprenant la vérité fut impressioné au-delà de ce qu'on peut dire, et il se contenta de répondre : « J'aurais dû le penser : Laure fut toujours un ange, Marius toujours un scélérat, et la mère Noirot toujours un prodige d'égoïsme et d'orgueil, deux choses qui conduisent à tous les crimes.

Cadet, avait aussi fait connaissance avec la sœur Marie Cécile, attachée, quoique novice encore, au service des blessés reçus au Val-de-Grâce desservi par les filles admirables de St-Vincent de Paul. Sœur Marie Cécile qui avait, dans le monde, porté le nom de Justine Leblanc, aimait Mme Joly, et quand Lachique passait vingt-quatre heures sans lui apporter des nouvelles de Laure, la pauvre enfant était d'une inquiétude que ne pouvait pas toujours calmer les raisonnements, ou les consolations de M. le comte.

Celui-ci, au courant, par Cadet, de tout ce qui se passait rue Chapon, avait fini par avoir quelques entrevues avec Laure. C'était pendant que Marius, nommé colonel, était en expédition hors des remparts, et que la mère Noirot exerçait ses pétroleuses, ou présidait des clubs. Mme Moreau prêtait alors sa petite chambre, et tandis que le comte, Laure et, quelquefois, sœur Cécile conversaient ensemble, Cadet faisait sentinelle à la porte, tout en causant avec l'excellente concierge. Si la pétroleuse rentrait pendant ces entrevues, on la laissait s'engager dans l'escalier, Laure la suivait de près, et les visiteurs étaient déjà dans la rue Saint-Martin ou dans la rue du Temple quand les deux femmes arrivaient au quatrième.

— Aux divers commissionnaires, *prêtres* ou *religieuses*, envoyées, au nom de Laure, par ses bourreaux, le comte avait toujours répondu :

— Dites à Mme Joly que je ne veux rien avoir de commun avec elle... Laure ne vaut pas mieux que sa mère et son mari : qui se ressemble s'assemble.

— Mais, lui dit un jour l'une des pétroleuses en cornette, à qui l'on avait appris sa leçon, je vous affirme que Mme Joly est une sainte .. Son mari et sa mère ne valent rien, c'est malheureusement vrai, mais Laure n'en souffre que d'avantage.

— C'est par sa faute, ma bonne sœur.

— Cette pauvre enfant ne s'est mariée à M. Joly que par dévouement pour vous et les vôtres.

— Et c'est aussi par dévouement qu'elle nous a caché si soigneusement son mariage, et qu'elle a conduit ma trop bonne épouse au tombeau ?

— Oh ! si vous pouviez la voir, ne fût-ce que deux minutes, comme vous reviendriez sur le compte de cette admirable femme !

— Je vous dis, ma chère sœur, que je ne veux pas voir cette femme, et que je ne veux plus qu'on me parle d'elle

— Si vous craignez de venir rue Chapon, on pourrait...

— Que pourrait-on faire ?

— Marius et la mère Noirot doivent, l'un et l'autre, passer la nuit au poste... Ne pourriez-vous pas donner à Laure un rendez-vous dans un lieu désert, au jardin du Luxembourg, par exemple?... Mme Joly s'y prêterait volontiers, surtout si vous pouviez lui assigner ce rendez-vous pour deux heures du matin.

— Ma bonne sœur, n'insistez pas; je vous remercie de la peine que vous vous donnez pour amener un rapprochement entre cette femme ingrate et la famille qui l'a tant aimée.... Mais, vos efforts resteront toujours inutiles, je vous le jure.

Les deux scélérats restèrent ainsi déroutés, sans cependant perdre tout espoir et l'envie de renouveler leurs tentatives. Quant à Laure, elle avait à souffrir, c'est vrai, des mauvais traitements que lui faisaient subir, tour à tour, sa mère et son époux, mais moins peut-être que ne pourrait le croire le lecteur, car Joly craignait qu'elle ne s'échappât, et il voulait la conserver comme un appas, comme un piége, où viendrait se faire prendre, tôt ou tard, le comte de Beauval.

Celui-ci, de son côté, avait mûrement réfléchi aux conséquences d'une fuite à Beauval, et il avait toujours reculé devant ce moyen de salut, par la raison que les mauvais traitements que faisaient subir à Laure son époux et sa mère, ne transpirant pas au dehors, le communeux pourrait ramener, par la force, sa femme sous le toit conjugal, et l'inquiéter lui-même comme ravisseur. Mais s'il ne l'engageait pas à se dérober, par la fuite, au sort qui la menaçait, il lui promettait l'aide de son bras et de sa bourse pour le moment du danger ou du besoin.

Les choses en étaient là quand, le 22 mai, vers le soir, la Noirot rentra couverte de sang, de poudre et de pétrole; son maintien accusait l'abattement et l'effroi.

—Que vous est-il donc arrivé, chère maman? lui demanda Laure avec intérêt.

— Nous sommes..... perdus!.. Donne-moi la bouteille d'eau-de-vie.

La jeune femme obéit.

La mère Noirot, sans attendre le verre que lui apportait sa fille, emboucha la trompette de verre, et fit entendre un petit glou-glou qui lui rendit ses forces et ramena la confiance.

— Où est Marius? demanda Laure, en regardant avec horreur les mains, le visage et les vêtements sordides de sa mère.

— Il se bat contre ces scélérats de Versaillais... Ah ! si chacun faisait son devoir comme lui, nous n'en serions pas où nous en sommes... Hélas ! hélas.

— Mais qu'y a-t-il donc ?

— Il y a que les Versaillais sont à l'Opera, à l'Arc de triomphe, à Montparnasse, aux Invalides, dans la rue de Rivoli, et qu'ils avancent au galop... Il y a que les Prussiens ont coupé la ligne du nord, et qu'il ne nous est plus possible de sortir de Paris d'aucun côté... Il y a qu'il faut désormais une bagarre tellement infernale que le diable lui-même ne puisse pas s'y reconnaître... Tiens-toi prête ! car le moment est venu de te lancer comme les autres, sous peine... Tu entends ?

— Je ne comprends pas, maman.

— Je vais te faire comprendre : les Versailllais seront maîtres de la capitale demain, ou mercredi au plus tard. S'ils rétablissent l'ordre, Marius et moi serons pris et fusillés comme des chiens, car, une fois encore, il n'est plus possible de sortir de Paris ; nous venons de nous en assurer.... Tous les hommes valides et un grand nombre de femmes et même d'enfants sont aux barricades pour entraver et retarder la marche de l'ennemi. Pendant ce temps les femmes et les enfants qui ne sont pas au feu, vont, armés d'arrosoirs et de torches, verser du pétrole dans les caves et y mettre le feu .. Il faut que Paris ne soit qu'un immense brasier. Alors chacun aura assez à faire de s'occuper de soi, et nous pourrons ainsi nous donner, nous mêmes, un peu d'air... Est-tu prête ?

— Prête pour quoi, maman !

— Voyons ! pas de grimaces ! est-tu prête à prendre une arrosoir, et à me suivre ?

— O maman, je vous en conjure, pensons plutôt à nous disposer à paraître devant Dieu.

— Pas un mot de Dieu ? hurla la furie, sinon je te brise le crâne d'un coup de crosse.... Quoi ! petite infâme ! tu verras ta mère et ton époux sur le point d'être fusillés, et tu ne voudras pas t'imposer le moindre dérangement pour sauver leur vie !.. Tu vas me suivre, et de suite... de suite, entends-tu ?

— Non, maman, je ne vous suivrai pas, car vous courrez au crime et à l'enfer, et moi, je veux éviter le mal afin d'aller au ciel.

La pétroleuse se leva furieuse, saisit de la main gauche sa fille par les cheveux, et, de la droite elle frappait avec rage sur sa face, quand Marius entra.

— Que faites-vous là, malheureuse ! dit-il en arrachant sa femme aux mains de sa belle-mère, avez-vous donc renoncé aux sentiments que la nature a mis au cœur des animaux les plus féroces ! Quoi ! vous voulez égorger votre fille de vos propres mains !.. Quoi ! vous choisissez, pour commettre ce crime horrible, le moment où nous allons tous comparaître devant le juge terrible des vivants et des morts ! car il n'y a plus à en douter, nous sommes perdus !

— Eh quoi ! lâche ! toi aussi tu renonces à te défendre ! tu livres ta peau sans combattre !... Tu consens à laisser à d'autres les six cent mille francs qui m'ont coûté mon repos, mon honneur, mon cœur et mon âme ! Ah ! ah ! par le diable ! je te maudis ! je maudis ta femme ! je maudis l'univers entier ! Lâche ! lâche ! lâche ?

— Je vais vous prouver le contraire, mère Noirot, et

je vais vous prouver aussi que je tiens à ce que vous me rendiez votre estime... Courons aux barricades!

— A la bonne heure! dit avec un blasphème la Noirot en saisissant son chassepot. Partons! partons!

— Pas avant, toutefois, reprit Marius, d'avoir préparé un verre d'eau sucrée pour Laure, et avoir étanché le sang dont son visage est inondé.

La Noirot ne bougea pas. Marius prépara lui-même le verre d'eau sucrée, essuya avec précaution le sang qui couvrait le visage de sa femme, lui fit accepter la boisson, et déposa un long baiser sur les parties malades en disant :

— Adieu, Laure, car je pressens que je te vois pour la dernière fois.

La jeune femme se leva, comme mue par un ressort; cette parole d'adieu, sortie de la bouche de son bourreau, venait de faire vibrer toutes les fibres de son excellent cœur.

— Non, Marius, dit-elle en l'embrassant, non, nous ne nous voyons pas pour la dernière fois, car je vais prier pour vous.

Le colonel communeux porta sa main droite à ses yeux en disant :

— Partons!

Laure ouvrit la croisée, afin de jeter encore un regard sur l'homme qui, pour la première fois, venait de verser un peu de baume sur ses plaies, et il lui sembla qu'en tournant à droite, à la rue du temple, Marius et sa mère avaient, l'un et l'autre, le sourire sur les lèvres. Cette vue déchira son cœur. Toutefois, elle chercha, sinon à se consoler, au moins à se faire illusion en

se disant : Je me suis sûrement trompée, car les caresses de Marius n'étaient pas feintes. » Et prenant son
petit Christ, elle se mit à prier pour ceux qui allaient
combattre sur les barricades.

Bientôt Laure dût interrompre sa prière pour courir
à la fenêtre. Le bruit du canon et des chassepots se
mêlait, en les dominant, aux cris de joie des uns, et
aux cris de détresse ou d'angoisse des autres : l'armée
régulière avançait, et amoncelait les cadavres sur son
passage.

Vers minuit, le bruit du canon sembla se ralentir,
et Laure tint prêt le repas dont avaient sans doute
grand besoin son époux et sa mère. Mais les combat-
tants ne revinrent pas. Le mardi se passa dans l'attente et l'inquiétude. Le mercredi, 24, jour d'éternelle
honte pour Paris, parut aussi sans que Laure vit revenir les siens.

— Dois-je prier encore pour leur conversion, deman-
dait-elle en pleurant à Mme Moreau, ou bien dois-je prier
pour le repos de leurs âmes?

— Hélas! chère petite dame, qui pourrait dire s'ils
sont morts, ou en vie!... Ce qu'il y a de certain, c'est
que les Versaillais, comme on les appelle, ne font pas
de quartier : ils fusillent, ou *enfilent* tous ceux qui sont
pris les armes à la main, ou bien encore qui sentent la
poudre.... Il y a des rues tellement encombrées de cadavres que la circulation est impossible.... Comment
savoir si vos bons..... si vos parents sont encore de ce
monde!... Allons! chère petite, ne vous tourmentez pas
comme ça, à vous rendre malade. Rien n'arrive que
par la permission du Père infiniment bon que nous

avons au ciel. Jetons-nous dans ses bras, et attendons avec confiance le dénouement de ce vacarme épouvantable, bien résolues d'accepter avec résignation les événements, quelque douloureux qu'ils puissent paraître à nos cœurs,

— Je suis étonnée de n'avoir pas vu Lachique depuis trois jours.

— Ce cher enfant, Dieu merci, se porte bien. Je l'ai vu, il n'y a que quelques heures... Il passe et repasse sans cesse dans la rue Chapon, depuis hier matin.

— Et pourquoi ce manège ?

— C'est ce que je lui ai demandé....

— Et il vous a répondu ?

— Que des affaires importantes le retenant au Marais, il avait choisi la rue Chapon, comme la moins exposée aux boulets et aux balles... Il est de fait que mes oreilles sont déchirées rien que de les entendre siffler dans la rue Saint-Martin, et la rue du Temple... Vous désireriez le voir ?

— Vous savez, Mme Moreau que vous êtes, avec lui, mes deux seuls amis dans ce quartier.

— C'est vrai qu'il n'est pas possible, en ce moment, de voir M. de Beauval... Je vais me remettre aux aguets, et dès que je verrai Lachique, je vous l'enverrai... Allons ! courage, et confiance en Dieu !..... Nous nous reverrons ce soir. En attendant des jours moins tristes, et pour les appeler, prions Notre-Dame-des-Victoires. A revoir !

Cadet Lachique ne se fit pas attendre longtemps, car, ainsi que l'avait remarqué la concierge, notre jeune ami ne faisait que passer et repasser dans la rue Chapon.

— Eh bien! lui dit Laure, d'une voix fiévreuse, que pensez-vous des événements?

— Ça marche bien, madame, il faut espérer que Dieu veut sauver une fois encore la France.

— Hélas! vous ne savez pas que je suis très-probablement veuve et orpheline.

— Etes-vous bien sûre qu'ils sont morts, madame?

— Ils n'ont pas reparu depuis lundi soir, et nous sommes au mercredi.

— Vous dites qu'ils sont partis depuis lundi soir?... Je croyais qu'ils n'étaient absents que depuis hier matin.

— Vous vous êtes trompé, mon jeune ami.... Il va de soi que vous n'avez pas de nouvelles des MM. de Beauval.

— Si, madame, je les ai vus, il y a deux heures à peine, c'est-à-dire à midi.

— Comment vont-ils?

— Bien. Mais ils sont très-inquiets à votre sujet.

— Bons amis! comme je regrette qu'ils ne soient pas ici!

— Ils voulaient venir, malgré les balles et les obus, mais je m'y suis opposé.

— Et vous avez bien fait.... Vous leur avez appris que j'étais seule?

— Oui, Madame.

— Mais, vous même, cher enfant, pourquoi vous exposez-vous à la mort, en allant au Val-de-Grâce, en un moment où tous les démons semblent déchaînés sur Paris?

Cadet Lachique, au grand étonnement de Laure, se

14.

leva sans répondre, et alla coller son œil à la fenêtre, sans cependant écarter le rideau.

— Vous êtes comme moi, reprit la jeune femme, vous êtes inquiet?

— Oui, Madame.

— Vous êtes inquiet, parce que?

— Parce que vous pensez beaucoup trop à vos bourreaux, et que vous ne vous inquiétez pas assez à votre propre sujet.

— Mais, qu'ai-je à craindre pour moi, cher enfant?

— Je ne pourrais pas vous le dire, au juste, mais je tremble... Il me semble qu'un malheur vous menace.

Laure devint pensive, et s'imagina que Lachique hésitait à lui apprendre quelque mauvaise nouvelle.

— Venez ici. Dit le jeune homme.

Laure s'approcha de la fenêtre.

— Regardez en face, sans toucher aux rideaux, continua Cadet... Voyez-vous au deuxième, juste vis-à-vis la porte d'entrée de votre numéro, une femme qui, sans cesse, explore la rue du regard?

— Oui, je la vois.... Pauvre femme! Elle est, comme nous, dans l'angoisse! Elle attend peut-être un mari, un frère qui ne reviennent pas.

— Elle est là depuis hier matin.

— Pauvre infortunée! C'est comme moi.

— Cette femme me fait peur.

— Que dites-vous là?

— Elle m'épouvante beaucoup plus que les canons et les fusils qui vomissent la mort autour de nous.

— Eh? que vous a donc fait cette malheureuse?

— Rien, Madame, mais j'ai le pressentiment qu'elle se dispose à vous jouer quelque vilain tour.

— Et dans quel but? Je ne la connais pas.... Évidemment vous vous trompez.

— Je l'observe depuis hier matin, et de minute en minute, je me sens davantage porté à croire que cette femme est une coquine qui s'apprête à vous nuire.

— La connaissez-vous?

— Oui, je l'ai vue trois fois au Val-de-Grâce, en compagnie de M. de Beauval. Elle était envoyée, en votre nom, par votre époux et votre mère.

— En êtes-vous bien sûr?

— Très-sûr, bien qu'elle ait changé le costume religieux qu'elle portait alors, en celui que vous lui voyez maintenant.

— Mon Dieu! mon Dieu! En quel temps vivons-nous !.. Mais quel intérêt peut avoir cette femme....

— Je n'en sais rien. Toutefois, je vous engage à vous tenir sur vos gardes.

— Merci, mon jeune ami, de l'intérêt que vous me portez.... Que deviendrais-je si vous m'abandonniez?

— Ne pleurez pas, Madame, répondit Lachique en essuyant une larme, je vous dois de la reconnaissance, et je vous répète que c'est, entre vous et moi, à la vie à la mort.... Je vous recommande de ne pas relever les rideaux de vos croisées. Il faut que cette femme ignore qu'elle est observée.

Lachique entra chez Mᵐᵉ Moreau et lui demanda pourquoi le placard, donnant sur la chambre inhabitée, n'avait plus sa clef. La bonne femme avoua qu'elle l'avait enlevé afin d'éviter une surprise.

— Pourquoi cette question? demanda-t-elle.

— J'aurais besoin de cette clef.

— La voilà, mon ami, mais je ne vois pas trop pourquoi vous voulez entrer par le placard, alors surtout qu'il vous est plus facile que jamais d'entrer par la porte ordinaire... Au fait, vous me paraissez tout chiffonné, mon enfant, qu'avez-vous donc?

— J'ai peur!

— Eh! pauvre enfant, qui donc n'a pas peur en entendant ce vacarme infernal, et surtout en voyant des cadavres, à chaque pas que l'on fait dans les rues voisines... Avez-vous remarqué comme notre petite dame est inquiète au sujet de ses deux bourreaux?... Savez-vous que je fais des vœux pour qu'elle soit enfin débarrassée de ces pendards?

— Hélas! Madame, je crains bien que vos vœux ne soient pas exaucés.

— Et pourquoi les balles ou les bayonnettes les respecteraient-ils plutôt que les autres?.. On dit que les rues roulent du sang, et, qu'autour des barricades, il y a des monceaux de cadavres.

— C'est vrai, madame, mais ce ne sont pas les cadavres des chefs.

— Ah! je comprends... Ce sont les imbéciles qui se font égorger pour ceux qui les ont trompés.

— Vous dites bien, Madame, les cadavres qui encombrent les rues, sont ceux de ces ouvriers, naïfs jusqu'à la stupidité, qui acceptent comme argent comptant les balivernes de ces beaux parleurs, comptent sur les belles promesses de ces avocats dont le métier consiste à prendre l'intérêt de la veuve et le capital de l'orphelin, et qui se font tuer ou mettre en prison pour le plus grand bénéfice des scélérats qui les ont lancés. Quant à ceux-ci, les infâmes ! ils profitent de la bagarre pour remplir leurs poches, et vont prudemment, s'ils ne peuvent passer à l'étranger, se mettre à l'abri derrière les cadavres de leurs victimes.

— Mon Dieu ! Que nos pauvres ouvriers sont donc bêtes ! Et que ceux qui les trompent ainsi sont mé-méchants !

— Méchants, polissons et gourmands ! Je suis entré ce matin, à l'aide d'un laisser-passer signé de Rigault, à l'hôtel-de-Ville. On terminait le repas commencé au sortir du spectacle. Il y avait là, présidés par Raoul Rigault et la femme Eudes, des convives nombreux, hommes et femmes, qui se livraient, au milieu de mets recherchés et de bouteilles innombrables, à des orgies et à d'autres abominations qui m'ont soulevé le cœur... Quand les premières balles sont venues siffler aux fenêtres, Raoul Rigault s'est levé en disant :

— Citoyennes, je vous propose de lever la séance.

— Comme c'est désagréable d'être ainsi dérangé, a dit Mme Eudes, en faisant la moue, ces Versaillais infâmes ne sont pas seulement cruels, ils sont encore, ils sont surtout mal élevés... Voilà une belle partie de plaisir à peu près perdue.

— Pardon, citoyenne Eudes, nous allons la continuer un peu plus loin.

— A la bonne heure ! C'est vrai que cette musique versaillaise trouble singulièrement notre conversation.

Et tout ce bétail, à moitié ivre, s'en est allé en sautillant... Il me semblait voir des diables se dirigeant à marches forcées, avec mille gambades joyeuses, du côté de l'enfer...

Cadet Lachique allait continuer, quand l'arrivée de M. le comte de Beauval l'arrêta court.

— Laure est seule? demanda-t-il.

— Oui, Monsieur le comte.

— Toujours pas de nouvelles de Marius et de la mère Noirot?

— Aucune.

— Je monte dire bon jour à cette chère enfant.

Cadet suivit le comte, et, tandis que Laure remerciait son bienfaiteur de sa visite, le jeune homme jeta un coup d'œil sur la fenêtre d'en face, pâlit d'une manière étrange, redescendit au galop, alla se procurer pour dix sous de tabac à priser qu'il plaça dans la poche droite de son pantalon, et vint s'asseoir dans la loge de Mme Moreau.

CHAPITRE XIX

Le rugissement des tigres et le vol de la colombe

Après avoir quitté Laure, Marius et sa belle-mère, comme nous l'avons dit, descendirent la rue du Temple.

— Pensez-vous que nous réussirons enfin? demanda Joly dès qu'ils furent dans la rue.

— Si nous ne réussissons pas, c'est que vous n'aurez pas voulu réussir, mon petit colonel.

— Comment cela, ma grosse commandante?

— Quand le diable ne veut pas venir à moi, je vais à lui... Si le comte ne veut pas venir nous trouver rue Chapon, il faut aller, nous-mêmes, le chercher place de l'Estrapade.

— Votre ardent désir d'avoir le château, et surtout les salons, les voitures et les colifichets de Mᵐᵉ de Beauval, vous donne du cœur, c'est vrai, mais ce désir, avouez-le, vous enlève toute prudence... Si je vous avais écoutée, nous aurions, depuis longtemps, assassiné les deux de Beauval pour les empêcher de retourner au pays... Et nous aurions aussi poignardé, ou empoisonné Laure, afin de n'avoir rien à craindre de ses indiscrétions. Et puis ?... En vertu de quel droit irons-nous prendre possession du château qu'habitent Imelda et Alix ? Ne voyez-vous pas qu'il nous faut un titre de vente signé des propriétaires légitimes ?

— Et vous donc, Marius, ne voyez-vous pas que, le comte et son fils morts, il ne resterait plus que deux jeunes filles sans expérience !

— Et puis ?

— Et puis, après la mort du père, du frère et de l'amie Laure, j'aurais écrit aux deux petites héritières une lettre ainsi conçue :

« Très-chères demoiselles,

» Je ne sais si vous pourrez lire les quelques mots » que je vous écrit pour vous apprendre la plus cruelle » des catastrophes. Ma vue est obscurcie par les lar- » mes, ma main tremble comme si j'allais commettre » un crime... Votre frère, le charmant M. Alfred, n'est » plus de ce monde... Hélas ! ce n'est pas tout : M. le » comte, votre très-excellent père, n'a plus que quel- » ques jours à vivre... Il vous réclame à grands cris... »

— Bon ! bon ! je comprends, dit Marius.

— Pardienne ! Ce n'est pas difficile de comprendre... Une fois sous notre main...

— Oui, elles auraient préféré renoncer au château, que d'être fricassées au pétrole.

— Et maintenant, quel est celui de nous deux qui est la bête ? mon très-auguste gendre.

— Je conviens que vous avez beaucoup plus que

moi, les faveurs du diable, et qu'il vous traite en véritable enfant gâtée... Mais, n'en parlons plus, c'est une affaire manquée.

— Pas si manquée que vous le croyez.

— Bah ! parlez.

— Allons, de ce pas, présenter nos salutations au Comte.

— Il est assez vieux pour faire un mort, mais.... Alfred ?

— Peut-être se trouvera-t-il place de l'Estrapade avec son père. Il est à peu près guéri... En tous les cas, il y en aurait un de moins.

— Et les filles ?

— Écoutez-moi.

— J'écoute

— Après avoir débarrassé du fardeau de la vie les trois personnes qui nous gênent ici, nous nous enfermerons chez vous, à l'abri des bombes, des balles et des bayonnettes, et, quand la tourmente sera passée, nous écrirons aux deux jeunes filles de venir jusqu'à Nevers, au devant de leur père et de leur frère qui ont besoin de quelques jours de repos, avant de continuer leur voyage... Au delà de la Loire, à quelques pas seulement de Nevers, se trouve un ravissant petit bois que, dans le pays, on nomme Sermoise... C'est une solitude charmante où l'on trouve du muguet à chaque pas, de l'ombrage à souhait, et où l'on entend le ramage des oiseaux, mais jamais, ou presque jamais, la voix de l'homme, à l'exception du dimanche...

— Je comprends, nous obtiendrons là leur signature, et puis...

14.

— Et puis, on dira que les événements les ont forcées à passer en Angleterre... Pour mieux donner le change, il ne faut pas oublier d'acheter à un prix élevé... huit cent mille francs, par exemple.

— Il y a du bien bon, dans ce que vous dites-là, et décidément je crois que le diable vous inspire..... Toutefois, essayons, tout d'abord, du moyen projeté... Voici justement la rue des Blancs-Manteaux.

Les deux scélérats prirent cette rue, marchèrent pendant deux ou trois minutes, montèrent hardiment au cinquième, comme des personnes qui vont chez elles, et, arrivés à cet étage, ils frappèrent à la porte de gauche.

— Qui va là ? demanda une voix de femme.

— Le colonel Joly, répondit la Noirot.

— Tiens ! dit la locataire en ouvrant, c'est comme ça que vous donnez, l'un et l'autre, l'exemple de la bravoure à vos soldats !

— Et vous donc, citoyenne Bardot, comment se fait-il que vous perdiez ici votre temps, tandis que vos pétroleuses se font massacrer sur les barricades ?

— Ah ! ah ! ah ! sont-elles assez bêtes, ces femmes d'ouvriers !

— Parlons sérieusement, dit Marius : nous venons vous demander un service.

— Y a-t-il quelque chose à grapiller ?

— Bien entendu !... Nous savons que vous êtes trop avisée pour travailler sans espoir d'un beau bénéfice.

— Il faut bien gagner ma vie, puisque les autres ne veulent pas la gagner pour moi... eh bien, parlez.

— **Vous savez où nous demeurons, rue Chapon?**

— Parfaitement.

— Dans la maison qui fait face, il y a une chambre inhabitée, au deuxième étage.

— Après?

— J'ai loué cette chambre, au nom de Mme Dubout.

— Qu'est-ce que c'est que cette particulière?

— C'est vous-même, si vous le voulez, citoyenne Bardot.

— Expliquez-vous.

— Vous connaissez le comte de Beauval?

— Parfaitement. Je suis allé le trouver trois fois, de votre part... de la part de Laure, veux-je dire.

— Bien! Voulez-vous gagner de l'argent?

— Je ne suis pas à Paris pour autre chose.

— Allez, dès ce soir, prendre possession de votre chambre.

— Après?

— Vos regards seront constamment fixés sur la porte d'entrée qui conduit chez nous.

— Très-bien!

— Et si le comte de Beauval vient visiter Laure, vous courrez nous avertir.

— Faut-il m'habiller en religieuse?

— C'est inutile.

— Combien me donnez-vous?

— Cinq francs par heure, si le comte ne vient pas.

— Et si le comte vient?

— Dix francs par heure... Dans ce dernier cas vous viendrez avec nous présenter vos hommages au noble comte?

— Volontiers.

— Vous gagnerez une poignée d'or, et vous vous trouverez dispensée de courir aux barricades.

— Malin ! Et vous donc !... Sont-ils assez bêtes, ces ouvriers qui se font massacrer pour nous procurer les petites jouissances de la vie !

— Nous nous emparons de votre chambre.

— C'est entendu... Comment voulez-vous qu'on vous nomme chez le concierge ?

— Jolibois.

Marius et la Noirot passèrent le plus agréablement possible le temps de leur captivité. La vieille descendait d'heure en heure, pour avoir les nouvelles, mais elle ne se hasardait guère dans la rue : les balles l'incommodaient... Joly calculait le nombre de pièces de cinq francs qu'il aurait à débourser, si le vacarme durait longtemps, car il ne pensait pas que l'on pût affronter les balles pour aller annoncer à M. de Beauval que Laure était seule, et probablement orpheline et veuve, et il ne croyait pas, surtout, que le comte voulût s'exposer à la mort pour venir, rue Chapon, porter des consolations qui ne pouvaient lui profiter en rien.

Ce fut donc, pour Marius, une surprise bien agréable de voir entrer, le mercredi, vers les quatre heures, la Bardot toute souriante.

— Eh bien ! demanda-t-il vivement.

— Eh bien l'oiseau est dans la cage.

— Partons !... Vous venez avec nous ?

— C'est une chose réglée de lundi soir... Vous avez besoin d'un coup de main ?

— Je veux faire signer ce billet.

— Et quand il l'aura signé...

— Nous l'expédierons.

— C'est le moment... On fait, par là, un vacarme de tous les diables, et nous pourrons décharger nos trois révolvers sans éveiller aucun soupçon... Et s'il ne veut pas signer ?

— Il faudra nous assurer de sa discrétion.

— C'est juste... Alors le bonhomme doit y passer, dans l'un et l'autre cas ?

— C'est nécessaire.

— Et sa protégée ?

— Laure a une langue de diable... Elle est capable de nous faire pendre tous les trois.

— Pauvre enfant ! dit la Noirot, elle n'a vraiment que ce défaut.

— Moi, je ne veux pas être pendue, dit la Bardot.

— Que voulez-vous ? repartit la vieille, moi, je suis mère... Ah ! si vous saviez combien j'ai le cœur tendre !.. Je crois que je n'aurai jamais le courage...

— Je m'en charge, moi, dit la lieutenante-pétroleuse, partons !

— J'ai besoin de me donner un peu de cœur, dit encore la commandante Noirot, en s'administrant une dose d'eau-de-vie capable d'asphyxier quatre dragons.

Les trois communeux arrivèrent sans encombre à la rue Chapon. Ils montèrent rapidement les quatre étages, et Marius entra le premier, simulant assez bien une agréable surprise à la vue de M. de Beauval.

— Vous ici, Monsieur le comte ! que d'honneur et de joie pour ma femme et pour moi !

Laure ressemblait à un cadavre. La mère Noirot passa, sans saluer, et se rendit, en titubant, dans la chambre voisine. La Bardot prit un siége et attendit, la main sur le révolver qu'elle cachait sous son caraco.

— Je suis venu, Monsieur, répondit le comte d'une voix parfaitement calme, chercher des nouvelles de Laure, et lui offrir ma protection en cas de besoin.

— C'est de votre part beaucoup de bonté, Monsieur, et vous m'en voyez pénétré de reconnaissance.

Le comte se leva.

— Adieu, chère enfant, dit-il en tendant sa main à Laure, ne te hasarde pas à sortir dans les rues, il y a du danger.... même pour les honnêtes femmes, ajouta-t-il en fixant la Bardot, qu'il avait tout d'abord reconnue.

— Un instant, Monsieur, dit Marius en se levant à son tour, j'aurais besoin de vous parler.

— J'écoute, répondit le comte en s'asseyant.

— Vous savez sans doute que vos deux filles sont mortes ?

Le comte fit un soubresaut, mais se remit de suite.

— Non, dit-il, je ne le savais pas.

— Des voleurs sont entrés la nuit dans le château, et ne se sont retirés qu'après avoir assassiné ces demoiselles et avoir enlevé tout ce qu'il y avait de précieux... C'est de ce matin, seulement, que je connais cette triste nouvelle. J'allais vous la porter rue de l'Estrapade, si ma bonne fortune n'avait voulu que je vous trouvasse ici... Vous me voyez désolé de ce malheur.

— Je vous remercie, Monsieur, répondit froidement le comte.

— Je voudrais adoucir le coup qui vous frappe, et vous donner une preuve de ma reconnaissance pour l'intérêt que vous portez à ma Laure bien aimée, en vous proposant un marché tout à votre avantage.

Comme M. de Beauval regardait Marius, sans répondre, le mécanicien reprit :

— Il vous serait pénible de retourner dans un pays où, à chaque pas, vous trouveriez des objets qui réveilleraient de tristes souvenirs, et feraient saigner votre cœur... Je vous propose d'acheter votre château.

— Et de le prendre pour rien, si je ne veux pas le vendre... N'est-ce pas ?

— Vous avez deviné ! répondit Marius en déposant son masque, il me faut la propriété de Beauval, et il me la faut, non pas demain, non pas dans une heure, il me la faut à l'instant même... Voici un acte de vente. Il n'y manque que votre signature.

— Et cette signature y manquera toujours.

— C'est votre arrêt de mort que vous prononcez.

— Je ne suis plus jeune... la mort vient à grands pas, et je ne veux point m'y préparer en signant la ruine de mes enfants.

— Vos enfants n'ont plus besoin de rien, car Alfred doit aller rejoindre ses sœurs dans peu de jours.

— Je l'espère bien.

— C'est de la tombe que je parle.

— Alfred est à peu près guéri, et mes filles sont en bonne santé, Dieu merci ! Vous en serez pour avoir inventé un horrible mensonge à seule fin de déchirer le cœur d'un père et celui d'une amie.

— C'est vrai que j'ai menti, dit Marius en déposant rudement son révolver sur la table, mais je vous ai trompé, ou essayé de vous tromper pour la dernière fois.

— Ce sera un progrès dont je ne manquerai pas de me réjouir pour vous et pour les autres.

— Vous raillez, je crois.

— Ce n'est pas dans mes habitudes, mais je dis assez volontiers ce que je pense.

— Eh bien, soyons tous francs. Voici un plan arrêté depuis quelques jours, et qui sera exécuté à la lettre, je vous le jure : si, dans cinq minutes, cet acte de vente n'est pas signé, je vous brûle la cervelle, à vous et à Laure ; j'envois chercher Alfred en votre nom, et je lui fais subir le même sort, après lui avoir fait apposer sa signature sur cet acte ; j'écris, toujours en votre nom, à vos deux filles de venir au-devant de vous et de leur frère ; je les arrose de pétrole et je les fais brûler vives... Voulez-vous signer ?

Le comte était profondément ému. La mort ne l'effrayait pas. Mais la pensée que Marius réussirait peut-être à exécuter son horrible projet vis-à-vis de ses enfants, le glaçait de terreur. Laure respirait à peine et ne voyait plus que comme à travers un voile épais.

— Pour sauver la vie de mes enfants, répondit M. de Beauval, je donnerais, sans hésiter, tout ce que je possède. Ils sont mon trésor le plus précieux. Mais, ma signature ne vous empêcherait pas de poursuivre vos projets d'assassinat, car vous n'ignorez pas que la pression que vous exercez sur moi sera connue, et rendra nul cet acte de vente....

— Assez de paroles !... Voulez-vous signer, oui ou non ?

— Non ! je ne le veux pas.

— Eh bien, alors, mourez, et mourez en compagnie de la femme que vous vouliez sauver.... En compagnie de la pieuse Laure qui s'est elle-même condamnée à la mort, en prenant, contre son époux et sa mère, les intérêts d'une famille étrangère.

Marius prit son révolver, et dit à la Bardot, déjà debout, et son arme à la main.

— Chargez-vous de ma femme.... Joue !

En ce moment, la porte du placard s'ouvrit avec fracas, Lachique bondit dans la chambre, lança deux poignées de tabac à priser dans les yeux de Marius et de la Bardot, saisit Laure par le bras, et la traîna, ou plutôt la poussa dans la chambre inhabitée, où la suivit M. de Beauval. Deux balles sifflèrent alors aux oreilles de Cadet, qui ferma vivement les deux portes à clef, courut à la fenêtre et se prit à crier :

— Au secours ! A l'assassin ! A l'assassin !

Mme Moreau, aux aguets dans la rue, arrêta quelques marins qui faisaient la chasse aux pétroleuses et aux barricadiers, leur apprit, en deux mots, qu'un colonel fédéré et deux pétroleuses étaient, au quatrième, en train d'égorger de braves gens, les lança dans l'escalier, et les suivit en criant :

— Oh ! surtout, ne touchez pas à la jeune femme, au jeune homme et au vieillard !

Il était grand temps que les marins arrivassent au secours de nos amis. La première porte était brisée, et la seconde n'offrait plus qu'une faible résistance. Laure était étendue par terre, et paraissait inanimée ; M. de Beauval, armé d'un pied de chaise, se tenait à droite de la porte, et Lachique, la main pleine de tabac, lui faisait face du côté gauche.

Dès que les marins, guidés par Mme Moreau, entrè-

rent chez Joly, le colonel abandonna le siège de la
porte pour aller à leur rencontre.

M. le comte de Beauval et Lachique, aidés de la
bonne concierge, descendirent Laure, la placèrent sur
le lit de Mme Moreau, et cherchèrent à la rappeler à la
vie par les moyens que leur suggérait leur affection.
Ils s'aperçurent bientôt que la pauvre enfant avait
reçu une balle qui s'était logée au-dessous de l'épaule
droite. On tamponna la blessure après l'avoir soigneusement lavée, et, peu de temps après, Laure reprenait
ses sens.

— Ce n'est pas ma mère !.. Oh ! dites-moi que ce
n'est pas ma mère qui m'a tuée !

— Non, mon enfant, Dieu merci ! non, ce n'est pas
ta mère qui t'a blessée, c'est... une étrangère.

— Et vous, monsieur le comte !

— Je n'ai aucun mal, ma bonne Laure.

— Et maman !.. Où est-elle ?.. Je voudrais voir maman... lui dire que je l'aime encore ; la prier de revenir à Dieu...

Les marins, descendant du quatrième, s'arrêtèrent
devant la loge.

— Eh bien ? leur demanda la concierge, à voix basse.

— Nous avons réglé le compte de l'homme et de la
jeune femme... Savez-vous qu'ils ont fait une décharge
sur nous et que c'est un véritable miracle que nous
n'ayons pas été atteints.

— Les malheureux !

— Oh ! Ils l'ont payé cher.... Si vous avez besoin
d'un crible ou d'un écumoir en peau d'animal féroce,
vous n'avez qu'à les écorcher.

— Et l'autre femme ?

— La vieille ?

— Oui.

— Ma foi ! elle s'est exécutée elle même.... Figurez-vous qu'en nous voyant, au lieu de demander grâce, ou de se défendre, cette femme nous a demandé à boire. L'un de nous a pris un arrosoir qui se trouvait précisément dans cette petite chambre ; il l'a approché des lèvres de la vieille qui s'est mise à lamper, mais, pas longtemps, ma foi ! Elle a repoussé brusquement l'arrosoir, et le liquide s'est répandu sur ses vêtements... Nous avons alors senti un odeur de pétrole à renverser tout un équipage. La vieille a poussé un espèce de hurlement féroce, a sorti précipitamment un révolver de sa poche, se l'est appliqué sur la bouche et a laché la détente... La balle a percé la joue et est allée se loger dans le mur...

— Elle n'est pas morte ?

— Si, car le coup a mis le feu au pétrole... Les flammes sortent de sa bouche comme d'une fournaise ; la pétroleuse cuit en ce moment dans son jus... Sa figure est tellement affreuse qu'il nous a semblé voir un diable se tordant dans un brasier, nous nous sommes sauvés... Vous ferez bien d'y monter, si vous voulez prévenir un incendie...

Quinze jours après ces événements, plusieurs de nos amis étaient assemblés dans une belle chambre située au premier étage d'une grande maison, place de l'Estrapade. Il y avait là le comte de Beauval, son fils Alfred, notre ami Cadet-Lachique, un grand jeune homme, entré dans Paris avec les troupes régulières et que nos amis appelaient Jules Lenoir, la sœur Marie-Cécile qui pleurait à chaudes larmes, tandis que Mme Moreau, lui disait à l'oreille :

— Je vous en prie, ma chère sœur, ne pleurez pas ainsi.... Vos larmes déchirent son cœur.

Il y avait, en effet, couchée dans un lit à rideaux blancs, une jeune femme qui se mourait, et dont les yeux étaient fixés, depuis un instant, sur la jeune novice. Cette femme qui allait quitter ce monde, c'était Laure Noirot.

Le matin de ce jour elle avait reçu la sainte Communion en viatique, le sacrement de l'Extrême-Onction, et s'était fait appliquer l'indulgence plénière. Puis, elle avait appelé le prêtre, et lui avait dit tout bas :

— Mon père, j'ai un grand service à vous demander, et vous ne me le refuserez pas, car vous ne savez rien refuser, vous autres.

— Parlez, mon enfant, et parlez en toute confiance. J'espère pouvoir justifier la bonne opinion que vous avez du prêtre.

— Mes amis m'assurent que ce n'est pas ma mère qui m'a tuée... Mais, me disent-ils vrai?... Ils m'aiment peut-être plus qu'il ne convient.... Vous ne voudriez pas, vous, mon père, faire un mensonge, même pour me délivrer d'un cauchemar affreux... Oh! je vous en prie, je vous en conjure, dites-moi, oh! dites-moi que ce n'est pas ma mère qui m'a tuée!.. N'est-ce pas, mon père, que ce n'est pas elle, que ce ne peut pas être ma mère!...

— Non, mon enfant, non, ce n'est pas votre mère, **et ce ne pouvait pas être elle, puisque, au moment où** l'on a tiré sur vous, votre mère était dans sa chambre à coucher.

La jeune femme joignit lentement les mains, leva vers le ciel des yeux voilés par les larmes de la reconnaissance, et sa bouche murmura ce cri parti du cœur.

— O mon Dieu, que vous êtes bon !.. Et maintenant, seigneur, je suis prête !

Maigré sa grande faiblesse, Laure s'entretint jusqu'au dernier moment avec ses amis. Elle eut, pour chacun d'eux, une parole d'affection et de reconnaissance.

— Vous ne nous oublierez pas, Laure, lui disait le comte, quand vous serez près de Dieu ?

— Vous oublier ! répondit-elle, ah ! si l'on peut être ingrat sur la terre, il n'en est pas ainsi dans le ciel... C'est à vous, monsieur le comte, c'est à M\ :sup: me de Beauval que je dois de mourir calme et dans le Seigneur... Ma pauvre mère m'a rendu malheureuse dans le temps, M. le curé et M\ :sup: me la comtesse m'auront sauvée pour l'éternité... là haut, je prierai... nous prierons pour vous, M. le comte... Nous demanderons à Dieu d'embellir encore la couronne qui depuis longtemps vous est due.

Puis, s'adressant au fils de Beauval :

— Je suis heureuse, monsieur Alfred, pour vous et pour les vôtres, que vous soyez enfin guéri.... C'était à moi à veiller près de votre lit de souffrance, à vous donner des soins... Dieu ne l'a pas voulu.... Je le remercie d'avoir choisi, pour remplacer vos sœurs et leur protégée près de vous, l'amie dévouée que le bon Jésus vient d'arracher au monde... Veuillez dire à M\ :sup: lles

Imelda et Alix que la dernière pensée de Laure fut pour Beauval, et son dernier soupir, un soupir de reconnaissance pour elles.

Après un moment de repos, elle continuait :

— Adieu, Jules !... Nous nous reverrons au Ciel... Priez pour moi, et comptez sur mes prières.... Merci des exemples de vertu que vous nous avez donnés à tous.... Remerciez Dieu de vous avoir laissé près d'une mère chrétienne... Dites à Mme Lenoir qu'à sa dernière heure Laure s'est recommandée à ses bonnes prières.

Puis s'adressant à Cadet, qui pleurait comme s'il allait perdre sa mère, ou sa sœur aînée, elle lui dit :

— Bon ami !... bon ami !... mon grand regret, au moment de quitter la terre, c'est de ne pouvoir vous témoigner toute ma reconnaissance... Je me suis plusieurs fois demandée si vous n'étiez pas un ange envoyé par Mme de Beauval pour veiller sur la pauvre délaissée que l'enfer voulait avoir... Bon ami !... bon ami !... quel intérêt pouviez-vous avoir à vous exposer pour moi ?.... J'étais une étrangère....

L'enfant pleurait.

— Vous m'aviez rendu service, dit-il en sanglotant, et puis... vous m'aviez paru si bonne ! si bonne !... Et aussi si malheureuse !

— Assez ! assez ! dit M. de Beauval en s'adressant à Laure, ces émotions te fatiguent, chère enfant.

— Vous l'aimerez, monsieur le comte.... Oh ! dites-moi que vous aimerez mon sauveur et le vôtre !... Bon ami !

— Oui ! dit le Comte en essuyant une larme, nous l'aimerons ; il te remplacera près de nous, et nous l'appellerons désormais : Bonami.

—Merci, dit encore la mourante en tendant la main à Mᵐᵉ Moreau, je ne puis pas reconnaître ici-bas vos bienfaits, mais, là-haut, je me souviendrai... Adieu ! adieu !

Laure sembla s'assoupir, et n'eussent été les mouvements des lèvres et des mains qui tenaient le Christ, on eût dit qu'elle dormait, ou qu'elle était morte. Tout à coup elle déposa le crucifix sur sa poitrine, tourna ses yeux du côté de Justine Leblanc, et ouvrit ses bras. Sœur Marie Cécile s'élança, et les deux amies s'étreignirent en mêlant leurs larmes. Les assistants pleuraient. Ils ne purent distinguer, à travers les sanglots des deux amies, que ces paroles décousues : Amie... là-haut.... la meilleure part.... Mariette.... Alix et Imelda.... Jésus... Bientôt !... Bientôt !

M. de Beauval mit fin à cette scène en prenant la novice par le bras, et en l'arrachant doucement aux étreintes de la mourante. Justine alla se mettre à genoux dans un coin de la chambre, et se mit à prier en sanglotant.

Laure n'avait plus qu'un souffle. Le comte lui prit la main ; elle était glacée.

— Adieu !... adieu ! dit-elle avec effort.

Et regardant Cadet, elle ajouta :

— Là-haut !.. bon ami !

Ce fut sa dernière parole.

Sœur Cécile, après avoir fermé les yeux de son amie, l'avoir couverte d'embrassements et inondée de larmes, prit ses ciseaux, coupa deux mèches à la chevelure de la défunte, et plaça l'une d'elle dans une enveloppe de lettre avec cette inscription :

A MARIETTE.

DERNIER SOUVENIR DE LAURE.

Vivons comme elle ici-bas,
Si nous voulons la rejoindre là haut.

JUSTINE.

Le comte ne voulut pas que les dépouilles mortelles de Laure restassent à Paris. Elles furent transportées à Beauval et inhumées dans le caveau de la famille, en face des restes de Mme de Beauval.

On lit sur la pierre tombale :

A LAURE,

NOBLE VICTIME DU DÉVOUEMENT.

LA

FAMILLE DE BEAUVAL

RECONNAISSANTE.

BOURDON (Mme M.)

Le Ménage d'Henriette, suivi du **Trait d'union.** 1 vol. in-1
jésus.   2 fr

« Sous la forme attachante d'une histoire domestique simplement et purement
écrite, on trouve dans ce volume les leçons les plus utiles. les conseils les plu
pratiques présentés avec tact et talent. » (*Le Monde* du 29 décembre 1871.)

Le matin et le soir, journal d'une femme de cinquante ans. 2 vol
in-18 jésus.   2 fr
La Vie réelle, 18e édition. 1 volume in-18 jésus,   2 fr
Les Béatitudes, ou la Science du Bonheur. 8e édition. 1 vol. in-1
jésus   2 fr
Les Souvenirs d'une Institutrice. 8e éd. 1 vol. in-18 jésus. 2 fr
La Charité, légendes, 5e édition. 1 vol. in-18 jésus.   2 fr
Léontine, histoire d'une jeune femme, 6e éd. 1 vol. in-18 jésus. 2 fr
Une Parente pauvre, 5e édit. 1 vol. in-18 jésus.   2 fr
Le Droit d'ainesse, 7e édit. 1 vol. in-18 jésus.   2 fr

ESSARDS (Alfr. des).

Les Cœurs dévoués. Troisième édition, revue et considérablement
augmentée, 1 beau vol. in-18 anglais.   2 fr

Tout est intéressant dans ces récits qui font plus d'une fois venir les larmes au
yeux, car ce livre fait vibrer les cordes sensibles du cœur, et s'adresse aux plu
généreux sentiments de la nature humaine.   (*Bibliographie catholique*)
La Richesse du Pauvre. 1 vol. in-12.   2 fr
Le Marquis de Roquefeuille, 1 vol. in-12.   3 fr

FLEURIOT (Mlle).

Le chemin et le but, 1 vol. in-12.   2 fr
Sans nom, 1 vol. in-12.   2 fr
Les Prévalonais, scènes de province, 2 vol. in-12.   4 fr
Réséda, 1 vol. in-12.   2 fr
Souvenirs d'une Douairière. 1 vol. in-12.   2 fr
Marquise et Pêcheur, 1 vol. in-12.   2 fr
Une Famille bretonne, 1 vol in-12, 4 gravures.   3 fr
La Vie en famille, 1 vol. in-12.   2 fr

Arras, imp. Planque et Cie.

www.ingramcontent.com/pod-product-compliance
Lightning Source LLC
Chambersburg PA
CBHW050146030726
47505CB00005B/1257